ANOTHER BEAUTY

另一种美

Adam Zagajewski

[波兰] 亚当·扎加耶夫斯基 / 著

李以亮 / 译

南方出版传媒
花城出版社
中国·广州

图书在版编目（CIP）数据

另一种美 ／（波）亚当·扎加耶夫斯基著；李以亮译. — 广州：花城出版社，2017.10（2020.7重印）
（蓝色东欧／高兴主编. 第5辑）
ISBN 978-7-5360-8392-9

Ⅰ.①另… Ⅱ.①亚… ②李… Ⅲ.①散文集－波兰－现代 Ⅳ.①I513.65

中国版本图书馆CIP数据核字（2017）第172661号

合同版权登记号：图字19－2015－99号
ANOTHER BEAUTY by Adam Zagajewski
Copyright © 1998 by Adam Zagajewski
Published by arrangement with Farrar, Straus and Giroux, LLC, New York.

出 版 人：肖延兵
丛书策划：朱燕玲　孙　虹
出版统筹：李倩倩　夏显夫　欧阳佳子
责任编辑：杜小烨　欧阳佳子
技术编辑：薛伟民　凌春梅
封面供图：子　夏
装帧设计：棱角视觉 ANGULAR VISION

书　　名	另一种美 LING YI ZHONG MEI	
出版发行	花城出版社（广州市环市东路水荫路11号）	
经　　销	全国新华书店	
印　　刷	恒美印务（广州）有限公司（广州南沙经济技术开发区环市大道南路334号）	
开　　本	880毫米×1230毫米　32开	
印　　张	7.25　2插页	
字　　数	210,000字	
版　　次	2017年10月第1版　2020年7月第2次印刷	
定　　价	42.00元	

本书中文专有出版权归花城出版社独家所有，非经本社同意不得连载、摘编或复制。
如发现印装质量问题，请直接与印刷厂联系调换。
购书热线：020－37604658　37602954
欢迎登陆花城出版社网站：http://www.fcph.com.cn

另一种美

目　　录
CONTENTS

记忆，阅读，另一种目光（总序）/ 高兴 / 1
重建第三个家乡（中译本前言）/ 李以亮 / 1

另一种美 / 1

智慧工程 /［美国］苏珊·桑塔格 / 190

记忆，阅读，另一种目光

（总序）

高兴

昆德拉说过："人的一生注定扎根于前十年中。"我想稍稍修改一下他的说法："人的一生注定扎根于童年和少年中。"童年和少年确定内心的基调，影响一生的基本走向。

不得不承认，二十世纪五六十年代出生的人都有着不同程度的俄罗斯情结和东欧情结。这与我们的成长有关，与我们的童年、少年和青春岁月有关。而在那段岁月中，电影，尤其是露天电影又有着怎样重要的影响。那时，少有的几部外国电影便是最最好看的电影，它们大多来自东欧国家，几乎吸引了所有人的目光，是我们童年的节日。在某种意义上，甚至可以说，它们还是我们的艺术启蒙和人生启蒙，构成童年最温馨、最美好和最结实的部分。

还有电影中的台词和暗号。你怎能忘记那些台词和暗号。它们已成为我们青春的经典。最最难忘的是《瓦尔特保卫萨拉热窝》。"'空气在颤抖,仿佛天空在燃烧。''是啊,暴风雨来了。'""看,这座城市,它就是瓦尔特。"简直就是诗歌。是我们接触到的最初的诗歌。那么悲壮有力的诗歌。真正有震撼力的诗歌。诗歌,就这样和英雄主义和浪漫主义,紧紧地连接在了一道。

还有那些柔情的诗歌。裴多菲,爱明内斯库,密茨凯维奇。要知道,在二十世纪七八十年代,读到他们的诗句,绝对会有触电般的感觉。而所有这一切,似乎就浓缩成了几粒种子,在内心深处生根,发芽,成长为东欧情结之树。

然而,时过境迁,我们需要重新打量"东欧"以及"东欧文学"这一概念。严格来说,"东欧"是个政治概念,也是个历史概念。过去,它主要指波兰、捷克斯洛伐克、匈牙利、罗马尼亚、保加利亚、南斯拉夫、阿尔巴尼亚七个国家。因此,在当时,"东欧文学"也就是指上述七个国家的文学。这七个国家,加上原先的东德,都曾经是以苏联为首的华沙条约组织的成员。

一九八九年底,东欧发生剧变。此后,苏联解体,华沙条约组织解散,捷克和斯洛伐克分离,南斯拉夫各共和国相继独立,所有这些都在不断改变着"东欧"这一概念。而实际情况是,波兰、捷克、匈牙利、罗马尼亚等国家甚至都不再愿意被称为东欧国家,它们更愿意被称为中欧或中南欧国家。同样,不少上述国家的作家也竭力抵制和否定这一概念。在他们看来,东欧是个高度政治化、笼统化的概念,对文学定位和评判,不太有利。这是一种微妙的姿态。在这种姿态中,民族自尊心也发挥着不可估量的作用。

但在中国,"东欧"和"东欧文学"这一概念早已深入人心,有广泛的群众和读者基础,有一定的号召力和亲和力。因此,继续使用"东欧"和"东欧文学"这一概念,我觉得无可厚非,有利于研究、译介和推广这些特定国家的文学作品。事实上,欧美一些大学、研究中心也还在继续使用这一概念。只不过，今日，当我们提到这一概念，涉及的就不仅仅是七个国家，而应该包含更多的国家：立陶宛、摩尔多瓦等独联体国家，还有波黑、克罗地亚、斯洛文尼亚、塞尔维亚、黑山等从南斯拉夫联盟独立出来的国家。我们之所以还能把它们作为一个整体来谈论，是因为它们有着太多的共同点：都是欧洲弱小国家，历史上都曾不断遭受侵略、瓜分、吞并和异族统治，都曾把民族复兴当作最高目标，都是到了十九世纪末二十世纪初才相继获得独立，或得到统一，第二次世界大战后都走过一段相同或相似的社会主义道路，一九八九年后又相继推翻了共产党政权，走上了资本主义发展道路。之后，又几乎都把加入北约、进入欧盟当作国家政策的重中之重。这二十年来，发展得都不太顺当，作家和文学都陷入不同程度的困境。用饱经风雨、饱经磨难来形容这些国家，十分恰当。

换一个角度，侵略，瓜分，异族统治，动荡，迁徙，这一切同时也意味着方方面面的影响和交融。甚至可以说，影响和交融，是东欧文化和文学的两个关键词。看一看布拉格吧。生长在布拉格的捷克著名小说家伊凡·克里玛，在谈到自己的城市时，有一种掩饰不住的骄傲："这是一个神秘的和令人兴奋的城市，有着数十年甚至几个世纪生活在一起的三种文化优异的和富有刺激性的混合，从而创造了一种激发人们创造的空气，即捷克、德国和犹太文化。"①

克里玛又借用被他称作"说德语的布拉格人"乌兹迪尔的笔为我们描绘了一个形象的、感性的、有声有色的布拉格。这是一个具有超民族性的神秘世界。在这里，你很容易成为一个世界主义者。这里有幽静的小巷、热闹的夜总会、露天舞台、剧院和形形色色的小餐馆、小店铺、小咖啡屋和小酒店。还有无数学生社团和文艺沙龙。自然也有五花八门的妓院和赌场。布拉格是敞开的，是包容的，是休闲的，是艺术的，是世俗的，有时还是颓废的。

---

① 见伊凡·克里玛《布拉格精神》第44页，崔卫平译，作家出版社1998年版。

布拉格也是一个有着无数伤口的城市。战争、暴力、流亡、占领、起义、颠覆、出卖和解放充满了这个城市的历史。饱经磨难和沧桑，却依然存在，且魅力不减，用克里玛的话说，那是因为它非常结实，有罕见的从灾难中重新恢复的能力，有不屈不挠同时又灵活善变的精神。如果要用一个词来形容布拉格的话，克里玛觉得就是：悖谬。悖谬就是布拉格的精神。

或许悖谬恰恰是艺术的福音，是艺术的全部深刻所在。要不然从这里怎会走出如此众多的杰出人物：德沃夏克，雅那切克，斯美塔那，哈谢克，卡夫卡，布洛德，里尔克，塞弗尔特，等等。这一大串的名字就足以让我们对这座中欧古城表示敬意。

布拉格如此，萨拉热窝、华沙、布加勒斯特、克拉科夫、布达佩斯等众多东欧城市，均如此。走进这些城市，你都会看到一道道影响和交融的影子。

在影响和交融中，确立并发出自己的声音，十分重要。不少东欧作家为此做出了开拓性和创造性的贡献。我们不妨将哈谢克和贡布罗维奇当作两个案例，稍加分析。

说到捷克作家哈谢克，我们会想起他的代表作《好兵帅克》。以往，谈论这部作品，人们往往仅仅停留于政治性评价。这不够全面，也容易流于庸俗。《好兵帅克》几乎没有什么中心情节，有的只是一堆零碎的琐事，有的只是帅克闹出的一个又一个的乱子，有的只是幽默和讽刺。可以说，幽默和讽刺是哈谢克的基本语调。正是在幽默和讽刺中，战争变成了一个喜剧大舞台，帅克变成了一个喜剧大明星，一个典型的"反英雄"。看得出，哈谢克在写帅克的时候，并没有考虑什么文学的严肃性。很大程度上，他恰恰要打破文学的严肃性和神圣感。他就想让大家哈哈一笑。至于笑过之后的感悟，那就是读者自己的事情了。这种轻松的姿态反而让他彻底放开了。借用帅克这一人物，哈谢克把皇帝、奥匈帝国、密探、将军、走狗等等统统给骂了。他骂得很过瘾，很解气，很痛快。读者，尤其是捷克读者，读得也很过瘾,很解气,很痛快。幽默和讽刺于是又变成了一件有力的武器,特别适用于捷克这么一个弱小的民族。哈谢克最大的贡献也正在于此:为捷克民族和捷克文学找到了一种声音,确立了一种传统。

而波兰作家贡布罗维奇与哈谢克不同,恰恰是以反传统而引起世人瞩目的。他坚决主张让文学独立自主。在二十世纪三四十年代,贡布罗维奇的作品在波兰文坛显得格外怪异离谱,他的文字往往夸张扭曲,人物常常是漫画式的,他们随时都受到外界的侵扰和威胁,内心充满了不安和恐惧,像一群长不大的孩子。作家并不依靠完整的故事情节,而是主要通过人物荒诞怪僻的行为,表现社会的混乱、荒谬和丑恶,表现外部世界对人性的影响和摧残,表现人类的无奈和异化以及人际关系的异常和紧张。长篇小说《费尔迪杜凯》就充分体现出了他的艺术个性和创作特色。

捷克的赫拉巴尔、昆德拉、克里玛、霍朗,波兰的米沃什、赫贝特、希姆博尔斯卡,罗马尼亚的埃里亚德、索雷斯库、齐奥朗,匈牙利的凯尔泰斯、艾什特哈兹,塞尔维亚的帕维奇、波帕,阿尔巴尼亚的卡达莱……如此具有独特风格和魅力的当代东欧作家实在是不胜枚举。

某种程度上,东欧曾经高度政治化的现实,以及多灾多难的痛苦经历,恰好为文学和文学家提供了特别的土壤。没有捷克经历,昆德拉不可能成为现在的昆德拉,不可能写出《可笑的爱》《玩笑》《不朽》和《难以承受的存在之轻》这样独特的杰作。没有波兰经历,米沃什也不可能成为我们所熟悉的将道德感同诗意紧密融合的诗歌大师。但另一方面,需要注意的是,由于语言的局限以及话语权的控制,东欧文学也极易被涂上浓郁的意识形态色彩。应该承认,恰恰是意识形态色彩成全了不少作家的声名。昆德拉如此。卡达莱如此。马内阿如此。赫尔塔·米勒亦如此。我们在阅读和研究这些作家时,需要格外地警惕。过分地强调政治性,有可能会忽略他们的艺术性和丰富性。而过分地强调艺术性,又有可能会看不到他们的政治性和复杂性。如何客观地、准确地认识和评价他们,同样需要我们的敏感和平衡。

一个美国作家,一个英国作家,或一个法国作家,在写出一部作品时,就已自然而然地拥有了世界各地广大的读者,因而,不管自觉与否,他,或她,很容易获得一种语言和心理上的优越感和骄傲感。这种感觉东欧作家难以体会。有抱负的东欧作家往往会生出一种紧迫感和危机感。他们要用尽全力将弱势转化为优势。昆德拉就反复强调,身处小国,你"要么做一个可怜的、眼光狭窄的人",要么成为一个广闻博识的"世界性的人"。别无选择,有时,恰恰是最好的选择。因此,东欧作家大多会自觉地"同其他诗人,其他世界,和其他传统相遇"(萨拉蒙语)。昆德拉、米沃什、齐奥朗、贡布罗维奇、赫贝特、卡达莱、萨拉蒙等等东欧作家都最终成为"世界性的人"。

关注东欧文学,我们会发现,不少作家,基本上,都在出走后,都在定居那些发达国家后,才获得一定的国际声誉。贡布罗维奇、昆德拉、齐奥朗、埃里亚德、扎加耶夫斯基、米沃什、马内阿、史克沃莱茨基等等都属于这样的情形。各种各样的原因,让他们选择了出走。生活和写作环境、意识形态原因、文学抱负、机缘等,都有。再说,东欧国家都是小国,读者有限,天地有限。

在走和留之间,这基本上是所有东欧作家都会面临的问题。因此,我们谈论东欧文学,实际上,也就是在谈论两部分东欧文学:海外东欧文学和本土东欧文学。它们缺一不可,已成为一种事实。

在我国,东欧文学译介一直处于某种"非正常状态"。正是由于这种"非正常状态",在很长一段岁月里,东欧文学被染上了太多的艺术之外的色彩。直至今日,东欧文学还依然更多地让人想到那些红色经典。阿尔巴尼亚的反法西斯电影,捷克作家伏契克的《绞刑架下的报告》,保加利亚的革命文学,都是典型的例子。红色经典当然是东欧文学的组成部分,这毫无疑义。我个人阅读某些红色经典作品时,曾深受感动。但需要指出的是,红色经典并不是东欧文学的全部。若认为红色经典就能代表东欧文学,那实在是种误解和误导,是对东欧文学的狭隘理解和片面认识。因此,用艺术目光重新打量、重新梳理东欧文学已成为一种必须。为了更加客观、全面地翻译和介绍东欧文学,突出东欧文学的艺术性,有必要颠覆一下这一概念。蓝色是流经东欧不少国家的多瑙河的颜色,也是大海和天空的颜色,有广阔和博大的意味。"蓝色东欧"正是旨在让读者看到另一种色彩的东欧文学,看到更加广阔和博大的东欧文学。

二〇一三年十月三十一日定稿于北京

主编简介:高兴,诗人、翻译家,一九六三年出生于江苏省吴江市。中国作家协会会员。现为中国社会科学院外国文学研究所研究员,《世界文学》主编。曾以作家、翻译家、外交官和访问学者身份游历过欧美数十个国家。出版过《米兰·昆德拉传》《东欧文学大花园》《布拉格,那蓝雨中的石子路》等专著和随笔集;主编过《二十世纪外国短篇小说编年·美国卷》(上、下册)、《伊凡·克里玛作品系列》(5卷)、《水怎样开始演奏》、《诗歌中的诗歌》、《小说中的小说》(2卷)等大型图书。主要译著有《梵高》《黛西·米勒》《雅克和他的主人》《可笑的爱》《安娜·布兰迪亚娜诗选》《我的初恋》《索雷斯库诗选》《梦幻宫殿》《托马斯·温茨洛瓦诗选》等。

重建第三个家乡

(中译本前言)

李以亮

《另一种美》是波兰诗人亚当·扎加耶夫斯基一部带有"回忆录"性质的长篇随笔。本书一九九八年首次以波兰语由 a5 出版社在波兹南出版,随后美国学者,也是扎加耶夫斯基的主要英译者克莱尔·卡瓦娜将它译成英语在美国出版。就是说,作者在五十岁出头时写作了这本书。作为"回忆录",它似乎来得有点过早,不过,《另一种美》并不是一本严格意义上的"回忆录",它所涉及的人物和事件,虽然也多是作者亲历,但不太具有传记意义,在时间上,主要集中在六十、七十年代(但不限于此一时期)。作者所遵循的,与其说是时间的顺序,不如说是心灵的秩序;当然,时间顺序也的确构成了此书的总体线索。因此,它是一次回忆之旅,更是一次沉思之旅。全书有着鲜明的诗人散文的特点：兴之所至，自由而跳跃，行于当行、止于当止。所以，《另一种美》这本书，仍然不失为一个理解这位"波兰主要诗人"（米沃什语）的便捷通道；同时，由于它远不止是一份"回忆录"，而是伴随了大量"延缓做出判决"的追问和思考，对于我们理解诗和文学、历史和政治等，它肯定能够带来丰富的启示。

扎加耶夫斯基生于一九四五年六月，第二次世界大战在欧洲已经结束，根据雅尔塔协议，波兰版图自西向东发生了"位移"，婴幼时期的扎加耶夫斯基从祖辈居住的利沃夫迁移到了西里西亚的小城市格利维策。童年和少年时期的扎加耶夫斯基平静地在此生活、接受教育。在当时波兰人的心中，良好的高等教育只能是在像克拉科夫这样的大城市。高中毕业后，扎加耶夫斯基顺利考取了克拉科夫著名的高等学府雅盖隆大学，本书的叙述即开始于这一时期的见闻。作者接受大学本科和研究生教育的这一阶段，在他的人生中是较为特殊的一个时期。一方面，因为他的精力主要是用于哲学，加上作者个人的爱好——文学的研习，正是摄取知识、世界观形成的阶段；另一方面，由于寄宿大学校园之外，往返于学校和家乡之间，他也开始接触社会。从书中来看，扎加耶夫斯基对六十年代后期至七十年代波兰社会的经济、文化状况开始有了一些深入的理解。在本书里，这些都有比较详细、生动的描写。随着作者回忆的思路，诗人对写作和思想发展的另外一个重要阶段"新浪潮"时期也有大量叙述和反思。不过，作者着力的，主要还是他生命之中出现的那些杰出、有趣的人和事，让我们仿佛置身于那样一个历史氛围，共同感受他们的悲欢。及至七十年代末和八十年代初，作者逐渐不满足于在写作上已经取得的影响，特别是对于过于切近现实的写作发生怀疑，换句话，"永恒"有了更大吸引力。八十年代初期诗人移居巴黎，对于这次的选择，作者一再声言是出于"个人性质"的原因，并且以其一贯的"谦逊"态度认为，他的经历并不是一个代表那个时期如何生活（或幸存）的戏剧化的故事，至少不是那么"典型"。在我看来，这也符合实际。比如，如果跟他的朋友、波兰著名异见分子亚当·米奇尼克比较起来，两者显然就大为不同。尽管扎加耶夫斯基也曾一定程度地介入过当时的冲突与对抗，这些都在书中也留下了客观的记录，但是，诗歌和音乐才更是他关注的真正所在。也许正是因为如此，诗人才说："我失去了两个家乡，但我找到了第三个：一个属于想象的空间、给艺术的需要准备的领域，虽然迄今它于我还不是十分清晰。"

作为一部"回忆录"，整体来看，它虽然没有采取那种十分连贯的叙述，但也集合了大量客观的外部描述，首先是有关于那一时期普通人生活的描写，它们无不始终围绕着作者亲身的经历展开。在这些描述之间，存在很大的跳跃和留白。而且，在这种散文式的描述之中，仍然不时闪现某些诗人散文的诗性特点，主要体现在文章的抒情性上。实际上，书中并没有记述多少大事件，有的只是灰色的日常生活、物质或精神的贫困、外出讲课的经历、阅读的狂喜、普通家庭拥挤和陈旧的陈设电器，等等，所有这些细微之处，不仅折射出一个时代的真实面貌，也让我们真切地感受到了一个诗人的成长和自我形塑的艰难历程。我注意到，在作者笔下，存在一个倾向，那就是诗人虽力图"真实"，但他仍然更多地选择了那些更具温度，也更具美感的人和事来描写；当他遇到那些不那么可爱的人物时，也愿意抱以"同情的理解"，虽然不乏讽刺，但也绝不过火。他说："我不是历史学家……我不想效法现代历史学家树立的榜样，总的来说，他们是些没有情感温度的冷鱼……写一些缺乏同情心、丑陋、木头似的、官僚语言的东西，其中，毫无诗歌的位置。"简言之，他"想要重返早期的传统，也许就是希腊人的传统，诗人历史学家的理想标准"，在真与美的问题上，诗人不想偏废，至少是在写作这部散文时如此，因为他清醒地想要发现真相，面对"诗歌和恐怖"，他把它们看作是"我们这个世界的两极"；在这里，"诗歌"让我想到米沃什的定义，而所谓"恐怖"，则让我联想到他的另一位同胞恰普斯基对世界的揭示（参见作者《残酷》一诗）。

作为"新浪潮"曾经的一员,扎加耶夫斯基以写"政治抒情诗"出名,然而其中相当一部分并未收入作者后来的选集。这当然不只是诗人"悔其少作"的缘故,毋宁说,这更体现了诗人成熟后的诗歌意识和清醒的价值判断。"初登文坛时,我被认为是一个愤怒的青年……这有时令我烦恼。这样的诗,我很早就不感兴趣了。我明白,真正的诗歌在别处,应该在党派的临时纷争之外,甚至超越了(各自意义的)反叛。"在本书中,诗人对自己的写作观念的形成与发展,有着较多的类似表述。这种反思,也包括了对他与朱利安·科恩豪塞尔合写的文学宣言《未被呈现的世界》所做的反思。所有这些思想,作者不是集中、直接地说出来的,它们往往穿插在作者对事件的回忆之中,尤其体现在那些为"文学的伟大性"辩护、为诗歌辩护的文字里。这些论述虽然不是十分系统,我相信有心人将会发现,它们都是诗人在继承了赫贝特、米沃什等精神导师的遗产后,总结、发展出的一套属于自己的生命诗学,一种结合了历史和形而上学维度的个人化诗学,其中不乏他从一代人的生存经验与美学实践里汲取的营养和真知灼见。这些穿插于叙述之中的思辨文字,其独到之处与米沃什、布罗茨基等人的精彩文论(我们已不再陌生),构成了一种诗学意义上的呼应。它们似乎也体现了一位职业诗人的特权,随时可以发表那些久积于心的诗学宣言和文化见解。所以,《另一种美》在一定程度上也是这样一部书:它充满了诗人的微型诗论。比如:"作家的诞生:一个在天主教信仰里成长起来的年轻人,常会体验到一种令人晕眩的启示。在他祈祷时,他会突然意识到,他不必重复那些印在祈祷书上的词句。他可以发明自己的祈祷。他可以编写自己的祈祷词。"在此,我仿佛突然领悟了,米沃什所说"祈祷的能力"究竟是什么意思。又如:"侦探小说为什么总是那么无聊?因为它们只处理一个神秘,一个简单问题:谁杀了L先生?但是,真正的神秘,真正的问题只有一个:世界是什么?"这也让我想到,作者到底是著名学府哲学系科班出身。这样独立的段落,全书里还有很多,无不简洁而富于见地,宛如中国的古典诗话。

　　扎加耶夫斯基的行文是简练而生动的,尤其体现了深刻的洞察力和理解力。桑塔格把这称之为一个"小说家的天赋"。无论是对作者大学时期某位教授的追忆,还是对社会不同阶层人物的描写,都是流畅而洗练的,而且饱含了动人的情感。天赋固然是重要的,我以为,它更关乎作者内心里始终思虑着的一个问题,实际上它贯穿在全书之中,那就是:灵魂如何幸存、如何得救。"我们可爱的城市到底如何?它是怎样幸存下来的?什么是短暂的,什么又是永久的?什么还在经受,什么又已经永远过去了?……什么是可爱的,什么又是令人厌恶的?有些诗歌和绘画将会留下来,但是谁能唤醒那样的时刻?"在我看来,这段话表明了作者的写作初衷,也规定了全书的写作范围。至于许多具体的细节,都可说是在此主题下的展开。所谓"形散而神不散"的"神",在《另一种美》里其实就是在"回忆"的统领下,诗人发现和重建"第三个家乡"的努力。

　　在此,译者的论述也许有些简化了,因为正如苏珊·桑塔格所说,"这是一本带有各种个人记号、多重主题并置的书"。好在书已经在这里了,读者诸君大可在阅读中自行"阐释"。毫无疑问,《另一种美》不只是一部"回忆录",它更是一个艺术品,一部散文的艺术品。它好读,有趣,而且不乏深刻性——对于它,适当的方式应该是欣赏。那么,让我们开始欣赏吧!

另一种美

我们只能在另一种美里
找到慰藉,在别人的
音乐,别人的诗中。
救赎与他人同在,尽管
孤独品尝起来
像鸦片。他人不是地狱,
如果你在黎明时瞥见他们,
眉毛洁净,被梦清洗。
因此我才踌躇:该用哪个词
"你"还是"他"。每个他
都暴露出某个你,但是
平静的谈话在别人的诗里
等候时机。

(选自《震惊》,克莱尔·卡瓦娜 英译)

德卢伽街不属于我们这个世界。它与历史的时刻、与那个自鸣得意而被滥用的词"当今"所指的时刻,少有共同之处。它有一种非常明显的不合时宜。仅在几步之外,华沙街往首都方向热情地延伸而去,且德卢伽街本身被"三诗人大道"一分为二,后者自一九六〇年代末起,早已是一条繁忙的大路。但是,这种与现在这个年代的距离,对它本身来说是一回事,对在这里生活、感受的人们来说,则完全是另外一回事。街道通常是无知的:它们低垂的额头并不隐藏希望、绝望或思想。屋顶平静地休憩于公寓建筑。尽管如此,我们也许可以假设或猜想。所以,在我看来,德卢伽街应该更喜欢马和马车。农民的手推车也许最适合这里,但它也不曾拒绝时髦的四轮大马车那带弹簧和缓冲垫的橡胶轮子在身上愉快地驰过。毕竟存在一个适合这些东西地方,这些东西也很适合这条街的奇怪的特性。在冬天,有香味的马粪,黄色的污渍点缀着白雪,浪费地冒着热气;吸引着当地的麻雀,它们正渴求任何形式的娱乐。德卢伽街对于现代历史可是一点儿也不上心。它不喜欢电,不喜欢内燃机引擎;它不喜欢洋洋得意的德国国防军带来的希特勒主义,或通过红军引进而来的斯大林主义。它本可满意于马匹、手推车以及粪肥散发的美妙气味。仆人的叫喊、优雅女士的阳伞、流转的四季、鱼、雪和阳光——这些本来就已填满它朴素的生活。这些耐久的事物还未完全消失。到了秋天,一堆堆煤,耸立在人行道上,用煤筐搬运,或者直接用铁锹铲进地下室。圣诞节前,冷杉和松树已在阳台上萌芽,一家之长把鲤鱼兜进滴着水的渔网带回家里，只怪它们运气太差，还长着艳丽的嘴唇和鼓眼泡。在公寓周围浓密的灌木篱笆边，尖顶的墙壁，坚固而团结，仿佛在一个艰难时世里互相鼓劲。公寓第四层，是C太太的房产，就是在那里，我租到了在克拉科夫的第一个住处。

如今C太太肯定已经不在世上了。我想，C太太自然是不愿将她高贵的名字公之于大众阅读的，因此，她这个曾经拥有土地的贵族社会成员，将简单地以C太太之名出现。没落的地主贵族——这是他们通常的称呼——虽然现在，在战后，她连一座大楼也支配不了，而仅仅只有其中小小的一间。

关于C太太，我知道的并不多。我不知道在她丈夫身上到底发生过什么，或者她是否真的结过婚。我不知道她有没有孩子，如果有，他们又生活在哪里。C太太鄙视她的房客，几乎从来不跟他们说话，也就是——不跟我们交谈。因此她的个人历史、此前的经历，不可能脱去面纱。但是，不，我说得不对，她并不鄙视她的房客，事情不是那么简单、庸俗。她真正的住处在另外的地方，在一个不同的王国，在宇宙之中某个神秘、不为人知的登记册里。她不在我们中间，不在那些业已默认眼前这个灰暗现实的人们中间。她拒绝跟现实签订一份协议；她在一个不同的剧院演出，她生活在一个不同的国家。她不在我们中间——我们仅在公寓的走廊，那个叫人想到废墟的阴沉沉过道里遇见她。C太太已经下定决心，在这破旧的地方维护她战前的地位。她决定继续做一个女继承人，一个房地产的女主人，并且继续俯视那来自各行各业的人。这项决策决定了一切，因为事实上她并无不同之处，她一点儿不比普通人知道得多，她不是贵族血统，不是一个真正的贵族。她只是一个矮小、结实的女人，长着一张乖戾、平庸的脸，像一个油炸圈饼，一头颜色模糊的头发，说话的声音浊重而难听。

她的策略就是不出现，尽可能不离开客厅，那里也是她的卧室。做个隐形人，不被他人和他人的目光吞噬，借此使她的本质——然而，什么是她的本质？——避免与他人的本质接触。她几乎从不出户，而在罕见的外出活动之前，必做详尽的准备工作，好像主流国际媒体为她指派了大量摄影记者等在街上。

有一次，我听到她说："我出门就是去拉帕洛①。"为什么是拉帕洛？她很可能不了解自己，但拉帕洛似乎听起来很不错。她偶尔会招待同伴——几个上了年纪的女士，来自同一个阶级，所谓没落地主——只在下午，在英国人喝茶的那个时间，绝不拖到晚饭那个时候。

C太太专注于她的历史使命，捍卫自己的社会地位，在一个敌对的环境里致力于捍卫她的封建主义。摸一摸扫帚、削一削土豆、洗洗地板、做做晚餐，绝对是她的禁忌。这些看似无关紧要的行动，只可能导致一件事：她的更高本质的毁灭。那个本质是她最珍视的——何必拐弯抹角？——唯一的珍宝。如果她给自己煎一只鸡蛋，或者炸一个肉排，那么，整个时代的尊严也许轰然倒塌了，中世纪可能停止运转。

幸运的是，有一个人负责清洁窗户和地板、采购、准备午饭和晚饭：女仆、佣人、农奴海伦娜。海伦娜每天清晨四点起床，乘有轨电车上班——电车总是载满熬红双眼的、精疲力竭的歹徒。她的工作是在城市耗子控制中心做一个看门人。或许因此她本身看上去就有点像只耗子：尖尖的嘴角、笔挺的鼻子、一双细小而明亮的眼睛。她身材矮小，身手敏捷，闲不住，爱管闲事。当然不曾有过为这位特洛伊城下的海伦而进行的战争。黎明时分她离开住地去上班时，公寓里其他人都还没有醒来，城市里绝大多数居民仍在沉睡。C太太肯定睡着了，我正在睡觉，我的同室、一个比我大两岁的工程系大学生也在睡觉。整个房子里的人大约在七点半醒来，而海伦娜在那个时间已经回来了，一副轻快的神情，表明她在扫除城市害人精的行动中发挥了小

---

① 意大利海港，著名度假小镇，坐落于菲诺港与基亚瓦里之间。

小的作用。海伦娜回家时,睡眼惺忪的公务员们正走向各自的办公室,耗子在巢穴刚刚躺下。

　　海伦娜被叫去应付外面的世界,历史和自然、鸽子和乌鸦、猫、送奶工、邮递员、扫烟囱的人、煤烟和牛奶。她是负责处理具体事物的人;她呼吸灰尘,擦洗门把手,冲刷烧水壶。她总是急匆匆的,没有时间休息,紧赶慢赶。她睡在厨房里一个沙发上,白天沙发被盖上一张棕色床罩。到了晚上,她在灯下聚精会神看一会儿本地报纸,这是她沉思各种人类愚行的时机。她会戴上金丝眼镜,仔细瞅着犯罪专栏上列出的事件:有人谋杀了另一个人,出于爱或忌妒,或者为了钱。我想,她大概会欣慰地叹一口气,因为这表明世界还未完全丧失它更早的、战前的想象力,还没有无趣到只是召开那些大小会议。C太太发布指示,管理花销,而且,就像任何一个财务大臣一样,抱怨开销太大,抱怨海伦娜不合理的过度消费。有时候,在女主人和她的苦力之间,爆发可怕的争吵,却并无明显的原因。就像一座兵工厂,最微小的火花也会引发一次爆炸。海伦娜向她的压迫者发出警告,猛地带上门,跑出房间,折回,再猛地关上门,大叫:"我受够了!为什么总是我、我、我,总只是我!"因为每天上班乘车、每天与人接触,海伦娜对于实际发生在克拉科夫和这个国家的事情,有着更好的理解。她是每天感觉这个城市情绪变化的人。她是每天读报的人,虽然只读犯罪专栏。在理论上,她在这个家里应该已经逐渐占据上风;C太太则差不多已经沦为英国君主那样的角色,被迫自动承认一切决定由内阁做主。但是,C太太要求绝对的权力;她拒绝接受改革。她的统治建立在她受过的教育,或者建立在对现代生活的理解之上。她的统治的权力来源于某种风格,某种说话和穿衣的习惯(她喜欢白色宽松上衣,由海伦娜洗涤和整烫),来源于某种挑剔性的撇嘴方式,她用法语吐出的警句。知识不是重点。C太太对时事没有任何兴趣。要发生的事,都是已经发生过的。当局的政策和意识形态领域的变化,这些东西从未进入她的头脑。如果有人告诉她说,在最蛮不讲理的年代,如一九五二年,与六十年代哥穆尔卡①时期之间,的确存在很大的不同,她一分钟也不会相信。是的,她也许听都不愿意听。

海伦娜的反抗从未实施。C太太没有压制,她只是等待。她只是把自己反锁在小小的会客室,好像那是一个坚固的堡垒,然后耐心地等待风暴过去。海伦娜总会心软下来,回到她无尽的职责之中。她会生气一会儿,双唇紧闭,但最后就会顺从。她可能愤怒地发出"哼哼"声、嘲笑每个和她说话的人,但是最终,这老一套的程序甚至使她本人也感到厌烦,耸耸肩,重又回复那一贯的好脾气。有时,她也拿我们这些房客当作出气筒。

她是一个叽叽喳喳、爱管闲事的人。我怀疑她经常到处翻寻我们的东西,我曾在桌子抽屉里留过一张纸条:"请不要看这里"。海伦娜感觉受到了冒犯,并且几天不与我说话,直到她的怒气全消,才强烈地责备我:"你怎么可以那样想?所以说,你根本不信任我。"

这两个女人,她们的样子好像来自一个二流荷兰画家的画,彼此憎恨和折磨着对方,原谅和忘记彼此间的差别,她们那么真实地存在着。敏锐、灵活的海伦娜,和冷淡、爱噘嘴的C太太。她们都在星期天去做礼拜,但从来不一起走。海伦娜更喜欢早上做弥撒,而C太太只做大弥撒②,右手拿一本黑色祈祷书、左手挎一只真牛皮手提包。

她们生活在一只笼子里,一幅二流荷兰绘画中,一个拥挤的公寓里,生活在怨恨里。那时我是一个大学生,听听课,参加一切似乎公开和可能的活动。我一跑出那位于第四层楼的公寓,立刻就忘了这两

---

① 瓦迪斯瓦夫·哥穆尔卡(1905—1982),波兰政治家。出生于石油工人家庭,16岁参加青年社会主义运动,1926年加入波兰共产党。第二次世界大战期间在国内领导抵抗运动。1945年至1948年为波共总书记。1948年后被指责犯有右倾民族主义错误而解除党内职务。1951年被捕,直到1954年12月重获自由。苏共二十大后,哥穆尔卡被恢复名誉,重新成为波兰党和国家的领袖,后因经济改革不力于1970年下台。

② 弥撒是天主教宗教仪式中最为重要的部分,是为了纪念耶稣献身事迹而举行的。一般可分为三类:庄严弥撒,又称为大弥撒;小弥撒,是庄严弥撒的简化形式;特别弥撒,是改变后的大弥撒,如还愿弥撒、婚礼弥撒。

个女人的悲剧和仇恨。我快步走向我们大学的新哥特式建筑。我漫步在郁郁葱葱的普兰蒂公园。我有时同情这两个女人,她们永远受制于小小的命运。这不公平:无限的永恒,就在她们身边哼着歌曲,星星在夜晚就会出来。一切都是可能的。我听关于胡塞尔的课、关于笛卡尔的课(他在一个夜里得到启示)、关于帕斯卡尔的课。有一些书充满火焰,而另一些只是充斥着稻草、黏土、羽毛。我知道,我不会在C太太的地方待太久,虽然事实上有一刻我也参与了她们乏味的痛苦,并且很快将其抖落。但是,两个女人,被锁在她们的悲惨境遇里,禁锢在炼狱里,她们不可能从中挣脱。这样想,她们是不是很幼稚?是的,的确。满脑子偏见的C太太不会突然冲出她的房子,成为一个渴望知识和启示的少女。海伦娜不可能离开耗子控制中心。

不,这并不幼稚和天真。她们并没有要求非凡的生活。是的,这是天真的。非凡的生活,永远从她们那里被夺走了,永远。填纵横字谜游戏——我只是碰巧瞥见过一次——是C太太的秘密。不是十字架,只是一个填字游戏。那些字上下扭动,却毫无意义,它们没有力量,仿佛钉在十字架上:一条小河边的国家的首都,儿童的香槟酒,一个非洲的城市。

事情就是这样。C太太有三个房客——两个大学生,一个高个子老男人。高个子老男人差不多已经半截入土,听力很差,常常一连几天将收音机音量调得极高,连墙壁都摇晃了。当然,他只听自由欧洲电台的广播。我小心翼翼地移动,尽可能慢悠悠地,从地板上拖着凉鞋走过。C太太已经走到这步田地:几个钱的房租、退休金,还要支付一个清洁女工的报酬。

不,这并不天真,因为生活属于我们每个人,所有人。

当我还是一个孩子的时候,我就失去了两个家乡。我失去了出生的城市,在我出生之前家族生活了无数世代的地方。但是,苏联的统治也影响了我顺利进入那些自明真理的可能。需要很多年,我才会得以回到生活的主流之中。

我来克拉科夫求学；那是一个秋天，一如往常，那是开学的日子。没错，我是来求学的，这是值得称道而实际的，但是也有吸引我的别的东西。我似乎受到无意识的驱使，想要重新获得我的城市，我知道，那是我永远失去了的城市。当然，我们总是在寻求永久消失了的事物。

在我面前是一幅克拉科夫市中心的照片，这是一张直升机拍下的航拍照片。我非常偶然地得到了它——它原是被用作供外国游客阅读的旅游指南的封面。上面印着优美的格式化文字："克拉科夫历史悠久的老城中心"（原文如此）。这一英文短语起到转移注意力的作用：它拉开了我与我的城市之间的距离，它将我转化成一名游客。它和这个最明显的事实抵触：我明明是在注视某个对于我十分珍贵的对象。

飞机，或直升机，很可能是在斯托姆大街上方某处进行航拍，也许就在圣凯瑟琳教堂之上。我不是太确定，因为说明文字模糊了城市的一部分，并且覆盖了伯纳丁花园和果园，以及维斯瓦河岸、体育馆与山顶教堂之间的部分街区。拍摄的视角正好吻合一幅地图的透视角，也就是：上北下南、左西右东。老城中心因此看起来像一个巨大的钥匙孔，普兰蒂公园则像一个富有的牙医妻子华贵的绿皮衣领。

我端详着克拉科夫这幅航拍照片，感觉自己就是那架飞机或直升机的飞行员。我翱翔在城市上空，我就是那个飞行员。我戴着耳机，但我面前不是控制仪表板，我面对的只是一部旧打字机、钢笔、铅笔、有点过时的电脑。我必须戴上耳机。我工作、阅读、听音乐的房间——除非我在休斯敦——位于一座大建筑的腹部。其他住户常常弄出可怕的噪音。穿高跟鞋的家庭主妇在我头顶的厨房里来回走动。厨房地面镶嵌着瓷砖。时不时地，我的哪个邻居会重新翻修他或她的公寓，为此就会用到电钻。电钻！最新式的电钻具有二战末期坦克般非人的威力，而且发出几乎一样的喧响。即便隔着几层楼，正在使用的电钻也会令我头疼不已。电钻扼杀思想、灵感，就像在大楼里爆炸的一颗炸弹。

此外，在我房子的前面，有一所幼儿园，每年都要增加一些吵闹的孩子，他们互相嬉戏，模仿着爱和战争中的大人。一个邻居常响亮地打喷嚏，水泥墙壁也会为之震动。还有一个，常常歇斯底里发作，尖叫不止。每年春天，住在院子另一头的人家，会在阳台上挂出一个笼子，金丝雀单调的叫声也近似一只电钻，一点儿不像本地野生的黑鸟发出的柔美歌声。

我必须戴上耳机，有时在耳机下加上耳塞。只有如此，我头顶轰鸣的飞机才会感觉飞远了。我必须承认，它并不是每天都会飞走。各种障碍和干扰都在激增；有些是外部的，有些则来自内部。有时候，跑道上的迷雾导致航班延误——跑道就是我的松木书桌，四十年前我花四百法郎，在勒瓦卢瓦-佩雷①买下了它。有时候，我的飞机才起飞，就触墙失事，而我奇迹般地逃生了，右手手指却被折断，护士看到后露出难过的微笑。另一些时候，暴风雪肆虐于另外的机场，而那里却是我的目的地。无线电也坏了，我的耳机根本不起作用，电线杆被大风掀翻，电线纠缠在一处。我能做什么？跳机，擅离职守？读书？

我常常利用耳机，仅仅为了对抗我们奇怪的公寓制造的凡俗、狂欢的演奏会。我的耳机是一个盾牌，但并不总是足够有效，并不能使我离开地面，只不过能够避开众人，避开电钻的轰鸣声。有时飞机接近跑道，而我正在聆听，比如说布鲁克纳的第九交响曲，它的能量远在一架大型喷气式客机之上；或者正在听巴赫，雅诺斯·斯塔克②演

---

① 巴黎郊区，位于法国北部塞纳河畔。
② 雅诺斯·斯塔克（1924—2013），美籍匈牙利大提琴家。

奏的大提琴曲；或者，在听布鲁贝克①，十六岁时我第一次听他时，还曾发现其中一个小小的瑕疵；或者贝多芬，比如第三交响曲里的葬礼进行曲，是的，就是在这里，他用力抹去了献给拿破仑的题词，以致在纸上留下了一个小洞；或者马勒的第九交响曲，它有辉煌的第一乐章（从容的行板）；或者舒曼的第三钢琴三重奏，开篇序曲——"移动，但不是太快"——它也许不止使我一人心碎，它仿佛许诺了某个不能实现的东西，它像欲望一样混沌，像渴望，永远不能平息。

我戴着耳机，使用着打字机、钢笔、铅笔或者电脑键盘，英文的图片说明"克拉科夫历史悠久的老城中心"在我面前——我以前还不曾注意到，它也盖住了瓦维尔城堡。很可能不是飞机，只是一架直升机，因为我并没有飞过城市绿色的哥白林区，只是盘旋在一个点上，在圣凯瑟琳教堂那块地面上。我没有飞过城市的上空，我盘旋在一个点上；照片一定是在夏天拍摄的，城市呈棕色和绿色，阳光明媚，一派祥和。不，有些树顶已经开始发黄，我从上往下看见了它们。所以，也许已进入九月，秋天的第一个星期；只有我能看见发黄的树顶，下面是看不到的，即使有人抬头看，那仍然是夏天，而我，从上面看见了那微黄的线条。

这是午后，接近黄昏，太阳向西倾斜，影子悠长而无力，在被一天的阳光滋养后，正心满意足。它们从东向西蔓延，平行于教堂拉长的墙体，正如我们所知，教堂一律建筑在同一轴线上，在日出和日落之间，这是一天里最主要的两件事。

鸟瞰泄露了城市小小的秘密，一些从大街上很难发现的秘密。从高处鸟瞰好似一种告解，城市坦白了它轻微而可宽恕的罪——但并不是它真实、主要的罪，它们，你得在别处，在记忆和遗忘里去发现。

我看见隐蔽在克拉科夫城墙之内的许多花园和果园。它们在平时都是看不见的。高高的墙体挡住了这些宝贵的绿色：白杨、水曲柳，

---

① 戴夫·布鲁贝克（1920—2012），美国钢琴家、作曲家。

还有苹果树和梨树。其中,有一些花园占地广阔——都是修道院的果园。一道日影覆盖了它们。西沉的太阳在向城市道别,而城市一直试图保持它田园式的本性,却又为之害羞,所以,它将珍宝掩藏于墙壁和藩篱背后。也许,它也想被当成一个现代化的大都市,却又不愿承认它有田园诗般的庭院、铺路石之间发芽的草地、市中心无忧无虑盛开的樱桃树。

我轻轻飞过城市上空,犹如一个精灵。我仿佛感受到了大地的暖意,屋顶的暖意,夏天慵懒的温暖。

莱钦斯基教授是专研认识论的哲学家,他说话的声音非常柔和、抑扬顿挫,也很容易被外界的嘈杂盖过或者打断。他讲授笛卡尔、贝克莱、休谟,还有康德。他看上去非常文弱,身材矮小,背有点驼,样子十分温顺,脸瘦得好像不是凡人,倒像是什么胶合板。他是那么安静、温和、彬彬有礼,似乎只有一半生活在现实中。他几乎不是真实地存在于那里。他总穿深橄榄绿的大衣,总是如此:无论冬天和夏天,春天和秋天,在街上,还是在供暖不错的讲座大厅。无论西伯利亚寒流来袭,还是斯大林和贝利亚的严霜,或者难耐的西西里的热浪,其时最出色的运动员都难以忍受——莱钦斯基教授却从不脱下他的绿色大衣。有的学生,知晓所有老师的情况,对此现象有一个解释:莱钦斯基教授在奥斯维辛集中营被关过一段时间,染上了一种罕见的疾病。他体内的恒温调节器已经停止工作。另有人说,不是这回事,它没有停止工作,他只是永远感觉寒冷,即使在八月。这里,我们遇到一个形而上学的问题:他是感到了寒冷,还是对温度的变化缺乏敏感?

然而,多年之后,当我从思想上重返德卢伽街时,我得出这样的结论:那两个上了年纪的、难看的女人,她们的存在平凡又琐碎,一种被季节缓慢的节奏制约的存在,漫长而阴郁的冬天,疯狂的春天,每周在屠夫店里寻求火腿、在假日前寻求鲤鱼、在集市广场的百货商店寻购长袜的日子，吝啬每一分钱、时刻憎恨对方的日子——实际上，却从未像谋杀事件一样走远！——比起我来，这两个老女人，对于世界更重要。她们是对世界更好的投资，它对时间的关切有着更高的回报率，比从某个鲁莽的年轻学生那里得到的回报高得多。我突然的顿悟，我对古代和现代的精神存在形式的迷恋，正如一个保险丝，它已经烧得冒烟，也许，在一定情形下，还会引起爆炸！我很可能是一个潜在的狂热分子，梦想着危险的乌托邦，即使不能实现他们的乌托邦，至少也渴求着——用双手！——签下一份请愿书，要求让这世界绝对地完美化。而他们，相信他们是对的！那两个女人，满怀愤怒，也在寻求激进的变化，她们可靠的、自我保存的生活本能，在她们平淡的坚持里、在她们渴望生存下去的战斗里，取得了胜利，而这样的战斗只不过是为了保证冬天的煤、复活节的罂粟籽蛋糕。我天马行空的想象，对于只想过一种正常生活的人，不可避免地包含着蔑视的味道：如果没有对普通路人的某种蔑视，你几乎难以离开地面！就像优越感，对于想象的宇宙飞船，是一种必要的、高能的燃料！也许，我很容易成为某些煽动家或者别的什么人眼中的雷管。在灰暗的波兰，一个被另外的乌托邦掠夺的国家，在当局的薪水册里，根本不缺狡猾的小恶魔，出来寻找具有攻击倾向的年轻人，梦想伟大、鄙视凡俗的年轻灵魂。想象的爆发，最后确乎通向真理，但想象的飞行，也会危险地接近乌托邦的城墙；我遇到过不止一个非常有前途的年轻人，他们求偶的飞翔，在常见的党的地方委员会的聚会餐厅，以一种奇怪的坠落方式，到达它们的顶点。

　　我失去了两个家乡，但我找到了第三个：一个属于想象的空间、给艺术的需要准备的领域，虽然迄今它对我还不是十分清晰。我失去了一个真实的城市，但我找到了一个想象的城市。我选择诗歌作为我的专业领域，还是相对较晚的事，比许多人都要晚得多。

也许，整个城市——克拉科夫，美丽、迷人的克拉科夫！——它的内在恒温调节器也已停止工作。如果小提琴家大卫·奥伊斯特拉赫①或耶胡迪·梅纽因②，碰巧访问当地的交响乐团，他们会异常振奋。那也是开心的事，如夹道欢迎菲德尔·卡斯特罗，后者也许开创了人类历史上最无可挑剔的警察监视制度。更不用说在当局机构里，权力被擢升的官员不时用来哄骗当地人的小礼物。这个城市不曾退缩，面对精心安排的国际劳动节"五一游行"，它更像一幅自发示威的讽刺漫画。它也没有放弃那种虚假的选举，你把一张预先准备的、写好某个幸运的候选者名字的卡片投入一个坛子：最简单的机器人也可取代人手和大脑，照样执行这样根本无须动脑的功能。

巴黎的低气压有海洋性的特点，大西洋朝大陆方向迅速遣送低气压带。风一起，乌云就像赛车一样掠过城市。雨水仿佛以恶意的倾斜角度落下来。老天不时露一下脸，一小块蓝。然后天又黑了，塞纳河仿佛变成一条黑色路面。巴黎的低地因为来自海洋的能量便又沸腾了，一时雷电大作，好似开启了香槟酒瓶塞。然而，中欧地区典型的低气压——在喀尔巴阡山上的某个地方，形成中心——表现全然不一样：它是抑制和忧郁的，你甚至可以说，带有哲学气的冷静。云层几乎一动不动。它们形状各异，好像巨型的软式飞艇，悬挂在克拉科夫中心市场的上空。光线在逐渐移动。紫色的光线渐渐淡去，让位于黄色的反射光。太阳躲在柔软的云层后，照亮了天与地各个不同的角落。有的云彩就像浮上水面的深海鱼群，张大嘴在游动，仿佛对空气的味道感到震惊。这种天气，可以持续多日，造成中欧温和的气候。如果是在长久的审时度势之后，下起雷阵雨，那表现就像有点口吃。

---

① 大卫·奥伊斯特拉赫（1908—1974），苏联著名小提琴家。
② 耶胡迪·梅纽因（1916—1999），美国著名小提琴大师。

没有迅猛、果决的霹雳从天而降，天空发出一串冗长的雷声，"啪啪啪"——没有惊雷的爆炸，只有回声。打雷也有它的分期付款计划。

有时，我经过公寓一楼敞开的窗户，收音机正在播放埃维斯·普里斯利①或者他的同代人及后来者的歌曲，它们早在二十世纪六十年代就非常流行，今天依然如此。偶然听到的乐曲，让我想起电吉他刺耳的声音，我记得，那是在学校舞会和学生俱乐部里听过的。电吉他原始、刺耳的声音，就像草地上野鸡的叫声。电吉他时而忧郁伤感，时而完全相反，充满病态的活力，使我们回想起一个潜在的、笛卡尔式的问题：是什么让身体和灵魂结合在一起？

美丽、迷人的克拉科夫。初创者称其为我们星球上伟大的圣地之一。他们说，在它的城堡山，隐藏着一块无比珍贵的宝石，一块护身符，具有神奇的魔力，能使城市免遭灾难——尽管理性迫使我们承认，城市从不缺少灾难。那宝石的内置恒温调节器也许出故障了，它长期屈服于一个灰暗的独裁统治。

作家的诞生：一个在天主教信仰里成长起来的年轻人，常会体验到一种令人眩晕的启示。在他祈祷时，他会突然意识到，他不必重复那些印在祈祷书上的词句。他可以发明自己的祈祷；他可以编写自己的祈祷词。

我可以写一本导游手册，关于这个城市，这座沦落的城市。街道接着街道，房子连着房子，教堂挨着教堂。这个建筑里发生了什么？谁在里面被出卖？被谁出卖？谁在街角等过谁？为什么那个人从未出现？我甚至可以就这样的场合，做出评判，并谴责某个具体的事实，

---

① 埃维斯·普里斯利（1935—1977），美国著名摇滚明星，俗称"猫王"。

责备某些人。我不会缺少材料；如果需要，我可以径直去档案馆，翻阅积满灰尘的文件夹，找到妥协的文件。我会是一个热心、不受干扰的控告者。

但是，当我想到过去的岁月，当我描写这座城市，看见它的居民，拥挤在街市和广场的过路者，急匆匆地行走，或者只是在单纯地散步，在最后一刻跳上移动的有轨电车，或者在和煦四月的一天，懒洋洋地躺在普兰蒂公园的长椅上，我看见自己就在他们中间。我也在那里：在集市广场，在弗洛利安斯卡街，在德卢伽街；在那所古老大学的演讲厅，在本地一家期刊的编辑部；我前去看戏，看电影（最经常，是看电影，在那里好像享有治外法权，仿佛一个舒适的柏拉图式洞穴，最便宜的旅行社就在附近，他们可以根据你口袋里金钱数量的变化，缩短世界旅行计划）；跟姑娘约会，赚钱谋生（只是勉强）。我生活在这城市，在那时的制度下。我跳上电车——只要它们不是开得太快。我写诗和小说，开始出书，并且焦急地等待评论。我写文章评论其他人的书。（年轻作家总是表现得像革命政府仓促任命的检察官，恨不得赶快给老一辈德高望重的作家一个应得的藏身之处，因为他们各种几近犯罪的错误和歪曲性写作。他们这么做只不过是为了活下去。钻进检察官的长袍，比待在被告席上，更容易熬过文学青年的尝试期。）

在二十世纪六十年代，和稍后的七十年代，我完成了我的学业（并非没有遗憾），不管怎样吧，我得以独立生活，我是幸运的：我没有被审判，没有被投进监狱，没有被秘密警察骚扰，而且，即便我全身心地投入反对运动，我总共只在警察局待过一小时。我生活着，周复一周，月复一月，我做过各种各样的妥协。如今，那个年代已经结束，那样的时代已经过去——我希望，是永远过去了——开始，那些看上去显而易见的事情，虽然没有明说，忽然之间变得难以理解。在那个时期的阴影下，我们可爱的城市到底怎么样？它又是如何幸存下来的？什么是短暂的，什么又是永久的？什么还在经受，什么又已经永远过去了？城市没有给它坟墓，但是，有遗忘。什么是可爱的，什么又是令人厌恶的？有些诗歌和图画将会留下来，但是谁能唤醒那样的时刻？

两个智者曾经相遇在一片林间空地。他们谈到工人的贫困、没有灵魂的文明、耗尽内在生命的悲惨命运、宗教情感的衰弱。他们达成了完美的一致：其中一人说话时，另一个也会那么想、那么说。一个沉默时，另一个也会沉默。他们谴责应该被谴责的，以及一切严重的情况，他们暗自欢喜，在这可怕、空虚的世界，他们不是独自一人。前者拥有后者，后者拥有前者。

最初的分歧出现在一个晚上，太阳落山后，他们依依不舍地告别，并安排次日的计划。我要去沙漠，第一个智者说。我将禁食、冥想、一脚踢开这个世界，独自阅读经典。

我将动身去安提俄克①，第二个智者说。我要去见人，努力使他们接受我的——我们的——观点，我将思考、写作、发表文章并出版书籍，也许有一天，有人会读到它们，也许会有人相信，并改变他的生活方式。第一个智者看着他，一点不掩饰内心的嘲笑和蔑视，消失在黑夜里。

莱钦斯基教授似乎从未到过奥斯维辛集中营，就像有些学生私下小声嘀咕的。但他也不缺乏悲伤的原因，很显然，他失去了早年一起生活的可爱妻子。他失去了了不起的朋友斯坦尼斯瓦·伊格纳齐·维特凯维奇。他失去了财富，失去了整个友谊和思想的世界；他在战后发现自己生活在一个军营般沉闷的国家。他失去了青春。

我不能写下关于克拉科夫的历史，尽管它的人民和想法、树和

---

① 古叙利亚的首都，现属土耳其南部。

墙、懦弱和勇气、自由和雨水都与我息息相关。还有思想，它们与我们的身体紧紧联系着，并在不知不觉之间改变我们。时代精神雕刻着我们的思想、嘲弄着我们的梦。我着迷于各种各样的墙。我们居住其中的空间并不是中立的，它塑形了我们的存在。风景和景观进入我们内心最深处，不仅在我们的视网膜上留下痕迹，也影响了我们人格最深的层面。那些天空灰蒙蒙的时刻，在一阵倾盆大雨过后，一无遮蔽地呈现于我们面前；一场安静的大雪过后，也是如此。通过我们的感觉和身体，思想也许会加强雪的力量。它们附着在房屋的墙上。然后，房子和身体、感觉和思想一起消失。但是，我不能写下关于克拉科夫的历史，我只能试着再现一些时刻、地方和事件，一些我喜欢和崇敬的人，一些我鄙视的人。

我不是历史学家，但我愿意有意识地、严肃地设定属于文学的历史记录功能。我不想学习现代历史学家树立的榜样，总的来说，他们是些没有情感温度的冷鱼，一生都消耗在被征服的档案里，然后写一些缺乏同情心、丑陋、木头似的、官僚语言的东西，其中，毫无诗歌的位置，语言单调如木虱、琐碎如日报。我想要重返早期的传统，也许就是希腊人的传统，回到那个历史学家—诗人的理想标准，如同一个亲历者，见识和经历过他所描写的一切，或者，懂得利用生动的口头历史的传统，利用家族或部落的传统，不怕承担义务和感情，而同时，他还懂得注重故事的真实性。事实上，我们在见证一种文学的复兴，它正是服务于上述那样一个目的，但是，却几乎没有人注意这样一个问题：认真倾听古典文学的传统、作家们的日记、回忆录、诗人的自传，那种出于纯粹的个人立场的历史性的文学写作，而不是如现在这样，采取一个助教的立场、一个时髦方法论的奴隶的立场、一个国家雇佣人员的立场——随时准备谄媚权力，取悦巴黎出产的流行的认识论。举几个例子？随便说几个：埃德温·缪尔①的自传、切斯瓦夫·米沃什、约瑟夫·布罗茨基以及其他诗人的写作，休伯特·巴特勒②、尼古拉·乔洛蒙蒂③的随笔，约瑟夫·恰普斯基④、阿尔贝·加缪的笔记……兹比格涅夫·赫贝特、耶日·斯德姆坡夫斯基⑤、患有肺结核的博莱斯瓦夫·米辛斯基⑥所写的札记。这些人，一律都拒绝说谎，他们急切地想要发现真相，面对诗歌和恐怖（我们这个世界的两极）从不退缩，因为诗歌确乎存在于这个世界上，存在于某些事件、存在于那些罕见的时刻。同时，世界从来也不缺少恐怖。

那个认为可以自编祈祷词，而并不总是需要一本祈祷书的男孩，随着时间流逝也会懂得：教堂不是唯一可能发现神圣的地方。

维托尔德·贡布罗维奇对诗歌的攻击，在我们这个世纪里，其程度还不算是最激烈的。贡布罗维奇的随笔（《反对诗歌》），他的指控，更像是遵循着家庭内部发生口角的路子：这位"散文里的诗人"，主要认为他的抒情兄弟在诗里压缩了太多东西，给他们的甜点

---

① 埃德温·缪尔（1887—1959），苏格兰诗人、文学评论家和翻译家。出生于奥克尼群岛。最初因与妻子威拉一起翻译卡夫卡的作品而为人所知。他写的《自传》出版于1954年。他的诗歌具有高度的个人化、哲理化风格。《1921—1956诗选》（1952）和《一脚刚刚跨出伊甸乐园》（1956）使他成为世界知名诗人。他的重要理论批评著作有《小说的结构》（1928）和《诗的土地》（1962）。

② 休伯特·巴特勒（1900—1991），爱尔兰散文家。写作广泛，历史、考古、政治、宗教无所不包，尤以关于东欧历史和宗教的散文作品引人关注。

③ 尼古拉·乔洛蒙蒂（1905—1972），意大利作家，著名左翼知识分子。1934年反对墨索里尼的法西斯主义逃往法国，1941年流亡到纽约。主要著作有《历史的悖论》。

④ 约瑟夫·恰普斯基（1896—1993），波兰艺术家，批评家。曾在军队任职。卡廷事件的幸存者。二战后流亡巴黎，创办《文化》月刊，对20世纪波兰文化影响巨大。

⑤ 耶日·斯德姆坡夫斯基（1894—1969），波兰著名作家。

⑥ 博莱斯瓦夫·米辛斯基（1911—1943），波兰诗人、散文家、哲学家。

增加了太多的糖分。

贡布罗维奇的观点，主要针对的是诗歌的内容，而非它的本质。是的，有些时期，诗歌似乎提供了过于丰富的可食之物（"太甜"）。那样的时刻，我们准备接受和理解诗之激情的时刻却很少出现。但是，在绘画和音乐方面，情况也是一样；只有电影在日常的基础上，通过释放我们平常的冷漠而一直吸引着我们。

英国清教徒史蒂文斯·葛森①在他的小册子《罪恶的学校》里表现得要激烈、激愤和原始得多。葛森认为诗人败坏读者大众的道德，而且，事实上不比走钢丝的演员和流浪艺人更好（而且我们都知道，我们从这些人那里期待获得的是什么！）。葛森的攻击——发生在十六世纪——肯定已经被遗忘了，如果不是因为它促使另一位更有才华的作者起来反驳这种清教徒的指控。

这个才华横溢的作家，当然就是菲利普·锡德尼②爵士。直到过早离世之前，他同时写作诗歌和散文，而且他也是出类拔萃的诗歌捍卫者之一：他的《为诗一辩》是英国文学的经典。锡德尼为诗歌辩护、为富于灵感的诗歌辩护——灵感是来自上帝的礼物——诗歌出色的成就，使历史和哲学二者黯然失色。锡德尼的论文在其身后于一五九五年出版，捍卫了想象，并且强调了它乃是服务于善，而非恶的最终目的。

任何一个曾经深入从事过想象力作品创作的人，都会理解我的体会：在那一刻，在经过长久的沉浸之后，我们游出水面，发现自己搁

---

① 史蒂文斯·葛森（1554—1624），英国讽刺家。他在《罪恶的学校》这本小册子中，以清教的立场抨击诗人、演员和剧作家欺骗公众、败坏道德，他将此书献给诗人和学者锡德尼。锡德尼于是写了《为诗一辩》一文反驳他。

② 菲利普·锡德尼（1554—1586），伊丽莎白一世时期的廷臣，政治家，诗人和学者。他的《为诗一辩》被认为是英国人文主义的美学宣言。他也是当时英国最佳散文作家、仅次于埃德蒙·斯宾塞的诗人。

浅在一个无人之地。友好、热情的想象的火焰已经离开我们，而我们还没有回到日常常识的坚实地面，还有那么一会儿，悬置在两个领域之间，而它们在某个点上很可能合拢，我们不知道那会是在哪里（它不在我们之内，也不为我们而存在）。这是宝贵的时刻。这一刻，如果谁在开始准备午饭或晚餐，一定要小心，不要因此引发一场火灾甚或地震。

最吸引人的问题往往是那些我们无法回答的问题。我是谁，他是怎样神奇地将他的生命从一个时代移入另一个时代、从一个制度带入另一个制度？而我是谁，因为我也经历了那个艰难的时代——且我很难说，在走出那个时代时，自己毫发无损、平静而纯粹，保持了内在的完整、成熟、勇敢、不妥协，没有被异己的思想观念左右。现在，以"后知后觉"的观点看，我的失败和缺点在于违背了我的信念。那真是我吗？一个社会科学系的讲师，其目标（亦即学院的目标）无疑就是对考入冶金矿产学院的每个学生，进行意识形态的约束。我教授西方哲学史，但官方对课题的称谓是"马克思主义哲学基础"。我和学生选读柏拉图（为苏格拉底辩护或者洞穴的寓言）、笛卡尔的《沉思录》（其中，无实体的哲学家实际上描述了他生活的房间和壁炉）、康德、黑格尔、存在主义者。有时，我们甚至没有涉及马克思——无视历史的编年学、自我加冕、对千年的欧洲哲学自做结论。同样，我也属于——至少名义上属于被派去征服学生思想的雇佣军。

回头说说我在格利维策的事。有时我会顺便光顾一个书店，那里偶尔会有一些来自西方的书籍和唱片。我大约十六岁，并且一心喜爱古典音乐。虽然我对古典音乐几乎一无所知，但我渴望了解更多。那一天,书店碰巧新进了一些珍品:赫伯特·冯·卡拉扬①担任指挥的贝多芬交响曲全集。那是德国留声机唱片公司发行的唱片,有漂亮闪光的封面,上面是卡拉扬的照片,仅包装就足以成为艺术。东欧制作的唱片常常装在弄脏的灰色信封里出售,封面照往往看起来模糊、污损,涂抹着一些错位的色块。

女店员意识到她们遇到了例外的情况。在我看来,她们那天露出了非常愉快的笑容,这是极其罕见的。我一定是在这些唱片刚到货后就走了进来,因为所有的九部交响乐还在等待买主。我知道,它们被一把抓了过来,所有的九部交响乐、九张卡拉扬的肖像。我并未想到,这些显然只是一些流行的唱片,因此也并不昂贵。多年以后,在我熟悉了西方商业的惯例后,知道这位英俊指挥家的贝多芬交响曲全集唱片——或瓦格纳的序曲——在西欧任何一家音乐商店里都可以买到。

我明白,我不会有太多时间:其他顾客很可能马上就会到来,某个有钱的律师或医生也许会当场买走全套。我必须现场做出购买的选择,而我手头只有够买一张唱片的钱。我买不了全套,那超出了购买力,因为我收入微薄。

《赫伯特·冯·卡拉扬任指挥,路德维希·范·贝多芬交响曲全集》在西方一定相对更便宜,但在这里,它的价格是如此高,远远高于波兰、捷克斯洛伐克或苏联唱片的价格,仿佛跨越铁幕就要付出高昂的关税。而我只买得起九部交响乐之中的一部。

让我羞愧的是,那时我对贝多芬的交响曲几乎一无所知,仅知道它们属于世界音乐里绝对的大师作品。九张唱片在我面前,而我只能选择一张。我不得不马上试下我的运气,马上!我暗自思忖,也许有

---

① 赫伯特·冯·卡拉扬(1908—1989),奥地利著名指挥家、键盘乐器演奏家和导演。卡拉扬在音乐界享有盛誉,被人称为"指挥之王"。他在指挥舞台上活跃60多年,带领过欧洲众多顶尖的乐团,并与柏林爱乐乐团有过长达34年的合作关系。他热衷于录音,为后人留下了大量的音像资料。

的交响乐没有另一些精彩，我也许喜欢其中之一胜过其他；即便天才，偶尔也会打盹。

我只有几分钟时间。我请女店员让我看唱片。但我不能试听。不可能在书店里，用接下来一个晚上的时间，试听所有九部交响乐。不可能。而且，某个文化品位良好的有钱律师或医生可能突然出现，浑身散发着古龙香水气味，抢先一步买走全套唱片。

我仔细查看包装精致的唱片，好像可以穿透硬纸层和封纸，洞察音乐的秘密。现在回头来看，我所忍受的折磨，一定是命运恩赐的一个并无恶意的消遣——命运有时会捉弄我们。也许在那些漫长的间歇之间，没有什么发生，或几乎无事发生，它会感到无聊。所以它想出一些小实验、小测试。

我最后选择了第七交响曲。半小时内，我发现，瓦格纳称为"舞曲的极品"的第七交响曲，尤其第二乐章快板，可能是我最喜欢的音乐之一。虽然有一段时间没有听它了（你不能过于熟悉某一段音乐），现在每次听它，我仍然像第一次那样感动。

我回到家里，听着唱片，知道运气朝我微笑了：我选对了。第七交响曲。全部四个乐章，都是那么打动我，不仅仅忧郁的快板。那些疯狂的撞击，那些急板、富有活力的快板，同样把我迷住了。第一乐章，第四匈牙利舞曲——也许在所有作品里，最具贝多芬风格，因为从里面我们听到了作曲家的声音，宣告他的史诗之歌的主题，就像古代诗人在他的长诗开篇里一样。

我们不缺时钟。从我的桌子这里看过去，至少有三个钟，两个电子钟和一个石英钟。一个是我电脑的一部分，说现在是 12:29。另外一个附着在收音机上，显示为 12:30。最后，我的手表指示在 12:31。幸运的是，我的手表是那种传统的指针，不必依赖发光的数字之间无情的中介者。我们一直有很多时间。

我可能并没有一回到家里就听第七交响曲。可能等了一两天,陷入一种没有缘由的担心,担心做出了错误的选择。此外,我一定太过紧张,需要等待一个恰当的时机,一个平静而聚精会神的时刻。

就在此刻,在休斯敦,我听着第七交响曲的录音(德国留声机公司!),标题是《伯恩斯坦:最后的音乐会》。伦纳德·伯恩斯坦①面带倦容——这次的封面也印有指挥家的肖像——这是他一生里最后一次指挥波士顿交响乐团演出。他穿一件白色的晚礼服。有一张照片抓拍到他消失于舞台一侧。我们从后面看到他:白头,短脖子,白色晚礼服配黑色长裤。在后台,一个黑色的四方空间,伸展于他的面前,一个布景结束而阴影接管的地方。

索伯亭先生跟我父母相处很好,他们也许在战前就互相熟悉了。他的家庭来自法国。在被彻底波兰化之前,他的姓氏发音,重音很可能落在最后一个音节上,带有一个明显的鼻音。他个子很高,穿着优雅——只有在近距离端详一番后,你才会意识到,那是属于另一个时代的优雅。我不记得,倒退至一九五〇年代,他在警察那儿是否遇到过麻烦。但是,从原则上讲,因为他完全偏离新时代标准的男人着装规范,他应该被关起来过。彬彬有礼,教养极好,对所有人都礼貌——他是怎么熬过那个时代的?

他是一个单身汉,一个豪爽的绅士,一个行吟诗人,随时准备以最无私和高贵的方式服务任何一个淑女。我觉察出他被我妈妈的魅力折服,她就是他心里神圣的杜尔西内娅②。然而,给我最深印象的,是他告辞的样子。我曾经取笑过这一点,当然是在他离开之后。他不

---

① 伦纳德·伯恩斯坦(1918—1990),美国作曲家、乐队指挥和钢琴师。1941年任波士顿交响乐团助理指挥,1942年成为纽约交响乐团助理指挥,1957年至1970年任该团首席指挥。他是纽约爱乐乐团有史以来第一位本土音乐总监。创作过交响乐、芭蕾舞曲、弥撒和许多大型乐曲。

② 小说《堂·吉诃德》里堂·吉诃德心目中的情人。

会允许自己背对着我们,所以他告退的时候,后背对着房门,反复碰着鞋跟,几乎有着军人的精确。令人忍俊不禁。

索伯亭先生本来应该生活于普罗旺斯,而不是那个时期的波兰。他弄混了他的时代和地理。他的祖先铸下一个大错,不该在我的国家定居下来。

他是一个单身汉①,无论就这个词的新意还是旧意来说:一位单身汉的骑士,既没有找到可以共同生活的妻子,也没有找到适于存在其间的历史时刻。

英俊的塞布尔斯基先生是他最亲密的朋友,有着灰白的浓密头发、浓浓的眉毛;他在华沙起义中失去了妻子和孩子。他们常常一起来我家,一个鳏夫一个单身汉,两个悲伤、带点忧郁魅力的男人,像是从某副旧式扑克牌里抽出来的两个男人。

我喜欢他们的到访。他们不会待很久,通常只待到下午茶的时间,而不等到开晚饭。然后,他们就消失了,返回那个属于鳏夫、老单身汉、猫和记忆居住的神秘地方。

作家坚持写个人日记,是用它记录他所知道的一切。而在诗歌或小说里,他写下他不知道的东西。

诗人并不特别惧怕清教传道者的激烈攻击,或来自写作虚构作品的同行笔下无情的抨击。詹森主义者②的恶意,或者,指责诗人追随

---

① "单身汉"一词在西文里兼具"青年侍从骑士"之意。
② 詹森主义是罗马天主教在 17 世纪由康内留斯·奥图·詹森(1585—1638)创立的运动。1602 年荷兰乌特勒支省人詹森到比利时天主教鲁汶大学读书。天主教鲁汶大学中有两个学派,其中一派支持耶稣会所提倡的经院哲学,另一派则支持奥古斯丁所提倡的预定论及恩典论,而詹森则受到奥古斯丁的影响,接受了奥古斯丁关于罪和恩典的看法。之后他在鲁汶大学当圣经教授,坚持与耶稣会的立场对立。他的著作《奥古斯丁传》出版后成为詹森派主要的神学著作,强调原罪、人类的全然败坏、恩典的必要和宿命论,认为教会最高权力属于公议会而不属于教皇,因此这一派势力被几代教皇排斥。1653 年,教皇依诺森十世谴责詹森主义派是异端。18 世纪后詹森主义逐渐衰落。

轻浮缪斯的哲学家的愤怒,都不能带来太多的伤害。而热心的电视观众无限的冷漠,以及在市郊往返列车上的乘客,这些则要危险得多。这种情况更糟,即使无人谴责他们。

* * * * * * *

慕尼黑古绘画陈列馆藏有一幅委拉斯开兹①创作的肖像画,画的是一个年轻西班牙人。有一次我在那幅画前研究了半小时。我好像重新获得了视力,又可以看见了。我突然看到一个生活于十七世纪的人,有着突出的大鼻子(鼻子大得甚至在他的脸颊投下影子)、大眼睛,双手戴着手套。深色外套使他的脸有一种释然之感。他的脸,沉浸在思想里,既不丑也不漂亮。从某种意义上说,我感到这个年轻的贵族也许真是魔鬼,因此,在他身上才有一种特殊的魅力(一个懊悔的魔鬼,被稍纵即逝的怀疑攫住……)。

那里还挂着一幅伦勃朗②最早的自画像。它尺幅非常小(只有15.5厘米×12.7厘米),表现一个已经自知是谁的年轻人敏锐、感性的脸,尽管他尚未接受它(在这一点上,他就像兰波③——另一个来自北欧的杰出青年)。

启示的时刻就像界石,在无人之地相隔几百码。诗人通过记下最

---

① 迭戈·罗德里格斯·德席尔瓦-委拉斯开兹(1599—1660),文艺复兴后期西班牙最伟大的画家,对后来的画家影响很大,弗朗西斯科·戈雅认为他是自己的伟大教师之一。他对印象派的影响也很大。

② 伦勃朗·哈尔曼松·凡·莱因(1606—1669),17世纪最伟大的画家之一,也是荷兰历史上最伟大的画家。

③ 让-尼古拉·阿蒂尔·兰波(1854—1891),法国诗人,早期象征主义诗歌代表人物,超现实主义诗歌的先驱。

新诗歌的关键句子,体验到一种神启。但是,有几天、几周,甚至几个月的阴影,横亘在这庄严澄明的时刻之间。在这里,诗人扮演着历史学家的角色,他与读者分享的,不仅是他狂喜的理性之光,还有他迟钝、沉闷、怀疑的人性。

我漫步在巴黎。无论孩子还是猫,当我低声悄语时,丝毫没有注意到我。这就是移民的命运。我突然对着自己异常兴奋地大笑起来。孩子驻足,猫仓皇逃走。

我们的精神生活,是通过自我提升和去神秘化的交互作用而定形的。因为我们处在一个普遍的"去神秘化"的阶段,在可预见的未来,我们不能指望回到一种宗教性的独断论。这可能使我置于一个尴尬的境地。比起与原教旨主义者发生冲突,我更喜欢反对颓废。

……你永远不会很好地爱艺术,直到你更爱她所反映的一切。
——约翰·拉斯金①

这并不是说,艺术以及和它一起的诗歌,只是一面展示现实的镜子,如现实主义理论可能倡导的。不,拉斯金另有所指:艺术主要来源于欣赏,来源于对世界、对可见与不可见的一切最深刻的欣赏。(当然,拉斯金也不是唯美主义者那样一层意思。)

我喜欢懂得如何反叛自己的作家和哲学家。比如,有人在莫里

---

① 约翰·拉斯金(1819—1900),英国作家、画家、艺术评论家。1843年因《现代画家》一书而成名,书中他高度赞扬了约瑟·马洛德·威廉·透纳的绘画创作。此后他的写作总计39卷,是维多利亚时代艺术趣味的代言人。本身亦为多产的画家,属于拉斐尔前派。

斯·巴雷斯①弥留之时问起,什么是他最感羞耻的事情,他说:"那就是:我总为自己的党派投票。"巴雷斯,一个狂热的民族主义者,虽然如此,他在《笔记本》里却说:"民族主义缺乏无限的概念。"

* * * * * * *

侦探小说为什么总是那么无聊?因为它们只处理一个神秘,一个简单问题:谁杀了L先生?但是,真正的神秘,真正的问题只有一个:世界是什么?什么是火?什么是空气?

法国知识分子喜欢看不起美国人,而我因袭了这种粗鲁,和缺乏品位。法国在欧洲所起的作用,就跟中国在亚洲一样。他们经常无法理解美国人的热情。举一个例子:有一次,我在华盛顿国家美术馆里,站在维米尔②的一幅画前。一个大约四十岁的美国人,站在我旁边。他一度转身对我(他的声音因喜悦有点颤抖),说:"从二十岁起,我就一直在看这幅画的复制品,今天,我第一次亲眼看到它。对不起,打扰你了,但是我必须告诉某个人。"

任何时候我都可以接受这样的"缺乏文化"。

拿破仑:"权力从来不可笑。"
拿破仑比列宁更早懂得这一点。

---

① 莫里斯·巴雷斯(1862—1923),法国小说家、散文家。早年受到浪漫主义作家特别是波德莱尔的影响。著有总题为《自我崇拜》的小说三部曲《在野人眼前》《自由人》《贝丽妮丝的花园》。
② 约翰内斯·维米尔(1632—1675),荷兰最伟大的画家之一,被看作"荷兰小画派"的代表画家。但他却被人遗忘了长达两个世纪之久。维米尔的作品大多是风俗题材的绘画,基本上取材于市民平常的生活。画面温馨、舒适、宁静,给人以庄重的感受,充分表现出了荷兰市民对洁净环境和优雅舒适气氛的喜好。

还是莫里斯·巴雷斯:"猫就像神——接受我们的甜言蜜语,但不回报。"

我做过一个梦,梦见一个一百零八岁的作家。他第一次取得成功已经一百零一岁。他热情地谈起它。

* * * * * * *

闲暇,作为精神生活的一种形式,必然产生罗马帝国后期的佛教徒,沉迷于思想平静的灵魂。在彼得·布朗①论述圣奥古斯丁的专著里,他将那些泰然自若的圣人和基督教的圣人并列。这是他最好的发现之一。奥古斯丁并不平静。不像那些借助阅读、沉思西塞罗的书信而养成坚忍、平静灵魂的学者,他被焦虑和怀疑弄得心力交瘁,被怀疑征服。通向克尔凯郭尔式痛苦的道路一直敞开着。

很早我就意识到,我不可能成为一名真正的学者、一个档案工作者、一个学术研究者。我读书的方式,不是通过谨慎地翻阅指定的文本——不仅仅是苏联的那些,它们自产生之日起就打上了粗制滥造、表里不一、单调乏味的恶的标志——还包括经典哲学著作。我不曾缓慢而安详地漫步于印刷文字的小巷,用铅笔摘录关键引语,再把它们转入笔记本或文摘卡片,这是一个真正的好学生不可或缺的外壳。我喜欢做白日梦,放下书,忘掉它,然后转向某些新的东西,而当我走向它们时,发现自己置身于另一个地方或时间里,在葡萄牙或智利,在地中海海滨,在中世纪或十九世纪最初的十年。

因此我的指定阅读,进展缓慢如蜗牛。我从未完成什么。我不是

---

① 彼得·布朗(1935—),历史学家。以古代史的研究,尤以古罗马帝国宗教演化的历史而闻名。1967年出版的《希波的奥古斯丁》为他赢得了普遍声誉。

一个好学生。笛卡尔失去耐心,亚里士多德不乏怀疑。他们已经知道,不存在这样一个数小时研究他们卷帙浩繁的不朽论文的年轻哲学家。如果只是一个诗人,一个业余爱好者,就根本不能明确一个概念,或者,不能从现已存在的分类里,清晰阐述细微的新差别(如果靠这个谋生)。诗人是哲学家的兄长。年长,却以某种任性的傲慢对待那一切。学问之人看他不免近于轻浮、浅薄。一个不能在沉闷的阅览室一天待上几个小时的人,不能太把他当真。写作往往来自于子虚乌有,而非从引语、脚注、重读古代文献,弄出一些新书。他坐在打字机前,闭上双眼,就像有千里眼的人。离占星术更近,而非离科学更近。他倾向于那些可疑的热情,偶尔又唱又笑,或者关起门来哭泣。真正的学者可不那么干。学者不会在思考时闭上眼睛。恰恰相反,他们撑大双眼。

  这是一个美丽的城市。它不算一个美丽的城市。明亮如文艺复兴,沉重如铅块。它不是一个绝对成功的范例;它不能与托斯卡纳和卢卡[①]相比(更不能与出类拔萃的佛罗伦萨相比)。克拉科夫的双重性:丑与美、沉重与明亮,恰恰适合于这样一个在建筑上总体没有什么规划的地方。有些个性也许不错,产生过一些奏鸣曲、诗歌。但不包括它的建筑、它的城市规划。克拉科夫沉重的一面主要来自于德国的影响。在中世纪,一些德国市民生活于波兰国王和王子宫殿的城墙下,他们引入了西欧哥特式建筑的沉重、深色的砖块。虽然波兰的国王们后来十分喜爱意大利文艺复兴,连同细细的尖顶、时髦的凉廊、直立的拱门。就如有人将充满乙醚的气球扎在一个哥特式大树干上,然后,等待结实的城市,如石镇纸,升起飞向意大利蔚蓝的天空。这个城市从来没有站起来,但一直在变化,变得更加明亮轻盈、更具双

---

  ① 托斯卡纳区位于意大利中西部,行政区首府为艺术文化古城佛罗伦萨。卢卡是意大利中部城市,建于公元前180年,距比萨20公里。

重性。它萌生出双翼。

那年秋天,我离开僻远的格利维策来到克拉科夫上大学时,它第一次出现在我眼前就是如此。我知道它是一个美丽的城市,每个波兰人都知道。我到克拉科夫读书,就是想在它真正古典的氛围里晒晒太阳,体验每一代人都留下过痕迹的地方,这里每块石头都曾长期与人的双手做伴,而且幸运地,没有毁于上次世界大战的战火。诚然,当华沙已不复存在,当老城最后的家在大火中一去不返,那些华沙的离散者,曾经在此找到避难所。我看到的这个城市,一副苦相、一副紧张麻木的表情,如精神科病房一个穿着蓝条纹睡衣的病人。

这城市本应是可爱的,却令人不安地黑暗、潮湿,到处是不协调、脏兮兮的地方,最糟糕的是——因为是秋天——到处是为过冬而堆积的煤丘。无处不见黑色、褐色的煤丘,如同象征某种致命信条的金字塔,在那里膜拜黑暗。煤炭躺在人行道边;雨水筛洗黑色粉末,渗出煤丘的黑水形成了小溪。

这城市遍布教堂和修道院,宽阔而沉重,就像下雨的秋日收集土豆的老农妇。教堂必须沉重,如坚定的锚,因为在这里,基督教发现它不是建造在一块石头上,而是一片沼泽似的地方,紧贴着地面。轻而单薄的教堂行不通,教堂必须建造得坚固而强大,地基打进潮湿的土壤,这样才能留在原地,抵抗住来自世界四个角落的大风。灰泥是深黄、深橙、赭石色,被讨厌的雨水刷出灰色条纹。人行道上栗树果腐烂,枯叶堆在普兰蒂公园的小路上,高高的,像阿尔卑斯山。煤烟熏黑了建筑物。被忽视的黑房子,需要重新粉刷,疲惫地矗立在老街道上。什么也没有发生。无论你走哪条街,低垂的眼睛看见的都是锯齿状的路面、煤炭和脏水洼。这城市的长袜脏了,鞋子陷在泥泞里。秋天树叶的气味,几近于无;不知被谁点燃的篝火,升起的烟雾好像有人在焚烧杂草和垃圾:这些事,以及这些事带来的补偿,使你暂时忘记那变黑的人行道。篝火的气味令人沉醉、昏昏欲睡。夏天的记忆在燃烧,每年四月我们虔诚迎接的树叶,它们留下的茎梗,被燃烧殆尽。然后，化为灰烬，进入九月或十月。这样的慷慨、这样的入冬庆典、这样的幻觉，潜伏在低洼的烟雾里，一动不动，悬停于城市上空，如电话线一般。蜷伏的公寓、破败的酒馆、商人的住宅，连同那些临时的宫殿——都有一种模糊的匈牙利风格，好似德国和意大利人的影响，催生了一种地方性的、马扎尔人①的巴洛克风格。

那年秋天很冷，夜晚来得早，黄昏降临后杨树和树叶在颤抖，担心着十一月和第一次霜冻。那么多的灰暗和灰尘，夜晚不情愿地让位于沉闷、令人困倦、日历上几乎找不到应有位置的白天。那些活着的人，只是继续活着。那些没有活着的，严格地停留在视线之外。然而，即便那些活着的人，也急切地避免引人注目。如果你有一个公寓，你就待在家里，避免外出，好像这是坐落于北极圈以北的栖息地。不过，尽管如此，每个人都知道，必须忍受，不惜任何代价生活下去。一切都是为了适应生存，呆板单调的生活。曾经如此，事情曾经就是这样。有些非常老的女人，至少有二百岁，在户外讨生活，裹着旧羊毛的烂衣服和报纸，兜售洋葱和白菜，冻成一团，或者，只是在乞讨。其他人都躲在公寓里，在温暖的橙色灯罩下，蜷缩在用砖片围住的火炉边，炉子泛着微光，仿佛彩虹的颜色。这也许就是十九世纪，改变是那么小。寒冷的天，目标就是不要出去，不要离开公寓。外面是严霜，或者，如果没有霜，也是连绵不断、恼人的细雨，把墙壁弄脏的细雨。诺瓦胡塔和斯卡维纳②不断排放着有毒气体。你最好待在家里。

这城市是可爱的。它有着文艺复兴的明亮，把城市提升到秋天灰

---

① 马扎尔人是匈牙利的主要民族，他们使用的语言属于乌拉尔语系，也曾在中亚居住过一段时间，因此现在的匈牙利人有突厥血统。除了匈牙利，他们也分布于罗马尼亚、斯洛伐克、塞尔维亚及乌克兰。

② "诺瓦胡塔"意为"新建的工厂"，波兰钢铁工业基地之一，克拉科夫市东郊的工业区和卫星城镇，临维斯瓦河上游北岸。斯卡维纳是位于波兰南部的城市，属小波兰省，有两万多人口。

褐色的泥地之上，提升到无尽的朦胧雨雾之上。一点文艺复兴的明亮就足以举起这个城市，制服其巨大建筑物可怕的惯性。沉重似铅块，明亮如文艺复兴。它总是被庞大的体积包围，像一个上了年纪的女士不断发动与体重的绝望战争。它被秋天、污秽、墙体上灰色的条纹包围，也被酗酒者包围。在黑暗的时刻，似乎只有酒鬼住在克拉科夫，他们徘徊在街上，永远是那样毫无风度地叫骂：婊子养的，婊子养的。如果不是因为那一点文艺复兴的光彩，克拉科夫也许早已湮灭在沼泽中，就像许多别的城市，咕哝着一句刺耳的白痴话：他妈的婊子养的……沉入渊底。

然而，在克拉科夫的各种广场，在老集市广场，一切都是兴旺而开放的。你可以避开曲折的小巷、拱门、阳台、庭院，走进文艺复兴时期的阳光，畅饮新鲜的空气，有时，春天的预感，隐隐约约就在其中。

这是我在这个城市度过的第一个秋天，一个寒冷、多雨的秋天。我仿佛还记得每一天。我记得腐叶刺鼻的味道、燃烧的篝火可爱的气息、某些街道上的灰尘和沉闷。这座城市令我惊讶，我对它着迷，因为我在这里发现了一种未被战争打断的生活的连贯性。那是一九六三年，我十八岁。我的第一个租住处，就在克拉科夫的德卢伽街。

* * * * * * *

昨晚，我们又听到一个出色而年轻的匈牙利小提琴手的演奏，这是第二次。演奏融合了传统吉卜赛歌曲、古典音乐及爵士乐的风格。小提琴手（他长得瘦而英俊）——他叫拉伊科·费利克斯——对乐器有一种非凡的控制能力。他自如地进行即兴表演，节奏和速度简直令人无法呼吸。但又不是像一流大师那样，完美无瑕的技术仅仅使主流的批评家眩晕和沉默。他在空地上演奏，而非安静的音乐厅。他在咖啡馆里演奏，伴随着杯子和玻璃的敲击声，为一个不熟悉音乐、固执的客户服务，而主顾谈不上有什么热情。他甚至不考虑去火车站、拥挤的餐馆，甚或足球场。这选择是至关重要的，它见证了我们时代音乐产业的专业与商业特征。表演的新鲜程度——以及欣赏——迷失在点钞票的沙沙声中，迷失在精心地制订那些易被撕毁的合同中。通常，年轻的音乐家——此刻我想起，一九九四年在克拉科夫的莫扎特音乐学院，学生演出的一场非正式音乐会——他们的表演，比那些成熟、富有的艺术家更有激情。不幸的是，年轻音乐家随时间的推移也总会变老。

这年轻小提琴手的技艺，有时甚至会让我发笑。它再一次提醒我，笑声有时是对艺术完美最好的回答。

面包、房子、盐、神——这些用于家庭内部的词，都是简单的、单音节的词。

几年前，一个大型的德波会议在科隆举行，参会者主要为商人和政治人物。而他们也邀请了一些波兰作家，为了给参加正规经济讨论的人员清一色的灰西装增添一点色彩。我完全不知道，应该与这群人讨论些什么。所以我谈到了——还能是什么？——波兰诗歌。它还持有一点关于世界的古老而神秘的火花，那也一定是关于未来的愿景，也就是说，假如我们希望的，不只是这世界能够幸存下去，而仍然希望它能保留一些精神健康的样子。波兰驻波恩的大使，一个迷人的男人，跟着我步入会场。他赞扬了一番现代的波兰，一个最新的、理性的国家，热情欢迎西方能够提供的各种经济改革。我忽然意识到，我可能有一点失礼；我的表现好像一个萨满，一个反动派。我一直在赞美魔法。

试着想象一下，当《神曲》尚未成为一个令人惊叹的世界文化纪念碑，只是作为一项正在进行的工作存在着。但丁正忙于写作，比如第四章，而任何事情都有可能发生；他可能患上肺炎，死于《地狱篇》结束前。他在头脑里已经有了整部作品的构思，却仍然还有漫长而艰险的路要走，直到它安全写在纸上。细菌和病毒没有睡觉，更不用说政敌。

我愿意想想那样一个时刻，不只是出于语言学的原因。从某种意义上说，世界总是处于这未完成的手稿的位置，即使我们此刻没有看到任何杰作可能诞生。

当被问及欧洲音乐是否有一个核心，也就是说，如果有一个或另一个作品可被称为它的心脏时，B 说："当然，巴赫的《马太受难曲》①，其中的咏叹调，《请怜悯我》。"

起初，我主修心理学，但很快就对它感到失望了（心理学只是讲一点"怎么样"的事，而不是关于"是什么"）。我转向哲学，希望找到更耐人寻味的食物。

在童年，即使在无风的日子，一些树木也会低声说话。

意见、观点、概念：它们并不足够，即使我们以所有智力的激情拥抱它们。它们永远处在需要修正的状态（几年之内，我们就会开始以怀疑的目光看待它们），有人起初显得好像未受那些似乎完美观点的影响，也开始给它们挑刺，以自己的见解和观点反驳它们。这就是为什么一篇随笔不应太光滑，像刚擦过的镜子；而应充满容易引起争议的隐喻，充满史诗般的傲慢和想象的杂草，对世界的需要远胜于

---

① 《马太受难曲》创作于 1724 年至 1727 年间，取材于《圣经》对耶稣受难过程的叙述。整部作品结构宏大，共有 78 首分曲。分为两大部分：第一部分有 35 首，描述耶稣被门徒出卖和最终被捕的过程；第二部分有 43 首，描述耶稣受审、被钉十字架和被埋葬等场景。

对真理的需要（尽管我相信真理！）。

他问：你有几年没有重读 Y 的书了，为什么不呢，它是一本极好的书，我们可以一直从它那里学到一些东西。

当然，这是真的，我一直也在想着这个。事情是这样的。我把一本很少使用的拉丁语字典搁在同一个书架子上，它把 Y 的书盖住了。这是它被忘记的唯一原因。

寻找两个失去的家园——一个是城市，另一个是可以自由进入的真理——在这个过程里，我偶然发现了第三个，我甚至不知道自己曾经在那里生活。它不需要领土，没有军队，它只有一泓泉水，倒映着蓝天和几朵稀疏的白云。

但是，这第三个国家拥有一个奇怪的特征：时不时，它会从地球的表面消失不见。有时是很长一段时间。像燕子南飞，只在屋檐，那房顶的小下颏下，留下旧时巢穴。

如果没有记错的话，约翰·塞巴斯蒂安·巴赫有过两次婚姻、二十个孩子（并非都活到了成年，在我们的卫生学时代之前，情况往往是那样）。我们的同时代人格伦·古尔德[①]，他想要公正地对待巴赫，却判决自己完全的孤绝。

莱钦斯基教授属于那样一个家族，在官方眼里它不应存在。无所不知的政权几乎不能忍受他们。当局紧紧盯着他们，甚至监视到他们

[①] 格伦·古尔德（1932—1982），加拿大钢琴演奏家，以演奏巴赫乐曲闻名于世。1964 年以后停止公开演奏，转向录音。长期劳累的音乐生活，孤独压抑的生活环境，营养不良和乱用药物，严重损害了古尔德的健康，使他的躯体未老先衰。1982 年 10 月 4 日，古尔德因脑溢血去世，享年 50 岁。

的手指和嘴唇。像莱钦斯基教授那样的一个人，让人想起一粒棋子，好像已经被"将死"。他可以给人开课，甚至开研讨班，但是，他总是费尽苦心，使他的题目尽可能抽象和不具吸引力。

也许，莱钦斯基教授多年不离身的那件深橄榄色大衣，意在使他避免被彻底"将死"。那件大衣，类似童话里看不见的、神奇的帽子。

一个为诗歌辩护的人，不能走到嘲笑理性，甚或常识的地步。在我们的世界，这个计算机和自由市场的世界，理性和常识占据了一个优先的位置。一个为诗歌辩护的人，首先便站到了一个相对较弱的基础之上，他不能——不应该——完全抛弃常识之感，仅仅为了宣称要废除理性。他最好希望获得一个被修正了的地位：给想象更多空间、给梦想和魔法以更多容忍。

但是，这并非因为理性具有更大力量，所以要尊重它的问题；理性规范了我们集体性的存在，保护我们，避免沦为愚蠢的境地。

哲学学院位于一幢建筑内，在那时称作"七月宣言大街"的地方（毕苏茨基重又可以提了）：十三号楼，第一层。心理学学院在第二层，教师、培训基地在第三层，教育学者和心理学家平分第四层的讲座厅。埃梅利塔·斯蒂凡·舒曼教授住在顶楼，他原是战前心理学的光荣，一个人文学者、绘画和音乐的行家。在新制度到来之前，他领导了心理学系。而现在，对于眼前的当权者，相对于那些给现政权涂脂抹粉的教授，他只是——也只能是！——一个活生生的羞辱。他不是马克思主义者，所以新制度认为他毫无用处；他被转移到一个阁楼里住，解除了学术职务。他们找到一个方便的借口：他到了退休年龄。

个子不高、结实、已经快要谢顶，舒曼先生在战前曾和维特凯维奇相交甚厚，还认识布鲁诺·舒尔茨。舒尔茨给舒曼写过一些热情（过分）的信；他们开始通信时，舒曼已经是一个著名知识分子，舒尔茨还乏为人知，只是一个僻远地方的画家和作家，在德罗戈贝奇学院教美术，正在寻求每个在他看来已有名声的人的支持。但是，出现在我们眼前的，却是一个衣着臃肿、寒酸的老人，费力地把他的一些生活杂用品提上楼去。我们不时看见洋葱芽或干硬的青蒜，刺破他的购物袋。他的妻子，也上了年纪，有时和他在一起。这对夫妇非常缓慢地攀上楼梯，在每个楼梯转弯的平台处，长时间地歇息。他们不看我们。他们不看任何东西。他们紧紧抓住悲伤、贫困、老年。他们不同寻常的亲密、日常的购买活动，以及破旧的衣服，不再羞辱他们。我们——我的意思，我们这些学生，因为个性越来越弱，逐渐迷失在哲学和心理学的集体主义思想的楼梯——也根本不大注意他们，一个矮胖的男人和他满头灰发、干瘦的妻子。他们离我们太遥远了，太不同，太老。

在另一方面，对于舒曼和他的妻子来说，我们肯定看起来就像是野蛮人，被战后的教育塑形，只知道新学校、新报纸、新广播和新电视。我们一定看起来像傻瓜、野蛮人、新制度的标准产品，从来没有读过斯沃瓦茨基或但丁，也没有听说过索福克勒斯和列奥纳多·达·芬奇。而且，即使我们知道一点，那也一定是二手货，来自新的教科书；在那里面，拙劣的印制技术，使艺术家和艺术品无不产生一种干巴、机械、呆板的面目，根本没有爱欲和激情。这样的双亲孕育出的后代，只可能一生下来就是死胎：静物、死的交响曲和史诗、雇佣兵、堕落的天才。也许我们使他们害怕，谁知道呢？对于这对疲于漫游的老夫妇，我们这群二十岁的知识分子，肯定看起来就像一些体操运动员、掷铁饼者、短跑健将。

每一个无心的动作都可能威胁他们脆弱的平衡。我们是多么遥远！被时间隔绝的两代人，也许被认为是来自两个完全不同的国家的公民。我们没有共同的领域，没有对话、讨论和理解的基础。

舒曼夫妇见证并参与了波兰在二次大战之间复杂的文化，一种对大灾难、大毁灭非常执迷（多么正确！）的文化。另一方面，我们这些学生，沉浸在自己的青春里（虽然我们的作者不是列宁而是卡夫卡，我们也面对大灾难）。两个世界，两个星球，仿佛两个不可能相遇的大陆。看起来，新制度赢了。它用一种典型的倒错的方式，将青春和老年隔绝开来。它把我们和战前知识分子界最优秀的成员隔离开来，用的是这样的方式：让我们频繁地在楼梯上接触他们，一种纯身体的接触，不仅不能促成对话，实际上还使对话完全不可能发生。

但是，这两代人仍然在接触：他们保持联系，传递信息，建立交流。它还不能叫真正的对话——二十岁的人通常没有太多要说，顶多对那些最著名的人物发表一些尖锐的评论。虽然如此，还是有过一些真正的接触，不是在楼梯间，在那儿，没有人生活，那里毫无油画的气味，一切都散发着地板蜡的味道，一群清洁女工在翻来覆去地打蜡。真正的接触发生在图书馆。

在楼梯间和舒曼先生发生身体的相遇时，我并没有太注意他。我的兴趣更喜转弯抹角地前行。很难说是爱，甚或同情；我对舒曼先生并无私人的情感。对于我来说，知道他认识那些人就够了——只要他认识维特凯维奇、舒尔茨甚或卡罗尔·伊热什科夫斯基①，以及其他我从坦尼斯瓦夫·布热佐佐夫斯基②的书中早已熟悉的人物——他们是我的英雄，我所热爱书的作者，我秘密的朋友，在那样一些下午，我将枯燥的心理学课本丢到一边，钻进图书馆，阅读诗歌、散文和小说，就是为了和他们在一起。想到他和这些作家的友谊，老年舒曼的股票，在我眼里立马一飞冲天。

我努力想象他和那些天才们的会见，他和维特凯维奇的交谈，与舒尔茨的联系。我想唤起那消失的文化，整个被德国和俄国人灭绝的文化，那挂着油画的公寓的墙壁，巨大的书架，最重要的——他们清

---

① 卡罗尔·伊热什科夫斯基（1873—1944），波兰小说家、文学批评家。他也是著名的德语文学专家。

② 坦尼斯瓦夫·布热佐佐夫斯基（1878—1911），波兰哲学家、文学批评家。

晰的洞察力、他们选择自己信念的自由灵魂；他们选择了他们的悲观主义，但他们没有生活在摩洛克①时代，那唯一的政党的阴影里。他们仍然做出了选择。他们之中，很少有人像他们在欧洲别处的同代人那样，拥抱希特勒或斯大林的暴力、歇斯底里的解决方案。波兰二十世纪三十年代的那种严峻气氛，并没有使他们成为现状的辩护者，相信占主导地位的现实就是合理的。

我想象他们的辩论、论证，甚至他们的梦，在梦里到来的灾难、未来战争的恐怖、集中营、羞辱、饥饿，这些一定以其神秘的符号和寓言之舌，告知了他们什么。（他们的梦很可能彼此不同；但是，在他们的梦乡里，一定还有自由。）

所以现在，我知道，我独自走向他们，越过代与代之间人为画出的边界，我应该恳请与他聊聊，因为这也许会使他得到一些鼓舞，给他带去一点希望，让他知道，那些在楼梯上跑上跑下的无知学生，其实也知道一些关于他和他的朋友们的故事。他们知道维特凯维奇的绝望和自杀；知道他的死亡，不是因为他为自己感到担心，而是因为看到了文明在劫难逃，看到了正在到来的最后结局；他们知道，在他临终的床上，他会将他曾经知道或读过的一切带走，带入遗忘，他将和索福克勒斯、卡尔德隆②、彼特拉克和科哈诺夫斯基③一起死去，他随身带着他们（整个开明的人类的记忆）。而且，学生们知道，他们的朋友舒曼先生活过了世界的末日，经受的苦难不亚于维特凯维奇在最后日子的悲伤，因为它们浸透了他晚年的每时每刻。

---

① 摩洛克，在古代闪族文化中，这是一个与火密切相关的神祇。在迦南人及巴比伦人的崇拜里，有将孩童烧死献祭该神的习俗，故被后世视为邪恶丑陋的魔鬼。
② 佩德罗·卡尔德隆·德·拉·巴卡（1600—1681），西班牙黄金时代著名戏剧家、诗人和作家。
③ 扬·科哈诺夫斯基（1530—1584），波兰文艺复兴盛期的大诗人，至今享有崇高的声誉，被称为"诗王"和"世纪之爱"。

他每天提着装有土豆和白菜的沉重袋子,爬在陡峭的楼梯上,他不得不接受眼前的事实,即他们使他成了一个怪诞的人、人猴、长胡子的女人,使他不得不违逆意志,面对来自年青一代敌意、讥讽的注视,被迫展示他全部的无助,在寻开心或冷漠的人群面前,展示他的破外套、衰老、丑陋的身体。我本该走近他,他也许能减少一些惧怕,如果可以,哪怕只是一小会儿,跟我这样的年轻人接触一下,他的孤独也许会减轻一点。他也许可以再一次成为有思想和灵魂的人物,而不是一个"难看而有缺陷的人的标本"。

而我从未走近这位年老的教授,从未有过一次交谈——直到现在,很久了,我已不再是当年的我,而一切已经太晚。

在巴黎一个小咖啡馆里,埃菲尔铁塔在不同建设阶段的系列照片:开始你仅看到从大地上伸出去的四只巨大爪子,然后,一个笨拙的躯干,被不假思索地砍去了腰。最后,便是那高耸着小脑袋的巨型螳螂。

* * * * * * *

珍宝:他叫他们过去。我想给你们看看我的珍宝,他说。我房子里有大宝贝。

他们沿着阳光下一条闪闪发光的河,驱车前往。他们都不说话:他因抑制的快乐而沉默,等待透露宝藏的时刻;他们沉默,也许是因为困惑,也许只是因为旅行劳顿。

他们下了车后,他走在前面,打着手势。

但房子是空的。没有珍宝。一个普通的房子。冰箱在厨房嗡嗡作响,餐厅里电视在打盹,苍白的脸就像一个体弱多病的孩子。书籍静立在架子上,书架仿佛连在墙上。

客人是圆滑的,避免提出难堪的问题。但是,他们明显感到失望。他们不慌不忙地离开,赞美房子的安静。

当然,不能不说是很安静。

他说着晚安,笨拙地寻找着借口,为引起困惑而道歉。

然后,他在楼下久坐,盯着窗外。杨树的枝条在缓慢转动,也许起风了,或者,只是鸟儿在树叶间嬉戏。

过了一会儿,他几乎忘记发生了什么。于是,珍宝回来了。房间再次填满了珍宝。

十九世纪剧作家弗里德里希·黑贝尔①的作品,迄今仍然在德国的剧院上演,尽管不多。他留下的精神日记使其不朽。批评家和小说家卡罗尔·伊热什科夫斯基(我在年轻时非常虔诚地研究过他的作品)是黑贝尔日记的细心读者和译者。黑贝尔伟大的格言之一,也是刻在他坟墓上的墓志铭:"如果一棵树枯萎了,如果只是树冠枯萎,这只是因为根扎得不够深。整个世界都是它的领地。"最后一句,太令人震惊了。是的,整个世界属于你。也属于我。

然而,荷尔德林说:"树和儿童寻求在他们上面的事物。"

在我开始学习哲学之前,或者确切地说,在我开始假装学习哲学之前,我学习的是心理学。那是我的第一个选择,做出如此选择,更多的是因为我报考的大学在克拉科夫这座城市,而非由于这个专业。无论如何,我要成为一名作家(尽管那时我还只是"准备成为一名作家"),但那时不能像在美国一样,选择创意写作作为专业,所以,还能有什么其他选择呢?波兰文学?我担心那种迂腐的学术训练会扼杀我的阅读兴趣、门外汉的狂热、那种我希望自己可以保留一辈子的

---

① 弗里德里希·黑贝尔(1813—1863),德国剧作家。主要作品有《玛丽亚·玛格达莱娜》《尼伯龙根三部曲》等。

业余的而非专业的热情。我的主要目标是离开僻远的格利维策,到克拉科夫永久生活。不惜任何代价也要生活在一个真正的城市。我告诉自己,心理学对我不会有任何害处,我想成为一个作家,心理学知识随时可能派上用场。我藏起自己的志向,我告诉自己,我的写作梦想也不必让人知道,不必让人知道我的心在别处,所以,我对心理学的态度有点玩世不恭。我不会用它做什么。我的想法很快就不同了,但当时我还不知道。

十月一开始,开学仪式举行,一如既往,在新学院的集会大厅举行,那是一座新哥特式的大厦,极力想弄得像是一个新东西。我迟到了,不大的大厅已经人满为患,人群站到了前面的小广场上。所以我就在裸露的天空下,像一个教堂外的农民,虽然他也不完全相信有多么神圣,星期天来到了本地,却仍然觉得有必要参与一下。他们也需要显示一下他们所保持的男性力量和独立,不能像他们的妻子,挤着靠在圣坛上。

我的情况,不过是普通的迟到。我不会想要挤进大厅,去看那些穿着貂皮和宽袍、庄严的学术元老。

我遇到了两个在七月初入学考试时见过的学生,那是在放假前,我认出了他们。我们站在一起,一个同学,和另一个从考试时起就印象深刻的美丽姑娘。我们站在一起,因为共同未来的联系站在一起;我们知道,在接下来的几年里,我们会经常见面。我们的姓氏以 W 和 Z 开头,按字母顺序,我们殿后,这拉近了我们的距离。到那时为止,我们还只是认识,在上一个七月,我们在那个闷热的小厅里,花了三四个小时乱写一篇关于波兰文学的论文:这就是我们沉闷的开始,复杂的入学考试的仪式。然后,我们大部分时间都盯着考卷,本该写出我们的论文,但也好奇地瞥上对方一眼。在后来的学习中,我们彼此了解得更深。后来,很久之后,那个女孩成为了我的妻子。

一八五三年二月十五日,奥地利皇帝进行了一次失败的尝试。他就是长寿的弗兰茨·约瑟夫一世①，他的画像装饰着我最喜欢的镇纸，这镇纸曾经属于我的姑奶奶穆西雅，她是我祖父的有一半德国血统的妹妹。不久之后，奥地利的诗人们将被勒令写诗，纪念这位皇帝奇迹般地死里逃生。

对于这个世界，有两种态度你可以采取。你可以与沉默寡言的怀疑论者和愤世嫉俗者站在一边，轻视种种生命的现象，使它们简化成一些时刻、一些明白甚至平庸的东西。或者，第二种选择，你可以接受一种可能性，相信那些伟大、无形之物的存在，而不诉诸崇高的修辞或常见的诋毁圣经者那样令人难以忍受的夸大言论，你可以试着表达它们，或者，至少向它们表示敬意。这并不意味着需要对一切细小和低微的事物完全闭上眼睛。

我的一个叔叔——在克拉科夫，我不缺少叔叔和阿姨！——是一个退休兽医。他住在星月影剧院附近一个可爱的地方，修缮良好、旧式的公寓里（那些更不走运、生活在被战争摧毁的城市里的波兰人，总是怀着渴望和嫉妒，谈起克拉科夫这些旧公寓。）唯一美中不足的是，它的电梯损坏多年，而我的叔叔和阿姨——就像舒曼教授，他们自然不可能相遇——住在最高一层。电梯无人维修：这是新政权一个致命的缺陷。一旦什么坏了，它就会一直坏着。

我的叔叔和阿姨常常要花费大量时间和精力，到达他们那一楼层。唯一的安慰是，在楼梯的每一个转弯处，有一把不错的长椅，就像安置在喜马拉雅山坡上的帐篷。可以在此喘一口气。真是一段漫长的旅程。

---

① 弗兰茨·约瑟夫一世（1830—1916），奥匈帝国皇帝。1879 年他与普鲁士领导的德意志帝国结盟，1914 年向塞尔维亚发出最后通牒，把奥地利和德国拉入第一次世界大战。1916 年因肺炎逝于维也纳。

后来，在更老一点后，他们几乎切断了与世界的联系。只有他们雇用的年轻女学生帮帮他们。她给他们带来生活日用品、纸张和一股子年轻、鲜活的生命感觉。不过，当我在克拉科夫不时去拜访他们时，他们还没有老成那个地步。他们的公寓逐渐成为了一个隐士的住处。随着时间推移，我叔叔的腿开始出现问题。

他喜欢给我看那些名人的照片，因为他给他们照料过宠物。可爱的女演员巴士雅·科瓦托夫斯卡一幅笑着的照片挂在墙上。他是一个真正喜欢动物的兽医，他甚至喜欢鸽子。那时，鸽子还是城市的瘟疫，在他那样一个极有天资的兽医眼里，也是欢喜的。我的阿姨曾告诉我，在他还能行走时，他用洒了抗生素的谷物喂鸽子。鸽子有时会生病，而且会病得很重……

他的习惯是在每一个句子前，添加一句"你不知道吗"。"你不知道吗？她去年十月去世了。"

"你不知道吗？那时我感冒了。"

你不知道吗？他也死了。

在北非一块墓碑上发现的铭文："我，罗马军团的队长，充分考虑过如下事实。生命里只有两件事情，爱和力量，无人能够同时拥有二者。"

好的作家在已知里包藏未知。坏的作家把未知展示在外。

* * * * * * *

几周前维克托·沃罗兹斯基[①]在华沙去世了。一个可敬的人，一

[①] 维克托·沃罗兹斯基（1927—1996），波兰著名诗人、作家。代表作为《灰烬与钻石》。

个优秀的、勇敢的诗人。七十年代,他是集权主义统治最坚定的反对者。他创立并主编了第一份主要的地下杂志《记录》,并且提携了那些比自己年轻、缺乏经验的作者。我提到七十年代,因为我就是在那时候见到他的,并且在反对运动中直接读到他的作品。但是他的作品其实出名更早,五十年代就开始了。他的批评非常精彩,有时非常尖锐。他的关于体制及其体制下种种弊端的观点;他们摧毁了他们的目标,碾碎它们。他个人对于俄罗斯的体验——他见证了它的知识分子和作家们的辉煌和耻辱——极大地丰富了他的视野。他是一个自由的斗士,他的嘲笑姿态——有时的确给他的判断增加了某种色彩——体现出他对自由之爱的另一面,一种难以用正面形式表现出来的激情。否则,我们能够怎么说?说我热爱自由?为了自由我可以无所不为?高超的智力不允许他沉溺于这样老套的语言,于是,这样的情感便采取了相反的形式表现出来:责难,甚至是嘲笑。自然,说出这样的话,本身也是其反抗行为的体现。然而,这个卓越的人,早期也曾跻身于那些体制的热情追随者中,那是他后来所深深厌恶的。作为被当局利用的、狂热的年轻诗人之一,他们被要求像一群猎犬那样,围捕那些年纪更大、对唯一真正的事业缺乏信仰的反动作家。他们不仅要追捕那些什么也不说的作家、局外的作家,他们还要攻击那些支持其事业的作家,如果他们不是全心全意,没有奉马雅可夫斯基为自己的榜样(沃罗兹斯基后来写过一本关于马雅可夫斯基的非常精彩的书)。沃罗兹斯基属于那样一群年轻的狂热者,他们是很多老作家的克星;他们也成了很多有思想的正派人的毒药;在那个时期,他们成了缪斯的瘟疫,完全被狂热所迷惑,不知道应该怎么做。多年之后,我遇见的是同一个人,却已经是我所知的、最高贵的人物之一。他不是一个中饱私囊的骗子。而且,他不是一个写作狂人,他只是一个才华横溢的诗人,一个被命运青睐的年轻人,天生要将他的内心表达出来。就是这样一个高尚、正派的人,一度短暂地攻击文学,成为一个反文学的恐怖分子!这的确令人不安——我们都是那样软弱,因此很容易对时代言听计从,被它煽动,屈从于时代精神的指令。在我们年轻的时候,我们就像血友病患者一样虚弱;即使最轻微的损伤,也可能被证明是致命的。

在某些诗里,我们觉得好像迷路,好像走失了。但我们并不害怕,甚至不像某些梦想那般使我们受到恐吓。这里是夸西莫多早期抒情诗的第一节(只有他的早期诗歌具有这种品质)。这首诗题为《和缓的山峦》:

> 远处的鸟儿朝向夜晚
> 在河面上扇动翅膀。越来越大的雨
> 把光投射到风中呻吟的
> 杨树上。被忘怀的一切
> 回来了。你柔软、绿色的
> 外衣,和诞生于雷霆的
> 绿色植物交融在一起。阿登森林①
> 和缓的山峦升起,而我们听到
> 风筝在高空呼号,地面上荞麦拂动

夸西莫多后来成为一个"介入社会"的诗人,他的诗歌几乎失去了幽灵般的轻盈;失去了悄然吸引我们来到旷野,使我们漂游在诗意的植物和鸟声里的那种品质。

年轻的霍夫曼斯塔尔②甚至能够更巧妙地诱惑我们,尤其是在他

---

① 阿登森林在比利时东南、卢森堡北部和法国东北部,面积约 10000 平方公里。又称阿登高地。
② 霍夫曼斯塔尔(1874—1929),奥地利作家、诗人、剧作家。德语文学在 19、20 世纪之交唯美主义和象征主义的重要代表。

的散文中。例如他在《玫瑰骑士》里,暴露出世界的混乱,展现了一个世界破裂的地方,那里没有坚实的土地、没有沙洲、没有水,只有裂缝。而他做得那么熟练,我们来不及问为什么或怎样,而粗暴、被滥用的"荒谬"一词,甚至都没有出现在大脑里。不仅如此,我们陶醉于他的无政府主义状态(暂时的,无论如何,我们可不想在那里度过我们的一生)。

石头,据说藏在瓦维尔城堡山①神奇的石头,吸引着观光客。
总能看到一些人站在宫殿外,站在城堡的庭院,手掌抚在墙上,等待那一刻他们的皮肤会吸收隐藏在石头里的能量。

我拜访过克拉科夫的各种图书馆。早些时候,我到过不太大的图书馆:雅盖隆大学图书馆,起初令我有点失望。它建于二十世纪三十年代,具有现代化的风格和功能,属于第二共和国留给克拉科夫的建筑遗产之一。宽敞的阅览室,有无数桌子和照明灯,日后将成为我的避难所。我来到这里是为了逃避舒适、狭小的房间,它在C太太的公寓,而且是和室友共享。图书馆开阔的匿名性使我避开不喜欢的干扰。我几乎总是借阅两种不同类型的书:一些是为取悦我的教授,那些哲学家和心理学家,而另一些书只是为我自己。第一类是课本,第二类包括诗歌、小说、散文。这些书是我的首选,它们能将我吞没。教科书透着无聊,读它们只是因为我必须读。(你应该知道,在当时,作为一名学习心理学的学生,我必须硬着头皮读那些从俄语翻译过来的苏联课本。例如声名狼藉的鲁宾斯坦大部头的著作,他是一个机械辩证法的专家,一个小型化的黑格尔式的大师,一个兜售分析和综合原则的庸俗小贩。)这两个类别,属于截然不同的文化。我必须查看

---

① 瓦维尔城堡山是克拉科夫的起源和地标。城堡建在维斯瓦河畔的山岗上,为波兰著名的宫殿。

手表，以使自己割舍下那些喜爱的书，腾出一点时间草草写一些有关那种无聊书籍的笔记，无论如何，我得准备下一次的课程或研讨会。这两类书，一个是天，一个是地。坏的那一类，完全是一种不同的语言：单调、呆板、输灌，而且常常做假。好的那一类，却是热情洋溢的、充满灵感。这不只是"散文对诗歌、头脑对隐喻"的问题。好书也不缺乏思想，但思想是与形象一起生长的。语言也不枯燥，不是法庭书记员那种冷漠的话语：这样的语言具有使人激动的温度，并和书本身一样持续生长。书中的语言是一个活生生的存在，使我的心跳更加强而有力。这些书会对我讲话。它们说，有一天我也会依循同样的路，也会驾驶这样的飞机。但是，我也知道，那不会来得太快，我最盼望的，是那种奇异的愿望和开始，就像莱特兄弟在最初尝试时遇到的那样。

精神的限度：安德烈·纪德在他的"一九四二至一九四三年日记"里，详细描述了一段滑稽的插曲。这受人尊敬的作家，欧洲文学领域里广受赞誉的人，抵达了突尼斯。他住在朋友安排的地方，但朋友们不住城里，只有他们的儿子和祖母（纪德在日记里称之为查查）留在家里。维克多十五岁，纪德七十三岁。维克多是一个少年，纪德却是法国现代散文的巨匠。多年以来，突尼斯一直幸免于战火，却突然成了军事行动的发生地；德国和意大利军队占领了这座城市，附近美军轮番对它进行轰炸。当然，在东线，一场激烈战争在俄罗斯同时也深陷泥潭。但纪德暂时遭遇的，是另外的麻烦。结果证明，十五岁的维克多是一个比老作家强大得多的人。他残忍无情、自我任性、贪婪吝啬，而且懒惰，他恐吓他的祖母，宣布要对《梵蒂冈地窖》的作者发起全面的战争。

拉夫卡迪奥[①]仅仅存在于纸上，而且必须听命于他的作者。而这

[①] 纪德讽刺性小说《梵蒂冈地窖》的主人公。

个突尼斯十五岁的拉夫卡迪奥,不知道什么叫适可而止。他是一个典型的自我中心主义者。他独吞最好的食物——而这,是在面临饥荒、被围困的突尼斯!他提供任何一点最小的服务,也要报酬。他公然藐视老作家。他不是傻瓜,他读过卢梭和狄德罗,而他对生活在同一屋顶下的著名作家,没有流露出丝毫的崇敬。

与维克多的战争,显然比正在门外进行的战争更吸引纪德。盟军逐渐取得了对轴心国战争的上风,维克多却在与纪德的混战中逐渐获胜。他是自信的,他似乎不受人类感情的影响。对于他和纪德之间的冲突,他洋洋得意、毫无顾虑。而后者只是坚持把这一切写了下来。

初登文坛时,我被认为是一个愤怒的青年、一个政治上坚决反体制的诗人,这有时令我烦恼。这样的诗,我很早就不感兴趣了。我明白,真正的诗歌在别处,在党派的临时纷争之外,甚至超越了(各自意义的)反叛。

但在当时,六十年代后期和七十年代初期,我也许不能有其他选择。我们——我记着当时涌现的众多年轻诗人——本身就感染了体制的毒性。

重新检阅七十年代留下的笔记本时,我发现一些痕迹,那里有着几近卖弄的、对于各种左翼读物和陈词滥调的热情——例如,我研究过作家葛兰西①,所谓开明的共产主义者。我时时想着不让自己受到他们的束缚,但总的来说,我似乎已完全被他们影响。每个作家都必须仔细留心来自左和右的白痴。诗人是一个天生的中间派;他的议会在别的地方,在活人中间,也在死人中间。这也就是为什么,诗人应该永远支持具有扩大的议院制立法机关的议会制度。

在反对体制方面,我们的诗有助于摆脱具有习惯性思维的左派观

---

① 安东尼奥·葛兰西(1891—1937),意大利文艺理论家。他的著作大多写于狱中,战后得到广泛的传播和研究。20世纪马克思主义文艺理论的代表人物之一。

点、摆脱普遍的虚伪；这是一种自我治愈。我们服从这样的格言：身体得靠自己保养。也许我们对一些读者起到了相同的作用。而我们对日常生活具体细节的关心，是令人振奋的；我们冲破了一种现代赫耳墨斯主义①的传统，没有拒绝积极参与历史的途径。

雪莱也以诗人的身份，写过著名的《诗辩》，其中他还参照了锡德尼。他对"诗人"的定义——诗人是世界上未经公认的立法者——至今仍被广泛引用，虽然人们引用时，通常带上了一丝尴尬的微笑。

我们昨天在一个朋友家里谈到年龄问题。一个朋友很快就满六十岁了，这使他很沮丧。我们谈到青春和商业艺术的方式，例如，电影对年龄有严格限制。有人写了一个剧本，里面一个三十七岁的女人有一段充满激情的爱情。制片人说："她太老。三十二岁到顶了。"

但是，变老并不是一个悲剧，只要头脑保持灵活，世界的景象仍然吸引着你，好奇心没有衰退。青年和老年之间并没有一道深渊。真正的深渊是在生者与死者之间。最大的障碍乃是把我们这些尝过存在滋味的人，与那些从未出生的人隔开。

当他们宣布举行"先知比赛"时，我提出了申请，并且相信我属于那真正具有精神之人的衰落的部落，所以，在我注定的使命前，不应退缩。我参加了考试，认为自己考得很不错，三天之后，我会见评选委员会主席，一个大头的小个子男人。仅有良好的意向还不够，他说。你的理论考试成绩不坏，虽然你仍然需要在《新约》上下一

---

① 赫耳墨斯主义，因希腊神话中神赫耳墨斯得名；赫耳墨斯主义是一种神秘主义哲学、神学。该学派盛行于15世纪欧洲文艺复兴时期，后来影响到占星术和炼丹术。赫尔墨斯主义者认为宇宙是精神性的，存在于上帝的冥想之中。

些功夫。不过,你的半音、你嘶哑的嗓音、你的微笑和细声细气——让你惨遭淘汰。你缺少怒气!

我垂头丧气地离开了那个像要倾塌的建筑,遇到一个看门人。他把我拉到一边,鬼鬼祟祟地低声说:他们举办先知比赛,但他们根本不知道先知应该做什么。他们想从申请人中间去找,从你们中间!从男生!他们根本不知道什么叫先知。

直率、直截了当的风格,往往会导致一种虚伪的琐碎;马莱克·赫拉斯科①即是这样一个实例。另一方面,崇高风格——恩斯特·荣格尔②是一个例子——把我们带向一个相反的方向,走向一种同样虚假的炫耀。使用如此语言的作家必须意识到,他们迟早会落入风格为他们设置的陷阱。

过去两百年——或更长时间——的文学,充满了诋毁中产阶级(资产阶级)的画像。有什么是他们没做过的?普通的资产阶级都吝啬、卑鄙、自私、心胸狭窄,没有自我牺牲、不懂高尚和奉献。在这种庸俗市侩之辈中,作家找到了他们理想的替罪羊。而且,他们的恶意攻击切中要害,他们多半是对的。他们仿佛获得了一个小小的资格证书,描述资产阶级时,并不将他们当作一般人类,更像智人③在今天唯一真实的化身。"资产阶级"是人的一个奇妙的假名。作家和读者都高兴:没有谁认为自己是那可怕的怪物,他们摘掉眼镜,放下手

---

① 马莱克·赫拉斯科(1934—1969),小说家、剧作家。波兰战后文学的代表,50年代后流亡国外,直到去世。

② 恩斯特·荣格尔(1895—1998),德国作家和思想家。曾参加两次世界大战,其早期作品大多美化战争、支持民族主义,有军国主义倾向。后又转而反对希特勒和军国主义。主要作品有《钢铁的暴风雨》《在大理石的悬崖上》《赫里奥波里斯》《玻璃蜜蜂》等。他是法西斯统治时期一位有巨大影响的作家。

③ 智人,生物学分类中的一个人种。智人最早出现在地球上的时期有各种不同的推测,通常认为是在大约20万年前。

中的书，愉快地外出散步。

路人总是停下脚步看一只小狗，仿佛兴奋地发现了一个新世界。一只小狗会跳上任何人的身上，舔人的手掌，它还不能完全控制它的腿——它笨拙地移向我们，仅仅因为它精力过剩，而非欢喜。这是一种生活的调剂。没有人会走向一只老狗。老狗走动一下都难。老狗常常受风湿病的折磨，有时要靠倾斜着身体移动，就像螃蟹。

生病的老狗通常被圈起来，甚至系上皮带（这样的皮带，不久前曾被用来控制不安分的小狗，现在却成了生命的防护品）。老狗移动缓慢。它们不仅缺乏力量遛弯，甚至明显不喜欢遛弯。
由于医生的吩咐，它们被迫承受这种折磨。老狗根本不注意小狗。而没有人会多看老狗两眼。

在《魔山》里，汉斯·卡斯托尔普[①]晚上的活动——读书、思考、梦想——被形容为他的主权。我一直很喜欢这个定义。必须有人照看这个世界。

我最初的两次旅行：第一次独立旅行是去布拉格。一到那里，我就被它的异国性迷住了。布拉格有与克拉科夫不同的气味；九月底有秋天的寒意，到处都在烧炉子，用的是那种褐煤，不是黑煤。而我来自一个烧黑煤的国家。布拉格的黄昏也不同于克拉科夫，阴影聚集的方式不同。商店的橱窗看起来也不一样。有轨电车是另一种类型，更快，铃声不一样。我发现一种语言的异国性，听起来很熟悉，却又不同。我爱上了这种异国性。我漫步布拉格老城的街道，那里没有人知

[①] 汉斯·卡斯托尔普是德国作家托马斯·曼小说《魔山》里的一个大学生，一般认为是作者本人的化身。

道我。我于他们是外国人，于我自己也仿佛变得有点陌生，又因此更真实，似乎开始变得更强大了一点点。

两年后，我旅行去利沃夫，也遭遇了它的异国性。利沃夫散落在群山上，城市有种苏式建筑的丑陋。我在我的家乡发现了异国性。我在自身之中发现了异国性。

一切伟大的事物，很少能够被表达。
不过，我们得以自由处理小问题。

我在克拉科夫的家人差不多无一例外地属于穷困的知识分子类别（知识分子比在过去一百五十年里愈发贫穷，所幸这个阶层还能存在！）。我的亲戚——往往是远亲，血缘关系淡薄，但这从来没有影响每个具有家族思想的宗族成员——他们几乎总是住在狭小的公寓。三个家庭成员封闭在两个甚或一个小房间里，这可真有些不同寻常。折叠的简易床和沙发被设计了出来。结果每到晚上，房子的外观就从根本上被改变了。

你可能会认为自己拐进了一所医院，白色的床单已经完全改变了刚才还是一个客厅的房间的景观。房间像覆盖了雪。第二天早上，这些蜗居再次成为日常生活的圣坛，堆起层层架子、衣柜、图书。每一件家具拥有不同美学的源头；没有人有时间或金钱去"装饰"他们的公寓。家具大多是从过去时代里捞起来的，或者从打劫者那儿以便宜的价格淘来。橱柜堆满小箱子或层层凝结的果酱。油画和水彩画，业余画家、家人朋友的作品，挂在每面墙上：一些横挂，另一些则垂挂，或只是遵循引力定律，悬在那里。家具之间的狭窄通道，只能允许谨慎地从房间的一端到达另一端，仿佛从好望角到麦哲伦海峡。

这些公寓，让人想到透视法发明前的那些意大利油画。没有透视的余地。物体凸出、碰撞、溢出，就像在十四世纪的油画里一样。椅子可能凸出一两英寸，也许不止。桌子上铺了不够长度的桌布，桌布上摆了杯子或注满淡茶的茶杯。我的一个叔叔，一个文学学者，几十年与年迈的双亲一起生活在一个小公寓里。每天他把几十本书从沙发搬到地上，然后搬回去；否则，他就没有地方睡觉。然而，甚至没有人注意到他们——他们没有透视法。这被认为很平常、平淡无奇。也从来没有人提到它。西方电影进来时，我们看到其中宽阔的生活空间，感到很震惊（表现穷人生活的意大利新现实主义电影不在此例）。从我们非存在的透视观点看，很难接受那样的空间浪费。孩子几十年与父母同住，年轻夫妇与他们的父母同住，也就是说，新夫妻与一对老夫妻同住，孙子和祖父母亲密无间。洗衣机放在浴室里，衣柜里满是泡菜，自行车塞进卧室，婴儿车锁在楼梯井的扶手上。

什么也舍不得扔。如果有人设法弄到一台新冰箱——的确，这样的事时有发生——他也要把旧的留着，以防万一。有时，一个阳台上可能立着一个陈旧、无用的冷冻箱，因年久早已发黑，它需要利用的那种天蓝色冰块，也许只有从阿尔卑斯冰川才能刨一块来，而在它旁边，也许就是另一部苏联出产的制冰机，早已发出呼哧呼哧最后的喘息。那些从西伯利亚流放或在德国集中营幸存下来的人，更是特别顽强；他们不舍弃任何东西，面包渣、空果酱瓶子、包装袋、包装纸、细绳，不一而足。然而，不仅那些集中营的老兵在囤积无用的东西：这是一个不言而喻的规则。如果你买了一个新熨斗，仍然要把旧的留着，即使使用它可能引起房子的一次火灾。当你得到一台新收音机时，并不把旧的扔出去。所有这些旧物都堆在阳台上、走廊和食品储藏室里，好像它们隐藏着生活哪一天向后倒转的可能，而不是根据时间无情的规律向前迈进。然后，这些物品的尸体——生锈的自行车、断裂的打字机、损坏的缝纫机、干透的自来水笔、曲柄失踪的咖啡研磨机——似乎突然变得不可或缺，随时可能重新苏醒过来，又会开始嘎吱嘎吱向前走、呼呼运转，跟着我们向后走，像忠实的狗。然而，对于乌托邦，对于一个腐败、人造的乌托邦，这是可以理解的反应，它虚假地承诺了一个欢乐、灿烂的未来，一个暴风雨里的避风港。

哦，当然，很好，很棒，克拉科夫的居民们似乎想说，我们知道，奇妙的未来在路上，但我们仍有疑虑，因为我们勉强能维持星期一、星期二、星期三、星期四的普通生活，更不用说星期日，我们要以防万一回到过去的日子，所以我们要攒好这些旧东西。也许你不能让时光倒流，但这仍然比你的乌托邦看起来更实用、更可行，因为生活正在变得越来越困难，越来越远离那个预定的天堂。你的乌托邦没有到来，也许过去有过一个黄金年代，而我们堆积这些死物的金字塔，就像林子里的瞭望塔，这样也许我们更能接近那样的好日子。

多么强烈的对比！年轻诗人通过阅读本国和其他语言的伟大诗人，认真准备自己未来的作品。他开始知道诗歌辉煌的历史；他通过阅读知道灵感的火焰威胁到世界的清醒、日常平衡的时刻，诗人立法而其他人只是遵循。他研究热情的史诗。他经历启示的时刻，并且大胆地希望有一天他也可以站在那些古代诗人的旁边。

不久之后，他开始参与自己国家的文学生活；出席朗诵会，会见其他人，和他一样，那些人也已开始写作和发表作品。他和其中一些人交朋友。然而，无论如何，与辉煌的过去相比，目前的情况是多么令人震惊，多么令人痛苦！朗诵会大约只有十五个人参加，甚或只有八个人。不仅参加的人数可悲地少；如果说那十五个人（或八个人）代表大多没有参加的人，也不足以令人安慰。而坐在第一排的老太太，第二排的一只篮子，和后排的孤独少年，一点也不能打动来访的他和同行的诗人们。甚至他所认识的一些作家，也是很难令人心生敬畏。（他们是一个群体，好像被浸泡在某个奇特的角杯里——勉强有几个读者，但有成群的作者！）他们中间，甚至有些魔鬼的仿效者，狡猾的窄脸，仅表明两件事，对生活的胃口，与越来越深的幻灭，甚至耻辱感：对职位无穷的追求，对节日邀请函永远的骗取，到那时他们就可获得一点小钱加上一两天的食宿。也许，他们也可能有五分钟的诗歌价值，虽然没有人看他们，但至少是与他人在一起，出场的却不是诗歌,而是某个旅游者小小的向往,未实现的梦想的苦涩,可怜之人的贪婪和狡猾,受挫的求爱者的嫉妒。

如此强烈的对比。那里——壮丽,云,雷电,崇高。这里——没完没了的作者讨论,权利,授权应用、策划、争吵、贫穷。

起初,也许有太多孤独、太多狂喜的启示,但是,在那之后,仅有一些职业的谋划,还不是太多。仿佛上帝并不能和世界很好地相处。(但是,他们真的相处过吗?)

每次返回克拉科夫后,我都要经历同样的场景:离家。在克拉科夫,我不是总有足够的食物吃,在C太太没有暖气的房子,经常有天寒地冻的感觉。所以回到格利维策就像回到了一个安全的避风港,意味着回家。星期天晚上离开我们的温暖房子并不是一件容易的事;需要一定的努力,特别是在冬天,雪在下。你必须到达车站,等待火车,而它很少准时。最后,你在深夜返回克拉科夫,没有人认识你,稀疏的有轨电车朝逃学的行人挑衅似的响起铃声。真不是一件轻松的事。

父母对我很好,他们每次都很愉快地接受我,我也高兴见到他们,但我特别不愿意离开。家里太温和、太安全。离家意味着放弃常规的生活,走向未知、探索和冒险。每当我吃力地穿过雪地走到车站时,感觉都像阿蒙森①出发去南极。离开时,心在疼——但是,你也预感到一些乐趣和发现,它们在奇妙、广阔的世界等着你。

背井离乡者的叹息,我们应对其持保留态度——当然,为刺刀所迫离境的移民除外。但是,一般说来,我们在内心不应过于接受他们的悲叹,因为驱使他们离家的,只是好奇心。他们真正的悲伤在那之后,因为真实而狂热的好奇心永远不会真正被满足。而我们大多数人

---

① 罗尔德·阿蒙森(1872—1928),挪威极地探险家,是第一个到达南极点的人。

离家,去一个陌生的城市和国外生活,多是出于自愿、寻求新奇的刺激。我们悲痛地回首,充满渴求——没有什么是简单而确定的——但是,我们仍然渴望朝向未来,朝向极地、北极星、南十字星。

有一个词,对我来说有着神奇的意义。它不时出现在哲学课上(但在心理学课上你永远不会遇上它!)。我慢慢地、逐渐地才学会理解它的意义,而它蕴含的尖锐真理,在我理解它的意义很久之前,就打动过我。能为我们提供一个狂喜时刻的词,不是很多。而这个词,给我带来的那种突然的喜悦,一定不亚于健忘症患者意外地想起了一个密友的名字。这个词就是:整体。它经常被轻率的思想家误用。而它也已显得落伍,充其量被悲哀地用于指代我们已丢失且永远无法恢复的某个东西,一个包裹着我们的东西,而我们在丢失它时,甚至没有意识到,那是我们得到过的多么高贵的荣誉。

我领会这个词的途径,与我的大学讲师的意图无关;他赞美它,嘲笑它,或悲悼它,都没有区别。我领会这个词,足以想象出一个可能自觉地属于整体的东西,足以让我懂得我不是孤独一人,不是一个原子,在某种科学仪器的镜头下绕着一个无知无觉的空间自转,不是一个被神秘地赋予理性、自省、性和智力的微粒或碎片。因为在我身边,就存在一种丰富的、生活的整体性,我属于它,与我同样的其他人也属于它;属于这个我通过思想或写作,在某一天抓住的整体性,我知道,我永远不会获得它的全部。(更好!我为什么要穷尽这样一种东西?)而且,即使我从来没有企及它,也不意味着它不存在。它在,它经久不衰,它不知不觉中塑造了我的存在,也不仅仅属于我一个人。甚至在我没有进行关于它的思考或写作时,我也可以进入这个整体性之中,不仅仅因为我是一个活人,我属于这个活人的全体,而且,通过我们的身体、我们的呼吸、我们的思想和想象,我们每个人都进入了它;你只需相信自己,相信它在,那个整体性存在。只要你相信它的存在,你就可以企及它;否则,就像你在博物馆里接近一幅画,却不承认它的艺术价值。

  我沉醉于这一关于整体性的思想,知道它在等着我和每个寻求过它的人。但我的老师谈到它的口气,总的来说,好像它根本不存在。有时它似乎的确不存在,或者人们通常如此认为。它很早就被打碎了,化为千百个碎片,就像一只中国的瓷花瓶。科学窥探的琐碎性、现代艺术家的反讽,最糟糕的是,近代历史令人震惊的残酷性——所有这些,结合在一起,联手打碎了它。不存在整体性,以后永远也不会有,我们有的,将只是一些微小的整体性,以及模拟它的大主教、专家,研究十四世纪头十年或伊丽莎白时代的十四行诗、研究第四个染色体或高血压症的专家。所以,我们继续生活着,却是作为一个大孤儿院的房客,一个宇宙的垃圾箱。

  "你们一定知道《布瓦尔与佩居谢》,福楼拜最后未完成的小说?"我们的教授问。"不知道?那你一定要读读。福楼拜不能完成它,你知道,因为一个人只能完成牢固地基于某个整体性概念的作品。福楼拜在一八八〇年去世,那时他正在写这本书的手稿,一本神奇、沉闷、滑稽、关于绝望的失败之书,它详细地描写了人类知识和想象力的各种无能。他死了,因为他无法完成它!是的,我冒险做出一个诊断。死因:不能完成的小说。不是因为梅毒或中风,而是一部未完成的手稿。它从根本上就不能完成,不管作者表现出多么积极的信心:在他最后的信件里,他宣布,他会把一些东西包藏起来,然后转向一本新的关于塞莫皮莱①的书!我希望医生们同意我的事后尸检分析。请记住,一八八〇年,弗里德里希·尼采还有意识生命的最后十年,铁路覆盖了整个欧洲大陆,二十世纪越来越临近,一个属于'未完成之作'的世纪。还没有人在那个世纪死于一个未完成的小说。"(不用说,第二天我就从图书馆借到这本书,并且一路大笑,犹如那些愚笨的文抄公所写的冒险故事里的人物。)

---

 ① 古希腊山隘,现位于希腊东部,著名的温泉关战役就发生于此。

但是，我与这个整体性的相遇不限于课堂。在穿过克拉科夫的市中心时，我有时也体验到类似的感觉。通往老城集市的中世纪的狭窄街道，转换的远景，快速变换的不同的屋顶——所有这一切，共同构成了生活的血管，一个有机的系统。你可以取道普兰蒂公园，用一小时或更少的时间绕老城中心一圈。教堂的尖顶，呈白色或血红色，它们刺穿阔大的栗树林、枫树、水曲柳；耸立于树叶之上，仿佛在家庭照里，成年人小心地待在小孩身边。我并非每天都在想这个，它也并不总是出现在我大脑里。几天、几周过去，我的大脑被世俗的问题占据：我能获得哲学史的学分吗？我有足够的钞票去听音乐会和买午餐吗？我的女朋友还记得我吗？但是，有时，在奇特的时刻，我似乎感知到这个城市的统一，通过某种特殊的感觉，我把握到它的整体性。

这座中世纪的城市，提供了一个现成的关于宇宙的模型，它拥有一切：河流、草地、房屋和树木、教堂和修道院的花园、围住城市的城墙和打开它的城门，如同人类心脏的瓣膜，遵循一个永恒的节律，它处于昼与夜、睡和醒、怠惰和商人狡猾的活跃之间。而这也是罗盘的指针，有意无意指向的中心。每间公寓的房子都从这中心获得它的线索。你可以从任意一点，衡量到达老城市场的距离，就像使用一个无形的盖革①计数器。老城市场就是城市的磁极，它的命数、它的边界、它的骄傲。而且，即便是在这个城市破败的郊区，一个长满野草的无人之地，旧汽车和空罐子在那里淹没于斯多葛似的平静，并逐渐屈服于锈迹，即便是这些感觉上模糊不清的边缘事物，也不是完全取决于自己，也不是自主或无主的。它们是这城市的皮肤，一个不断在进行自我更新的表皮，通过细长的神经，与全能的中心联系在一起。太阳和月亮，同样是这城市的属性，它们在冬天和夏天同样忠实地环绕着它，有时苍白而疲惫，蒙着雾和丝带似的云朵，或者相反，强

---

① 汉斯·威廉·盖革（1882—1945），德国物理学家。他在1913年发明了探测高能亚原子粒子的仪器，这就是"盖革计数器"。

烈、快乐、得意地照耀着。

　　这是属于这样一座城市的骄傲,作为它的一部分,阔步行进在它的街道上,像一个农民测量他的田地。我只是一个每隔两星期就回一次格利维策的学生,甚至还没有被克拉科夫登记在册,但是,也许我已经感到它的光辉,它因古老而更为强大的力量。虽然并不总是如此。有时我怀疑克拉科夫的威严,因此也怀疑那切实而神奇的整体性在我们的年代存在的可能性(仿佛这个城市,真的已成为我的世界模型!)。我有时嘲笑自己,嘲笑我的洋洋得意、我的过度联想。城市在继续生活,而维斯瓦河很脏,几乎已成黑色。我崇拜那中世纪的城墙,文艺复兴时期的尖塔,但我拒绝看到秘密警察的小车,我选择不相信这可爱(时时刻刻!)的城市被那些白痴统治着,那些平庸的集权主义者,只会接受来自华沙、莫斯科的命令。它是一个粗野、偏远的殖民地前哨,是一个关于"整体性"的讽刺画,而不是一个能赋予生命能量的真实地方。

　　难道我没有意识到这一点?难道他们没有反复地使我意识到这一点(不是通过恐怖,而是通过一个恶棍疲倦的笑容,他倒宁愿像一个所谓正派人那样行事)?难道他们没有强迫我去研究那些哲学和心理学的文本(与其说它们译自俄罗斯,不如说译自苏联)?我很清楚——但有时我想忘记。难道我不知道,克拉科夫背负着一个敞开的伤口,是一个空荡荡的地方,虽然没有沦为废墟,却到处是破烂不堪的小屋,这里的老房子,甚至比其他地方更为破败?(视而不见是集权制度下的规范。)这里是城市的墓地区——卡齐米日①,犹太人的区域,如今他们都不见了,先是被纳粹赶出,被迫远远地生活在河流的另一边,被成批地谋杀。难道我不知道,没有一个城市能从这样的悲剧中彻底恢复过来?无论它试图忘记、挣扎着理解它的过去,还是向受害者致敬?难道我不知道,横亘在我与屠杀之间的二十年根本不

---

① 克拉科夫的一个历史街区,从14世纪到第二次世界大战以犹太社区著称。

算什么？那些呻吟和细语，肯定还存在于许多语言——意第绪语、希伯来语、波兰语和德语，存在于那叙说非人痛苦的语言中——它们遍及这中世纪式的小城，它也是一段记录痛苦的录音。我喜爱沉思记忆的本质，并欲唤起更早的时代；我怎能无视身边的痛苦？

我知道，我在想它：卡齐米日是我思路的一部分，它就处在我漫步的途中。它是一个不同的空间，空洞而沉寂，仿佛城市中心的岛屿、一片废弃的荒原；二十世纪六十年代，那里居住的，主要是一些愚蠢的酒鬼和粗野的娼妓。城墙厚积尘土和炉灰，城墙之间枯瘦、衰弱的柳树已抽芽。古老的公墓区，那时几乎已无人祭扫。一个空荡荡的区域，凌乱、破败、无人在意的房屋，只有荨麻和牛蒡在恣意生长。我知道，那些消失的犹太人都是——可能是——我的亲戚，是我，与我一样的人。我试着不去把他们理想化，我懂得这一点，正如在任何人群里一样，我只愿与其中一部分人交朋友——但是，这也正是他们作为人的属性，他们的缺陷和弱点，我跟他们一样具有。

我知道，我记得；仁慈的精神不知是怎样扎根于我心里的，它使我对反犹太主义极其厌恶，我有时在同学甚至老师们那里遭遇它，在我妈妈的妈妈、信奉国家民主党的外婆那里，见到她让我难以忍受的反犹主义；我从来没有原谅她可耻的行为（她的辱骂，虽只限于口头语言，却是残酷无情的，如鼓声一样回响）。

我知道它们，卡齐米日的伤口和集权主义的伤口。然而，有些时刻，我没有将信念置于我所知道的一切，而宁愿相信我所感觉、看见、听见的东西，当我选择只去注意城市现实里无数细小的事物时，我就忘记了我已经知道的一切。尽管如此，"整体性"一词确实存在，并赋予我快乐（或悲伤）的时刻。不仅仅这个词——整体性的颤抖不会终止，即使理性无条件地拒绝了承认它的存在。我知道那两样伤口，而且我倾向于从理论里抛弃所有的幻想：这世界是未完成的，它破烂不堪，磨损得像一件二手衬衫，即使一个中世纪的奇迹也不能治愈它的传染性疾病。理智如此说，而我认真地附和了它的说法。但一些小的启示,它们天真的力量仍然追逐着我;它们有的在前面等我,有的在整个城市流浪。我漫步在卡齐米日的郊区,那里,犹太文明与天主教明显的标志在外形上面对面地相遇了,比如说,圣体节大教堂华丽的装饰,它幽暗的中殿,被一束阳光懒洋洋地穿透,无心的尘屑在光束里上下飞舞——即使这样的漫步,也有我遏制不住的自由的狂喜。

在存在的惯性里有某种不道德的、可耻的东西,包括允许以前犹太人房屋存在的那种惰性,它们有些可以上溯至十七或十八世纪,显示出其居民的某些记忆,只要不是囫囵吞枣,或如通常那样走马观花地对待它们,仅仅注意到阳光、雨、白天、六月漫长的夜晚、秋天迷人的气味。在大地和事物存在的方式里,有一种神秘的东西,热切而强烈。它们抓住每一刻,利用每一个机会,只要它们可以悄悄、懒洋洋地享受七月的炎热或十一月的蒙蒙细雨,甚或二月干裂的霜冻。只要能继续存在,它们可以世故地认可每一分钟、每一个季节或天气的变化。但是,这比占据现代哲学家的"虚无"好得多。不,地球和事物不利用虚无;它们的兴趣在于云和雨、取决于昼与夜饶有兴味的递进。每当温度上升,铁桥就欢喜地伸展,木质阳台就轻柔地吱嘎作响,仿佛在说:"人啊,你们不停地互相厮杀,但你们不得不原谅我们一直置身局外,原谅我们一直避开那些我们根本不在意、变幻莫测的理论。我们的工作实在太严肃了,我们无意关注时代挑逗的风气。而我们,作为物体,是现实的根,我们是存在的支柱。对于惯用反讽、年轻的文学评论家,我们毫无用处。经久耐用是我们的命运,不像那些羽翼未丰的诗人短暂的婚假飞行。任何一个保险代理人都会比新潮哲学家更加理解我们。"

这是否就是整体性?或者只是从现实底下发出的声音和低语?也许,整体性再次并永久地被粉碎了——或者只是我的头脑如此固执地认为,是我的理性在争辩,是学者们在表演。但是,经验比理性更有说服力。并非只是我的孤寂漫步和孤独的启示,让我走向这个结论。

这也是他人，我爱的人，和我观察到的人们的结论。有些人无拘无束地生活，仿佛整体性确实存在。他们把一切都押在一张卡片上，明智而精神饱满地生活，承担风险。有时我瞥见一眼他们真实的生活，偶尔路过时他们眼中的神采和力量。所以人们也拥有不顾一切生存的意志，一个难以平息的、钢铁般的存在意志，那样的决心，和我从大地和事物那里发现的，是同一个东西。

有时我似乎感到，在大学和生活之间存在一个巨大的裂痕。一种深刻的怀疑精神，对生活价值的疑虑，包围着我的大学。然而，与此同时，仍有各种不顾一切的人，他们坚信诚实的生活、积极的生活。他们没有理会那些专业的说教，他们忽视那些夹杂在各种沉闷的尘埃中、源源不断的最新发现，他们漠视法国哲学家宣称的所谓"人死了"的阴郁律条（如果我记得不错）。即使提出"整体性"的话题有些令人尴尬，因为你要么遭遇那些观念史家的说法，他们只是用一种枯燥、几乎阴森森的调子谈论整体性，要么遇到那些专门研究生活的人，他们小心翼翼地绕开理论的推断，认为这样一种闲着无事的思想，在他们看来也许是自杀性的。

在艺术方面，我也看到远比勇气更多的怀疑，更多的反讽，更多自恋式的迷恋（而非对于研究主题最适当的形式），它们取代了对伟大、严峻、神秘世界的关心。诗人把目光固定在诗上，固定于语言的谜语。只有一个奇迹令他们感觉兴趣：诗歌仍然涉险而存在（仿佛这个世界的存在，远不是那么神奇！）。我们时代最伟大的艺术家——他们更多是我的祖辈而非父辈的同时代人——其行为，好像想消灭他们实践的艺术形式，毕加索的工作是要摧毁艺术，斯特拉文斯基对音乐下手，乔伊斯瞄准了小说。他们的行为仿佛历史已终结，未来的世代已在劫难逃，他们好像想要剥夺他们绘画、写作、作曲、思考的快乐。"整体"——谁还在整体性上浪费生命？是否还有人在为人类社会而忧虑？它也许还在渴望一个新词？

徘徊在贫穷、荒凉的卡齐米日，思考着多种层面的现实，漫步在这个孤立的地区，在秋日的黄昏，或在春天，当敏捷而活泼的燕子，仿佛游客，越过一座希腊神庙，从国外飞回，一边流浪，一边思索着未来、过去和现在的问题——当然，这是奇怪的。或者，是我把现在占据我大脑的关切和焦虑，算到了一个早期自我的头上？他那时比此刻写下这些句子的作者可要年轻得多，他很可能就像是我的小弟，甚至是我的儿子——我不这样看；在我看来，同样的问题那时也在困扰着我，尽管我还不能像现在这样理解它们的意义。

我从卡齐米日出发，前往圣凯瑟琳教堂；我找到了通往建立在岩石上的大教堂的、狭窄的斯卡勒什纳街，我在途中看见一道古老的墙，围绕着一个花园，它属于克拉科夫众多的修道院（有一片不小的草地，那是特地留给阳光和小猫的草地，恣意生长超出了围墙）；然后，我沿着被囚禁的黑色的维斯瓦河，走向萨沃托山。我走过瓦维尔城堡比较难看的一部分，它建在法朗兹·约瑟夫深褐色的营房下面，经过学生停船的棚子，诺伯丁修道院出现在眼前，看到它柔和的托斯卡纳式的轮廓。到达修道院后，向右拐，我沿着鲁达瓦的小路向前，向左转过八月的贡汀山，就到了雅德维加①女王街，这里有一处工作室，党的雕塑家们为这座城市备足了庄严的列宁铜像。我在这里偶然发现了一条最喜欢的小路，伸向科希丘什科②高地。

在五月和六月，草是新鲜的绿色，无忧无虑的叶子；桦树招展小树叶，每一片都是那么完美。绿色的光划出了自己独立的空间，尽管新的城市只在几步之遥的地方。我能听见，运沙的卡车发出喘

---

① 雅德维加（1375—1401），匈牙利和波兰君主拉约什一世大帝的女儿。1382年拉约什大帝死后，雅德维加加冕为波兰国王。1386年嫁给立陶宛大公雅盖隆。她赞助宗教和学术事业，恢复建立在克拉科夫的大学。26岁时死于产后并发症。在她死后，该大学命名为雅盖隆大学。由于她献身给异教徒雅盖隆，并且促成了她丈夫和立陶宛信奉天主教，死后被波兰天主教会封圣，称圣雅德维加。

② 塔得乌什·科希丘什科（1746—1817），波兰民族英雄。他领导了1794年反抗俄罗斯帝国和普鲁士王国的起义，史称科希丘什科起义。

息；庞大的水泥搅拌机，重重地靠在一座小山丘边，巨大的轴承在旋转。我感到这座城市的呼吸。如果你站远一点，可以看到混凝土建造的公寓楼群，使景观不堪入目。我拒绝看；我选择凝望位于别尔兰尼的卡梅尔多利特大教堂的塔楼，看它高耸于一片青铜色的森林之上。

当然，死者也是整体的一部分；死者留在音乐、艺术、诗歌、建筑和数学里的一切。有时，森普—沙任斯基①的一首诗，在我看来比任何一首现代杰作更有意义。扬·科哈诺夫斯基的哀歌也并没有失去其哀悼的力量。阿尔齐洛科斯②作品的片段，以其粗鄙和崇高的混合，让我着迷。一位中国诗人——杜甫？李白？——以闪电的速度，冲破了我们之间时间的帷幕。死者并未完全消失；你必须训练你的记忆力，尽可能获取来自过去的信号。不仅如此；它们必须处于可调用的状态。我们在倾听死者的过程中写下诗歌——当然，我们是为生者写下它们。

甚至死亡本身——形式上的行家、杰出的停顿——在整体富于弹性的框架里找到了它的位置。在此，通过其未被足额支付的代理，它进行其深远的阴谋活动。它在莫扎特三十六岁时杀死了他，它让米开朗基罗享以长寿；它借一个德国士兵的步枪，瞄准克日什托夫·巴钦斯基③的额头。你可以自由地写作和谈论死亡；对于任何违规提及其名字的行为，它无权追索补偿。但是，你永远不可能知道，你所谈论的死亡到底是什么：死亡，或我们所称的死亡，在我们自己的形象

---

① 米可拉伊·森普－沙任斯基（1550—1581），波兰文艺复兴时期著名诗人。

② 阿尔齐洛科斯（公元前680—前645），希腊抒情和讽刺诗人。相传是一个贵族和女奴所生的私生子，出生在帕罗斯岛，后移居萨索斯。他经常过着漂泊、动荡的生活，曾去斯巴达和意大利南部周游。他的诗用古希腊语的伊奥尼亚方言写成。古希腊人曾把他与荷马并列，他对古希腊的诗歌、悲剧和早期喜剧有相当大的影响。

③ 克日什托夫·巴钦斯基（1921—1944），二战时期波兰著名诗人。德军入侵波兰时他正在美术学院学习，后积极投入抵抗，创办刊物《道路》并发表诗作。1944年8月4日在华沙起义中英勇牺牲。

里,重铸了它自己。

一条小路突然转向了克拉科夫的主干道的一侧。当地人沿着这条主干道沉着地散步,只要天气允许;老年夫妇讨论各种李子果酱配方的优点,父亲在与活泼的孩子一起漫步。但是,小路的另一端,绕开曾经属于米罗斯拉夫·德泽尔斯基①的一个花园后,消失于沟壑和山谷之中,在主要的人行道上就再看不到了。在这里,你可能会遇到一只正在沉思的狐狸,一只因恐惧而怔住的黄鼠狼,一只野兔,一只黑眼鹿。

我不知为什么,几乎无人利用这条边缘的小路——也许是因为害怕孤独?害怕这里的纷乱无序?你可能在此迷路,虽然它只是真实荒野的一个小小仿制品。时不时地,一个农民可能来草地干点活,他的小瘦马,神气地拉着犁(大约草地和这块小地过于崎岖不平,不适合拖拉机)。燕子在蔚蓝的天空盘旋,一只古老的白鹳从维斯瓦河上方缓慢地飞扑而下。

整体性?我在地上、在事物里看到的东西,那些坚持存在的事物冷漠的固执,与生活较低的限制(而不是与崇高的领域)联系在一起。如果整体性事实上仍然幸存,如果它还没有屈从于最终的破坏,这要感谢忍耐持续的力量,它像在地里干活的那匹小马一样难以止息。但是,它缺乏滔滔不绝的崇高的风格,没有高昂的音调、高贵的声音,它强大而有说服力,对于各种冷嘲无动于衷。整体只存在于部分之中,受到服务于宇宙的各种微小生物巨大的支持;似乎我们的阿特拉斯②,我们时代的阿特拉斯,只是一头小牛(疯狂而强大的小牛,如达·芬奇绘画里的小牛),但这可怜的小东西失去了它的头。这就是为什么,整体是不完整的——是这样吗?在我们的哲学研讨课上,我还不敢做出这样的结论;他们可能会嘲笑我。但是,在这里,

---

① 米罗斯拉夫·德泽尔斯基(1941—1989),波兰哲学家、作家和政治家。
② 阿特拉斯,希腊神话中受罚以双肩掮天的巨人。

在六月散发干草气味的沟壑间,在盛开而枝条下沉的椴树下,没有人会反对:是的,整体性存在,但是,不,它不是整体。

每当我长时间散步归来,夜幕就已降临;像一个疲惫的老魔术师,它把城市的屋顶和塔尖,隐藏于夜雾的斗篷下。

任何在文章里为诗歌辩护的人,都忽略了正在写作中的诗歌。真的能够以这样的方式为诗歌辩护吗?

我们看到一只可爱而不幸的小猫,被人遗弃在巴黎城外塞夫勒①的树林里。它很快成了一个亲密、温柔的朋友,但是,两个月后却死于一种医生也不能诊断的疾病。它不吃东西。它死得非常平静,仿佛陷入沉思,只担心一件事:孤独。它转过身背对着我,看着别处。它不想与我的眼睛相遇。

* * * * * * *

长期以来,学者们显然不喜欢奥维德②的后期诗歌,它们写于流亡时期,但是,更值得与他的早期诗作进行比较,我指的主要是《变形记》③。他们不喜欢奥维德后期那一套语调(《哀歌》和《黑海零简》),哀叹失去和悲痛的腔调。

---

① 塞夫勒位于巴黎西郊。
② 奥维德(公元前43—公元17),古罗马诗人。年轻时在罗马学习修辞,由于他的第三任妻子而有机会进入上层社会,结交皇家诗人。公元1年发表《爱的艺术》,因与奥古斯都推行的道德改革政策发生冲突,公元8年被流放到黑海边的托弥,十年后抑郁而卒于该地。他是古罗马最具影响力的诗人之一。
③ 《变形记》是古罗马诗人奥维德编著的一部长诗。全诗15卷,取材于古希腊罗马神话,共包括大小250多个故事,按照时间顺序叙述,由宇宙的创立、大地的形成、人类的出现直至罗马的建立、恺撒遇刺变为星辰、奥古斯都顺应天意建立统治为止。

这是一个众所周知的事实,学者们往往听觉不灵。我们必须注意,我们的世纪与奥古斯都的时代是多么不同。奥维德被迫离开世界的首都罗马,流放到靠近帝国边界、一个小而脏的地方,它现在属于罗马尼亚,那是一个受到野蛮人不断攻击的前沿小镇。现代罗马尼亚的流亡地,如今由托弥换成了巴黎。但是,奥维德在托弥写下的诗,铸成一个完美的合金,结合了悲伤、绝望、羞辱、傲慢、智慧、自嘲、自我怜悯。奥维德向恺撒讲话,而不是向神讲话。尽管如此,他是以约伯①的辉煌语言在讲话,约伯虽然不幸,却有着胜过其他一切东西的智慧。

没有所谓文学的进步这回事,但是,文学里也从来就不缺乏变化和置换。今天的约伯——奥维德展示它们的方式——更是机智。如果他们想要更有趣,他们可能得加入马戏团,或者去写情景喜剧。

是什么把诗和音乐连在一起?诗。

* * * * * * *

想象力与世界无休止的争吵:每当想象力发展得太强大时,就会被独断的现实主义者、收税人、成功商人的嘲笑削减(更不用说像帕斯卡尔或西蒙娜·薇依这样严格的道德家)。但是,每当清醒的世界,相对于想象,占据绝对的上风后,在想象的领域,一个靠近死亡、遥远的省份,就会产生一些诗人,在某一天写出新诗。

加缪的《第一人》(一本非常精彩的书)是献给沉默的颂词,具体说,是献给一个沉默、简单、多数成员是文盲的贫穷家庭的礼物。

---

① 约伯是上帝的忠实仆人,以虔诚和忍耐著称。魔鬼考验他,把他变得又穷又病;他却在贫困中祝福上帝。见《圣经·约伯记》。

任何一个说话的人、从事表达的人，他都背叛存在；因为存在是沉默、完整的，无法表达的，任何话语只能缩小它。然而，真的别无选择，特别是对于一个作家。我们不得不打破沉默，无论怎样痛苦，而且，这样还是背叛我们所谈的东西（没有别的选择）。

加缪，与其他作家一样，负疚于这样的背叛。然而，他似乎给自己找到某种空间，一个存在于沉默和话语之间的缓冲区：地中海干燥的风景、黎明和黄昏的沙滩、针叶草、灰黄色的棕榈、阿尔及尔由于可怕的炎热而无人居住的街道（塞万提斯在那同一个城市做了几年巴巴里①海盗的俘虏）。地中海的干燥有这么一个特性：它介于红铜色和深蓝色之间，生动、摇曳的大海。关于大海，没有什么是可以说的，唯有海滩是雄辩的。

童年生病：发烧、干裂的唇、柠檬凉茶的味道。

贡布罗维奇的书都很难到手。他也不像其他流亡作家那样被严格查禁。在一九五六年十月那段时间，《费尔迪杜凯》和《巴卡卡伊》出现过几种国内版本。当然，它们都瞬间消失了，那时我还是一个学生，没有人会做梦在普通书店找到它们。像尼采的《新艺术》旧版本一样，贡布罗维奇只有在二手书店才有可能寻到。记得有一次，我问一个书店经理有没有贡布罗维奇的书，他接待了我。这是老城集市附近一家二手书店：狭窄、灯光昏暗的书店里，长条桌上摆满了书，空气里弥漫尘埃的味道。书店的主人——商业国有化不多的幸存者之一——一个老人，一身黑衣（现在回想起来，那也许是我年轻时的错觉，实际上，他可能没有那么老）。

除了可敬的店主，还有一个孤单的女士，显然是主人的朋友。所以我直接问他有没有贡布罗维奇的书。没有通常那般的回答，店主开

---

① 巴巴里，北非伊斯兰教区。

始了一番滔滔不绝的演讲。

"年轻人,"他说,在此之前,他打量了我片刻,显然得出了这样的结论:他不是在反对一个秘密警察或财政部的特工,而只是一个普通的学生,来自一个有教养的家庭,简而言之,一个类似他自己的人,"年轻人,我不确定你的阅读是否明智,甚至不知道你是否想要读维托尔德·贡布罗维奇。我不确定。毕竟,我们生活在非常不开心的时代,难受的时代。我相信你不需要我在这一点上多说。与此同时,维托尔德·贡布罗维奇是个什么人?一个小丑。不是一个严肃的作家,不是一个爱国者。一个小丑,自大,也许称得上聪明。不是没有才华。哦,不,不能说他缺乏才华。可是,他不幸走了一条愤世嫉俗的路。而这,不是我们在目前的处境下需要的东西。他不是为我们准备的作家。年轻人对贡布罗维奇的兴趣让我感到忧虑。来这里问他书的学生,你不是第一个。也许你们年轻人应该阅读更严肃一些的作者——为什么不找找哥鲁别夫①或玛勒夫斯卡②的书呢?"

(我很晚才知道汉娜·玛勒夫斯卡;我以前常常在她位于自由广场附近的小公寓旁边逗留。)

"顺便说一句,"店主总结说,"现在我这里还没有贡布罗维奇的任何存书。改个时间再来吧。"他的同伴什么也没说,但我感觉到他们看法一致。

我道再见,离开了幽暗的书店。

我喜欢那个店主,虽然我不同意他关于贡布罗维奇的观点。他平静地说,他不是只会拙劣地模仿,不是只会陈词滥调。我不能同意他的观点,但我突然意识到,我也许只是遇到了一个十九世纪波兰爱国

---

① 安东尼·哥鲁别夫(1907—1979),波兰历史学家、作家和天主教出版家。30年代是先锋诗歌灾祸派(与米沃什一起)的组织者。最著名的作品是四卷本的《波列斯瓦夫一世》。

② 汉娜·玛勒夫斯卡(1911—1983),波兰著名作家和出版家。

者的活样本；他需要的只是托词。

我不同意他的观点，但他让我感到有趣。我的国家需要什么？说出一个国家需要什么，这不是一件容易的事。贡布罗维奇喜欢捉弄傻瓜——从这个意义上说，那个店主是对的。但文学常常捉弄读者，甚至它的作者；除开贡布罗维奇所有的理论纲领和宣言，他真正的严肃性、他生命里注满生气的庄严，的确都进入了他的写作。

诗歌的语言学定义，和一般意义上的文学，在我们的时代一直占主导地位。这就意味着，在定义文学时——顺便说一句，我们为什么需要定义文学？又有谁想过要定义雨？——第一步就是要伸出你的舌头。这种方法，主要和形形色色的结构主义思想家有关，这是一个方面；另一方面，它也与约瑟夫·布罗茨基有联系，一个伟大的诗人，相对于科学，他更接近形而上学。

这是一个棘手的问题，也是一个非常重要的问题。如果文学只不过是它所使用的语言材料，那它就只是给受过教育的人提供一种雅致的娱乐，如同给精英们提供的字谜游戏之类。必须承认，的确存在大量的所谓文字作品，它们的意义并没有超出这些，虽然它们也并不缺乏热情的读者（字谜游戏的作者也不能抱怨它们的流行，或者只是在我看来如此）。

在一本论述圣奥古斯丁的书中，彼得·布朗说："在选择生活哲学时，圣奥古斯丁并没有放弃一种植根于文学的贫瘠空洞的文化。恰恰相反——他致力于反对一种同样强大、自觉的罗马后期的生活方式。"让我们记住这样一个短语："一种植根于文学的贫瘠空洞的文化"。在这里，罗马后期的语境显然是很重要的，但是，在布朗的评论里，我们也看到一个更广泛的真理：任何仅仅基于语言的文化，作为语言练习，修辞术，最后必然干枯。和哲学一样，文学必须不断地向自己追问那些终极问题。否则，它就只不过是文学。（哲学就只不过是哲学……）

文学占据着一个高度模糊的位置。它是——至少潜在地是——文化的女王，一个显要的贵妇人，一种转化的经验、惊异、启示。但是，从这样的高度它轻松地坠落下来，成为一种纯粹的游戏、谜语、语言技巧的表演。有时，甚至在一个大诗人的作品里，你也可能偶然发现那种流于单纯的语言、修辞，甚至闲言碎语似的东西。

一个和煦的日子，小雨；罗贝尔·德斯诺①的诗歌。

如果就此得出结论说，我所知道的克拉科夫，好像只生活着那些仿佛来自另一个不同地质时代、温顺而安静、等待被归入博物馆的人，将是一个错误。毕竟，还有 U 教授那样的人。他与莱钦斯基以及舒曼教授不同，U 教授是一个活在当下的教授，因此，他是当下的主人。他与时代是那样完美地合拍，以致仅凭年代背景就可以感知他了。

他欣然接受了命运赋予他的历史性时刻；仿佛那个远大的目标，只是为他一人而被梦想出来的。因为他的缘故，马克思在大英博物馆的阅览室埋头苦读；为了他，恩格斯几乎毁了视力。因为他，列宁和斯大林——依照马克思著名的第十一篇论文——才没有停留在对这个世界的简单理解，看出适合改变它的道理。为了他的利益，资产阶级和地主阶级被镇压。而一九五六年游戏规则得以放松，也是为了他毫无问题地掌握他的资产不放，因而也不需要因恐惧而发抖。所有这一切，U 教授都可能在他的别墅和花园因享有它们而感到欣喜，他的管理者职位、闪光的领带，他到西方的旅行，他的服从。伟大的革命斗争并非徒劳。他抑制不住地狂喜，以致必须掩饰一下自己的幸福——不是每个人都能领会历史的逻辑的，不是每个人都能摆脱狭隘的嫉妒

---

① 罗贝尔·德斯诺（1900—1945），法国超现实主义诗人。二战中积极参加抵抗运动，1944 年 2 月遭盖世太保逮捕，1945 年死于集中营。

之心。

他像一个学龄前儿童一样高兴雀跃，唱一段胜利的咏叹调，像卡鲁索①一样返场再演。但是，事情好像起了变化，他被迫压制他的兴奋；他的声音是深刻的实用主义的，并且有一只不同寻常的音乐之耳，捕捉幸福的隐秘暗示。U教授也是克拉科夫无神论者和自由思想家协会的主席。在一个致力于废除宗教的国家里，必须卑劣透顶才可能会向教会开战；但是我们的U教授不止于胜任这项任务。他成了这个城市主要的无神论者，无神论者的地方主教。这是出自信念吗？我不认为他有什么信念；毫无保留地分享时代的观点，他只是这方面一个绝佳的例子。

他偶然地成为一名大学教授；他本可以非常容易成为一个乳制品工厂主管，一个消防大队的指挥。职业训练是无关紧要的；服从和能量是第一位的。他的能量显而易见；他的服从也不难想象。任何一个能够设法做到无神论者协会主席一职的人，同时还在大学工作，又是——这另一份工作我还没提到——党务委员会的讲师，需要在各种盛大集会上以他的能力发表讲话，凭的当然不单单是他身上的顺从。他急切地争取代表当前权力的条件。服从涉及指挥和惩罚，但这是刺激和奖励的问题。所以U教授很忙，从一个会议奔向另一个会议，甚至偶尔取消他的授课。有时，他似乎几周没有出现了——布告栏会公告说U教授病了。一个月后他重回课堂，一点不像一个康复中的、没有血色的病人。恰恰相反。他晒成了褐色，像一个刚在阿尔卑斯山度过假的人。没有人敢去核实。

尽管如此，首要的是，他精力充沛的自控能力：他一生在教授的位子上，就像某人做了一辈子老板的女婿（他与党结了婚），并且喜欢炫耀他的专长（高度可疑）。我回想不起他有任何独到的思想，任

---

① 恩里科·卡鲁索（1873—1921），意大利歌剧男高音歌唱家，有"歌王"之称，也是首个歌唱节目录制成唱片的歌唱家。

何一条出自于他、令人难忘的评论（虽然年轻的时候，他出版过一本不错的格式塔心理学方面的书）。他是头脑异常清楚的人。我在这里，在这一时刻，我出现在这一分钟，他似乎在说。我不要做白日梦，我不要推迟到明天，我不向前看，我不向后看——我不理解那些罗曼蒂克的诗人，好像今天还不足够，总要对逝去的时代叹息不已，或者对未来无限向往。与他们不同，我完全满足于现在，我什么也不想象，什么也不渴求，我已经取得这一切。

他长着宽阔的额头，和一个主教似的大鼻子。他是一个活在当下的人。

聆听音乐！音乐是极其宽容的；即使我们身在别处，在通勤列车上、在阅读或写作中，在与别人聊天或购买一件衬衫时，它也能使我们进入自己的头脑。一个不法广告商人，可以利用一段莫扎特的《安魂曲》，我们先人留下的最伟大作品之一，向他的客户兜售电视上的产品。不难理解，在一九三九年九月波兰难民为了一点面包和一杯牛奶支付黄金。但你怎么理解一个商人在一个和平与繁荣的时代，白白挥霍莫扎特的黄金？仔细地聆听音乐——这似乎很罕见——会在我们面前打开一个无限富有的王国，一个无与伦比富饶的领域。诗歌也是如此。有没有一个人，生来就真正懂得如何读诗（值得认真一读的罕见的诗歌）？懂得阅读它们，超过阅读母语里的作者？懂得如何把全部精神——不是像东方的智者那样，集中于虚空——集中于整体，集中于某些可能获得的难以想象的结果？

一个人说（好像在总结他的一生）：年轻的时候，我最喜欢马勒第五交响曲，但我现在最喜欢第九交响曲①。

一天，我们的某一位作家，全神贯注于清洗他的三只自来水钢笔。我还从来没有见过一只乌鸦，花一整天时间整理它的羽毛（或者花半个多小时梳理毛皮的猫）。

这是多么虚弱：写作，然后为其道德品行打上一个正号或负号（我们时代的一个癖好）。好像写作并相信从写作中生出的真理还不够；对自我没有信心。

善与恶，并不存在于正或负的符号里，不在评论里，不在制约某本书的倾向里。它们存在于说话的方式（作者本人可能从未真正听清，因为我们并不了解自己）。

B 对我说，你知道，我不适合做任何事情，我已经没有办法谋生，我唯一能想到的，是"给年轻女士们开一个关于沉默的讲座"。

当需要加标点符号时，句号是符号里最傲慢的。在我之后，哪管洪水……

两个年轻诗人出版了一本书，其中，他们坚持认为，他们的国家尚未被描述（这使他们的读者以为，在这方面，其他国家和大陆做得更好）。

但是，世界从未在任何地方被描述！没有哪个国家的现实被描述

---

① 《升 C 小调第五交响曲》是马勒作于 1901 年至 1902 年的作品，同此前四部交响曲相比，第五交响曲重新确立了纯器乐创作的道路。第九交响曲作于 1909 年至 1910 年，作此曲时，几桩突如其来的不幸事件降临马勒身上。按音乐评论家说法，此曲四个乐章好比"浩大的死亡之舞，按每乐章顺序，分别为：死亡作为解放者，死亡作为死亡舞的伴奏者，死亡作为战场上的敌手，以及最后死亡作为一个起慰藉作用的友人"。

过！现实嘲笑描述。

在三六二年，背教者尤里安①发布公告（针对基督徒），宣称只有那些相信希腊诸神的教授，今后才被允许教荷马、赫西奥德、德摩斯梯尼、希罗多德、修昔底德、伊苏克拉底、利西阿斯②。如果这一原则普遍应用，所有国家的教育体系将会崩溃，不管他们是怎样的意识形态。

我经常去交响乐团，那些古典交响乐许多都是第一次听到；在格利维策，唯一的音乐机构是位于城市郊区的小歌剧院，在所谓"鸟区"附近。它被称为鸟区，是因为周围的街道都取了鸟的名字。事实上，那些在花园里欢天喜地歌唱的黑鸟、黄鹂、画眉和夜莺，唱得远胜于歌剧院那些扮演天真姑娘的女演员，她们喜欢在两颊涂上玫瑰色的粉末。鸟儿更容易主导这种竞赛，因为它们通常是看不见的，藏在一堆树枝和树叶中间，仅仅通过歌唱出场，好像它们的声音是被自己隐藏在树林里。但是，无论谁听过鸟儿啼鸣，谁就会有时间和耐心，一动不动地伫立在一个花园里，为黑鸟青春的歌唱激动不已。然而，跳恰尔达什舞③的公主就过于平淡无奇了，抹着粉红色的粉，抖动小短裙。她不停地应观众的要求唱了又唱，似乎没有机会找一棵杨树，

---

① 背教者尤里安（331/332—363），罗马皇帝。他本人博学多才，集学者、作家和将军于一身。在位期间（360—363）允许宗教信仰自由和犹太人在耶路撒冷重建圣庙。他信奉异教，是君士坦丁后唯一的非基督教徒皇帝，因此天主教会称他为"背教者"。

② 赫西奥德，古希腊诗人，原籍小亚细亚，出生于希腊。他可能生活在公元前8世纪，一般史学家认为他早于荷马。德摩斯梯尼（公元前384—前322），古希腊雅典雄辩家、民主派政治家。希罗多德（约公元前484—前425），古希腊历史作家，所著《历史》为西方第一部完整流传下来的散文作品。修昔底德（公元前460/455—前395），古希腊历史学家。伊苏克拉底（公元前436—前338），希腊古典时代后期著名教育家，主要教授修辞学和雄辩术，以培养演说家为己任。利西阿斯（公元前445—前380），古希腊演说家。

③ 一种匈牙利舞。

藏在叶子底下歇一会儿。

克拉科夫的交响乐团却是另一回事。在这里，可能遇见高傲的潘德雷茨基①。克拉科夫音乐学院的学生大都前来观看演出了。部分人愤世嫉俗，部分人很热心，他们就像周六晚上教堂外的年轻传教士，还不敢过于热烈地展示他们的信心，所以，为讲一些低俗的小笑话而咻咻窃笑。然而，如果来访的大师应观众要求再演一个什么节目，震惊不已的学生便会急忙求证那是什么作品。一般公众可能会因无知而对付过去，但他们不会这么做，这些未来的专业人士，不能含糊、满足于无知。你也许会听到他们焦虑不安的私语——"勃拉姆斯的奏鸣曲"，"不，舒伯特，F小调"，"不，是贝多芬，作品31号"——私语如蜻蜓飘动在一排排座位上方。"告诉你，这是舒曼。"音乐教授保持缄默，假装学生们已经知道了所有的答案，根本不操心这样的游戏。

新手也会来听音乐会，一些还不懂音乐会礼仪的新手。这些初学者的失礼往往是灾难性、不可原谅的：直到结束，他们都没有欢呼，而在第一乐章快要结束时却又发出无度的掌声。也许，他们希望这种热情有助于成为合格听众。他们的判断不可能更糟！这让真正的行家痛苦不堪，他们被从绝对的沉浸——或厌倦——里惊醒。他们夸张地转身，从座位上站起，以沉默的凝视诅咒作恶者。但是，负疚的一方并无什么恶意，不能理解他人愤怒的原因。音乐家，和身着燕尾服、领头的指挥家，也不喜欢提前到来的欢呼。有的面露讽刺甚至轻蔑的微笑，另一些人则呆呆地看着眼前生动的场面，假装什么也没有发生，尽量坐在座位上，袖手旁观那不受欢迎的、业余的掌声。

这种业余的掌声、早产的崇拜，短暂扰乱了既定的演出；它将党派内讧引入乐曲，其中每个乐章本来是彼此独立存在的，就如一座希

---

① 克里斯托夫·潘德雷茨基（1933— ），波兰作曲家。生于波兰登比查，曾在克拉科夫音乐学院学习，1958年毕业后留校任教，1972年任该校校长。

腊神庙里的柱子。例如,阿尔蒂尔·奥涅格①的《礼拜交响曲》,由三个乐章组成:《审判日:清晰的快板》《在深渊的呼求:慢板》和《赐我平安:行板》。缺乏经验的狂热爱好者一到快板就报以狂喜的掌声。但他们的犯罪立刻被人瞪视,一波又一波的嘘声震动了带电的空气,所以,在可爱的慢板后,他们没敢重复他们的失态。结果,交响曲的中间乐章也许就被不恰当地对待了。

但是,他们的反应真有那么粗鲁吗?这些无知的业余爱好者,有没有可能是对的?他们的反应也许更人性,比起全世界的音乐厅都崇尚的惯例,也许更少傲慢?当我喜欢什么的时候,我鼓掌,我不要等到奏鸣曲或交响乐最后的和弦。为什么不从你的灵魂深处(如果它存在的话)立刻做出反应?为什么还要坚持另外半小时,咬住嘴唇,紧攥双手,把狂喜置于博学的基础?

这些音乐会,除了观众,主要就是傲慢的潘德雷茨基,一些初出茅庐的音乐家、一些贫穷的贵族,以及狂热男生眼里仿佛圣母玛利亚偶尔一现的美人。当然,还有一些地方官员,在我看来,他们并没有显示出对纯粹、热情的音乐形式直接的兴趣。有时,交响乐团让人想到一个兴旺繁荣的山村里的教区教堂。潘德雷茨基在一串低语声中走了进来,一阵激动,低语迅速包围了手握音乐会节目单的美丽女孩,她手里摇着节目单,像摇一把中国折扇。一个来自艺术学院、体形圆胖的教授,接受学生们向他鞠躬致意。一个著名的妇科医生,由他超群绝伦的妻子陪伴着,据说后者与一位意大利记者私奔一个月后才回来。为了净化自己身上牛犊和牛皮持久的味道,某个富有的鞋匠也来到音乐会现场。一个薄嘴唇的哲学家坐在最后一排位置,据说他一向

---

① 阿尔蒂尔·奥涅格(1892—1955),出生于法国的瑞士作曲家。大部分时间生活于巴黎,是法国六人团的成员。二战中他加入了法国反抗运动。他创作的四部交响曲,已成为20世纪非常有影响力的交响曲,其中第三交响曲的副标题称为《礼拜交响曲》,而三个乐章都用上拉丁弥撒曲的名称。

不喜欢艺术，但又觉得一切现存的东西应该都值得纳入考虑的范围。四个修女，像学龄前儿童一样牵着手，无论面对令人激动的悲剧作品还是欢快的片段，如斯特拉文斯基《彼得鲁什卡》① 选段，她们始终在愉快地微笑。但是，这也许是对的：我在某处读到过，说水手们只有快乐时才唱悲伤的歌。

有一次，乐团里一个成员晕倒了。一件非常奇怪的事。音乐会被迫中断了，现场暂时一片混乱。它给我留下深刻的印象：在舞台上晕倒，就像从一架飞机上，从一种不同的时间里跌落下来。关于这一非凡事件，关于从音乐的永恒性里滑脱，我写过一首诗。巧的是，这是我首次公开发表的诗歌。

但是，有时——相当常见——我忘记了交响乐团发生的那些事情愚蠢、势利的一面，音乐的力量平息了我的怀疑。视觉感官仿佛消失不起作用，平时它使我们倨傲地考察我们的邻居（当然，忘记他们正忙着做同样的事）。就是在那里，在克拉科夫交响乐团，我第一次听到莫扎特狂热、深入骨髓的《安魂曲》，它让我夜里很晚都无法入睡。还有勃拉姆斯的第三交响曲②，它的第三乐章有一个极其朴素的标题《稍快的小快板》，却有着无比动人、令人心旌摇曳的力量。我听肖邦的叙事曲、夜曲、马祖卡舞曲，听得晕头转向；他最简单的歌曲、他的假日纪念品和白色鹅毛笔，似乎全都交织在一起。当我最后屈服于音乐的力量，心里在想，音乐是世界的女皇：一个摄政者（因为国王走上了一个漫长的旅程），给自己强加了一些原则和习惯，它们起初看起来似乎是随意的，但很快就成为完全合法和必要的了。我

---

① 《彼得鲁什卡》是一出四幕滑稽芭蕾舞剧，由斯特拉文斯基作曲，1911 年 6 月，由俄罗斯芭蕾舞团首演于巴黎，讲述了一个拥有"人心"木偶的故事。

② 勃拉姆斯的第三交响曲，F 大调，OP. 90，作于 1883 年，维也纳爱乐乐团于 1883 年首演。当时 50 岁的勃拉姆斯爱上了年轻的海敏娜·施比斯。第三交响曲是勃拉姆斯四首交响曲中最短的一部，但乐思鲜明而完善，共有四个乐章。第三乐章是中速抒情的，速度较为自由，用三部曲式写成。

还感觉到,在音乐大厅的参与群体里,我不是唯一的人——经历了对音乐厅从带着冷笑的观察,到全神贯注的吸收。我的感受和其他听众没有什么不同。几乎所有的人都已陶醉,我们拜倒在那看不见的摄政女皇脚下,意志坚定,神情专注。身形修长的指挥家握着她天赐的指挥棒,正是她宽容了钢琴家伏在那黑色的斯坦威钢琴①的琴键上,那富有节奏的起伏和摇晃——这最初给我的印象有点滑稽。

而且,当这一切发生时,我认为,伟大的事物,比如音乐,通常会采取两种形式。有时,它们是非实在的、轻佻而琐碎、置于众人的嘲笑之下。然而,一旦成熟,接近它们的本质,它们就变得坚固、真实、崇高——我们应该这样感受它们。

音乐给出形式和节奏,它把优美的结构建立于微妙的物质,如呼吸,如时间之上。虽然音乐使我着迷,我却不会演奏任何一种乐器,甚至不能在琴键上弹出最简单的旋律。我没有一副好耳朵,更不用说完美的音高辨别力,这些我只能梦想。然而,我却有各种各样的耳朵,属于纯粹的内部,它只能被动地表现自己,区分具体的作品,这表现在我对于音乐被动的记忆和一种有效的热情,它能产生任何实际的效果。我甚至吹不好口哨。我的音乐家之耳,一直藏而不露,像一个怕见阳光的密谋者。一切都隐藏于表面下,深藏于我头颅的幽深处,只接受伟大作曲家和演奏家的造访。它胆怯,受制于它的被动性、缺点和不完美。但是,一旦它被喜欢的音乐控制,就会产生强烈的共鸣,和其他更少缺陷的内在感官一起活跃起来。

我还有一个阿姨,她的丈夫是一个古典语言学者——而且是一个

---

① 世界顶级钢琴品牌,1853 年创始于美国纽约,具有独一无二的特性,国际著名的钢琴家几乎都使用它进行演奏。

反对教会权力的不可知论者,住在华沙街圣弗洛里安①教堂附近。这就是迈克·罗泽克②导游手册肯定要提及的圣殿:传说建这座教会是为了安放殉道者弗洛里安的遗骨。据说,公牛背负着圣人的遗骨,停在这个地方,拒绝继续前行,直到人们决定给殉道者建造一个圣殿。编年史家告诉我们,圣人的遗骨在一一八四年前由卡齐米日"正义者王子"③带到波兰,他从教皇卢修斯二世④手中接过了圣髑盒。

我的阿姨是一个虔诚的人。圣弗洛里安教堂聪明、可爱的年轻神父很快就引起了她的注意。很自然地,她邀请年轻神父共进晚餐。他成了我阿姨家的朋友。我叔叔的不可知论刺激、迷惑甚至启发了他;他们的晚宴经常成为关于上帝存在的激烈争论。这种讨论一定给两人带来了快乐;毕竟,在与古典语言学者的争执过程里,年轻神父并不真的为他的信仰担心(不过,小心!古典语言学者可是非常危险的;他们每个人身上都包含一个潜在的弗里德里希·尼采)。然而,我的叔叔非常享受和年轻神父在一起,因为他很有魅力。他是那样一个传教士,总是将信仰,甚至训导,与内心的自由、一个自由之人的主权统一起来。

我怀疑,我的阿姨也许都有点嫉妒,年轻神父在交谈中给一个不可知论者带来了那么多思想上的影响!是她找来了这样一个迷人的客人,而他在这里,却陷入了与他的意识形态对手的对话,因为对手而忽略了本身的朋友。他当然并没有完全忽略她,他总会问一问孩子们的情况,他们有三个孩子,而年轻神父对他们已经越来越喜欢。然

---

① 圣弗洛里安大约在公元250年出生于罗马。在蒂欧克莱蒂克迫害中,他因为反对残酷迫害基督徒而被罗马当局下令烧死。圣弗洛里安在中欧国家尤为信徒所崇敬。

② 迈克·罗泽克是波兰一家著名的出版社。

③ 卡齐米日王子(1138—1194),即卡西米尔正义者二世,1177年成为波兰最高公爵。

④ 卢修斯二世(?—1145),他出生于博洛尼亚,出生日期不详,于1144年至1145年在位为罗马教宗。1145年作为教皇在任期被罗马人逐出罗马。

而,他显然更珍视与古典语言学者的争论。

在家里,他们常常叫我叔叔"剑",而他真的是无所畏惧的。他不是一个普通的不可知论者,不像U教授那样是一个小气、唯利是图、效忠政府的好战而一无所信的人。我叔叔是一个怀疑论者,不轻信、不信任教会(尽管稍晚一些时候,他回到了教会,所以,年轻神父最终还是赢得了在华沙街附近一间幽暗公寓里的争论),但这一切都没有妨碍他与年轻的神父一起高唱圣诞颂歌!在他们的辩论中,他可能说到奥斯维辛集中营,因为它存在于一个半小时车程之外的地方:当奥斯维辛的火炉在焚烧的时候,神在哪里?我叔叔的家庭经历了那些,他的父亲曾在集中营附近一个矿上修理机械,所以,我的叔叔可能亲眼看见,或从家人的谈话里知道一些向集中营运送犹太人的情况,而不仅仅是从战后出版的报纸、回忆录、幸存者、评论文章那里知道。

或许因为他对古希腊的知识、对希腊传统的热爱,让他怀疑基督教的神。他也许已经认同了启蒙运动的理想。我说不准,我从来没有问过;我对他了解得不是很多。

一般情况下,这些朴素的晚餐——因为在我阿姨的招待里面,从来没有山鸡和鱼子酱,只是白色奶酪、火腿、春天的萝卜、夏天的西红柿、果酱和克拉科夫很好的面包——伴随着固执的争论,女主人难以掩饰地嫉妒,因为一个教区神父更喜欢的谈话对象竟是一个不可知论者,而非一个模范教友。

而被斯大林主义征服的小城,就分散排列在这些辩论和简单饭菜的周围。豪华轿车载着新政权的要人,个个都是一副方形的脸,和一双无动于衷的眼。无数的讲演和小组讨论,都是被召集来宣扬上帝的不存在。

那个年轻神父的名字叫卡罗尔·沃伊蒂瓦①。

"元音人"和"辅音人"。元音人是那些喜欢说和笑的人；在他们发笑时，头有力地往后仰，这些人生来就善于表达。辅音人通常保持沉默，他们被称为晚会上的扫兴人，他们上火车就睡觉。但是，如果缺少他们，就不会有人类；语言，也许宁可没有元音，也不能放弃坚硬、沉重的辅音。

几年前，大约是在一九九〇年，在克拉科夫的一个火车站，我竟然意外地看见了 U 教授。他不再像从前那样，不再是一个有权势的人。他穿着一件破旧的灰色大衣，这个上了年纪的人，坚持不排队买票。为了占那点便宜，他向排在前面的那些人（只有几个人！），展开了一段戏剧独白。他说他是一个可怜的被历史委屈的人，一个退休者，在另外一个时代，"曾经在管理的地位上服务，但是，可以肯定的是，有些服务永远不会消失"，换句话，扼要地说，他是退休人员，领取养老金者，他们中间的王子，不过想不排队买一张票。我可能是唯一认出 U 教授的人。其他人，尴尬地笑着，让他走到前面。只有我知道，他就是迷恋权力，想要试一试他的能量，想要打败其他人，即使在他的老年，即使在这微不足道的游戏上，从别人生命里攫取两分钟，为买一张票，他要得到这两分钟——而他在自己的一生中，从来就不曾急过。取得一个小小胜利后，他的脸上的确出现了浅浅的、狡黠的微笑。U 教授居然又赢了！

一九四五年十二月十九日。星期五。囚犯们从解散的奥斯维

---

① 卡罗尔·沃伊蒂瓦（1920—2005），出生于克拉科夫附近的瓦多维采。1978 年 10 月 16 日被选为教皇，即约翰·保罗二世。他是第一个成为教皇的斯拉夫人，也是自 1522 年哈德良六世后第一位非意大利人教皇。

辛集中营行进，穿过格利维策。雪。寒冷。

让娜就在他们中间。在布鲁塞尔我们谈起过这一点。我在另一侧。还是一个孩子。我站在人行道的边缘，盯着那些穿条纹服的人。我们很可能看见过对方。

——霍斯特·别内克①，《一个省的画像》

一九四五年一月我还没有出生，但是那年十月，我就在格利维策露面了。多年之后，我已认识霍斯特·别内克——我们谈论过格利维策。

从另一个角度来看克拉科夫：一个小城市，沉迷于流言蜚语、势利、嫉妒。每个人都在寻求适当的头衔：教授、医生、工程师、艺术赞助人。艺术家、作家、记者、教授的小圈子来往密切，却并不总是友好，互相照看着：他们几乎知道所有可以知道的事，而且，如果想知道什么，他们就会知道什么。旧的集体主义已经让位于永不餍足的冲动，通过持之不懈的监视，怀着奇怪的嫉妒心理，暴露一个邻居的失误。有时，不加隐藏的好奇心，已经取代秘密警察。一个蛇窝。

你好！雅盖隆图书馆——别称"雅盖隆卡"——思想的大植物园。谢谢你，雅盖隆，雅盖隆卡。这是一个宝库，而只有一堵墙把它与繁忙的大街隔开。一座图书馆——一个巨大、骄傲的图书馆——本身体现了想象力，所有人类的精神和智慧。思想在这里等待未来的读者。书架上拥挤的书，每夜都在梦想与读者、与活生生的手发生联系。甚至图书馆也不能幸免于世俗生活那些短暂而接连不断的束缚：镶木地板每晚发出咯吱咯吱声，困倦的看守人在他的小办公室里，读着一份油腻的运动周刊。在他面前，一坛咸菜和几听三明治酱；收音

---

① 霍斯特·别内克（1930—1990），德国小说家。出生于格利维策，1990 年在慕尼黑去世。

机从它衰弱的肺里吐出白痴似的音乐时，就会夹杂以气喘声。但是，二十岁的学生们每天早晨都上这里来。图书馆每天开放，除星期天和节假日例外。学生们去上图书馆，比退休者的亲戚去养老院更频繁、更急切。

图书馆就是一个养老院；员工却往往是令人不快，甚至是蛮不讲理的。无思想的工人把书籍扔到金属手推车上，仅仅为了好玩，就以最快的速度扒下来，好像他们穿着溜冰鞋，或者车上装着他们最不喜欢的屠夫的棺材。

学生一起拥向图书馆，他们充满书籍的无忌的青春，就像充满新鲜氧气的容器。但不是全部，不是所有人；有些人只是被他们严厉的教授赶到这里来的。但这不是重点。积极的动机从来不是人类的特长。在自然秩序里，动机很可能是非常低劣甚至是恶劣的，但它仍然可以导致惊人的崇高的结果。

我在这里学习过柏拉图和赫拉克利特、中世纪的神秘著作，我读过富于启迪性的英国人、机智的法国人和古板严厉的德国人。还有自己的同胞。甚至忧郁、蓄着胡须的俄罗斯人。还有一些禁书，获得它们非常困难，需要使用策略和诡计，或者得到院长的许可。我就是这样设法弄到切斯瓦夫·米沃什的诗和散文的。

在格利维策，我们住在阿孔斯卡街，一条很不起眼的小街，两排德式建筑彼此死死地对视。很长一段时间里，那条小街是我的世界的中心。从阳台上，我看到焦化工厂的烟囱迸射出的火星。有时，我看见空降兵的身影，从蓝天降落到附近的空军基地。滑翔机耐心地盘旋上升到天空。

我们依次住过阿孔斯卡街五号、七号和三号公寓——在同一条不长的街上，也有大一点的公寓。住在七号公寓时，我的邻居是一个精力无穷、可怕的男生。我妈妈说，他不会干出什么名堂来的。他的名字叫沃伊泰克·普绍尼亚克①。

秋天不会永远持续；在一个漫长的冬天之后，春天来了。

M 先生缓慢走在打过蜡的光洁镶木地板上。他趿着温暖的便鞋。

那是一个装饰的年代。东西都必须加上封套，为了不致很快磨损。不仅是家具，还有衣物、勇气和想法。M 先生是哲学上"节俭"理念的完美体现。他死于二十世纪七十年代中期，一名法院的退休职员，为人温和，一个近乎无名的人。（我在离开 C 太太的公寓后，搬到 M 先生所在的乌泽德尼察街。）M 先生几乎从不买新东西。他在星期天穿一套战前的西装，此外他很少离开家。他愉快地躺在厨房的沙发上一动不动，如果说他耗尽过什么的话，只可能是氧气和时间。他有三件或四件战前的西装，都是高级毛料，或者如他本人所说，是高级毛料（事实上，它们看起来也的确是）。在妻子的帮助下，他成为一个异常灵敏、勤勉的人，而且，他是一个懂得如何对付蛀虫的专家，小心地照顾他的历史性的织物，以使它们尽可能耐久。

星期六，他和妻子上教堂，如果天气允许，有时就短暂地散散步。他走路非常缓慢、小心，不像那些轻狂的小年轻，急匆匆的，不惜扯坏他们的衣裤。他还认为，可以在两场暴风雨之间漫步。这是他最喜欢的玩笑，巧合的是，这也是他整个世界观的一部分。

他懒洋洋地细读当地报纸，《克拉科夫回声报》或《波兰日报》；他不大喜欢《克拉科夫新报》，因为它过于炫耀它跟当局的关系。和有些读者一样，他的眼镜通常沾上少许油脂或果酱，但这根本不会干扰他。有什么必要看得那么清楚？有三个部分是他极其关注的：体育、讣告、本地新闻。其他专栏只是一扫而过，不会有什么值得期待的新闻；戴着模糊的眼镜阅读那些专栏，感觉会更好；而他常常忘记

---

① 沃伊泰克·普绍尼亚克（1942——），波兰电影导演。

眼镜放在了什么地方，但也总会不慌不忙地找到。这样子寻找眼镜，会给他带来快乐，因为可以花去不少时间，有助于他打发掉一天。无论如何，一天实在太长了，十六个小时已经足够。二十四小时，对于那些任性、自负的小年轻可能很好，对一个退休职员却并不合适。他是一个理想的退休公务员，被动而顺从。

而且，在他的年代，他也是一个模范职员。原则上他没有恶习——他不喝酒，不惹麻烦。他特别地守时和勤奋。我可以想象，他是如何彻底地将执法制度深埋在心底，他成为其中最小的一个卒子。他从未成为一名法官或检察官，或者一名他十分欣赏的具有雄辩口才的律师。但是，他掌握了一门也许更难掌握的艺术。在他自己渺小的一生里，他几乎代表了中庸和公平这些美德的化身。法官也许自以为是庄严的奥林匹斯神，律师也许张狂、骄傲，检察官可能会随着时间，心肠变得越来越强硬——总是要求最严格的判决，而这必然给自身造成一定程度的精神损失。只有谦虚、无可指责的 M 先生，完全免于这些缺陷。他把文件分类，把记录伪证和罪行的文件归档，然后回家，迈着稳健的步子，平和隐藏在灵魂中，最后享用一份正当的晚餐。他也不易受到坏榜样的影响，他相信那些丑恶、可怕的行为与他自己的生活完全无关。最后，必须指出，那些更为显要、代表正义的著名人物，也只是匆匆来一下法院；他们匆匆地穿上长袍，然后赶到会议室，只要案子一结束，就去会见下一个委托人。而无名的 M 先生，每一个工作日，都在法院度过，只有星期天，才走出法院的墙外。

我希望，他从未卷入过那些邪恶的困境，由于一个政治体制迫害无辜者所造成的困境。

他对历史的理解有点古怪。在说明一个时代的变化时，他会带着一种轻微的嘲笑说："当民主到来时"，从来不清楚他是指一九一八年，奥地利哈布斯堡王朝的崩溃，还是指一九四五年，共产党夺取政权。他从未明确表达他的政治观点；作为司法系统的一个柱子，他必须谨慎又谨慎，甚至在他退休期间，也要保持中立。

他的妻子和他达成了一致：生活是无法完美的。M太太从来没有受到女权主义的影响，总是忙碌着，真心实意地站在丈夫那一边。做饭是她真正的激情所在，一件真正的事情，不只是"受压迫一方"的操劳。她坦率地承认："我不是特别喜欢水果和蔬菜，扎加耶夫斯基先生，我更喜欢肉食。"她做非常油腻的炸肉排，油腻得不行，消受过后，甚至我年轻的肝脏也会因受不了而产生排斥。真为M先生的肝脏感到遗憾！他们都喜欢美味而致命的食物。M太太愿意为她的丈夫做任何事情，她会为他抵挡任何不幸，但她无法为他——或为自己——抵挡这一样：脆而腻的炸肉排，炸猪排或炸牛排。

M太太是一个友善、可爱的人。她以惊骇、极端厌恶的口气说过，住在她楼上一层的轻浮邻居——住在三楼——经常接待一些同样轻狂的客人，令她和M先生不得不忍受、妥协。因为这些客人常常搞错，按响M太太的门铃，却根本不知道，门后住着的是两个受人尊重的公民、体面的守法之人。M太太打开门，马上就能意识到他们是些什么人，他们想找谁——他们通常歪歪扭扭，呼出一股酒气。M太太指着三楼，告诉他们："在那里。"她会对说了那句"在那里"感到好笑，但她也有一点尴尬：你能相信吗？我真的给他们引路了。而这，是她最大的罪恶，她向我承认的唯一罪恶。我怀疑也许应该另有一些别的。

每当M先生病了——他的健康状况一直很不好，这使他敬爱的妻子几十年里感到绝望——发烧而躺下，他就会不怎么清醒地躺在厨房里坐卧两用长椅上，激愤地说起他一生里最难以忘怀的、在第一次世界大战期间与奥地利军队作战的经历，在乌克兰负责一挺机关枪。这个平和的人、羊毛西服的卫士、地方报纸的冷淡读者、不失辨别力的体育迷，还曾有过射击和操作机关枪这样的事，给我的印象是完全不可思议，简直不可能。我猜想，谨慎的M先生一定是把事情搞定了（但是，你真的能在军队里把事情搞定吗？），所以，他也许处理过一些更少进攻性的活动,比如分发子弹盒,或者维护武器。或者他将自己局限于烹饪、保障供应、提供必需品。但是,他所讲述的战时恐怖故事,让人觉得他在前线真的陷入过困境。他讲的,不像是任何传统意义上的故事;他只在发烧时讲述他的战时经历。只有高烧,可能迫使它们从记忆的深处浮现,直到像火山熔岩一样流淌。它们不是故事,因为故事总是会与过去拉开一定的距离,增加进幽默感,允许停顿、重复、迟滞。但是,这里没有距离,即使事情发生在差不多五十年前。没有距离:乌克兰草原、猛冲的敌骑兵、垂死的马,全都出现在M太太干净的厨房。他的独白常常发生在夏天;主要内容总是被机关枪、太阳、尘土和死亡摧毁的黄色谷物。

但我怀疑M先生——他知道我"写点东西",并且还发表过诗和评论——有些神志不清,部分是由于我的原因,所以他没有避开战时的记忆,也许他在想,有一天我会写下他所说的胡话,乌克兰发黄的夏天、马、消失在山后的影子、尘埃、机关枪可怕的突突声、恐惧已极的奥地利德国军队下达的命令。我的意思不是说,他的病是虚构的,他在扮演一个什么角色,不,完全不是这个意思;我是说,即使是伟大史诗里这样一个卑微的英雄,也想引起人的注意,也想在名单中被提及,尽管他可能只得到一行、一个脚注。M先生没有孩子,这是他们的悲剧;如果他们有孩子,乌克兰的战斗经历也许会活在年青一代的记忆里。M先生已不再年轻,而我可能是他最后的机会、最后的荷马。

* * * * * * *

"闲暇"的传奇式概念,我们只能从历史书上知道。我们很难想象闲暇是什么样、闲暇引起的心境如何、什么样子的内心自由才会提供闲暇。解除日常生活及其焦虑,沉浸于阅读、平和的心态、纯粹智力的好奇。当然,闲暇需要财富,巨大的财富,舒适的别墅,需要大量的仆人和苦力来从事管理家产的沉闷事务。但是，关于闲暇，我们还是不要太正统地理解它吧。

在那样特别的时刻，于图书馆昏黄的灯光下久坐、深思之后，重新进入日光里。有那么一刻，真实的世界似乎变得不真实了。莽撞冒失的绿色杨树不真实地摆动。穿过密茨凯维奇大街的汽车似乎飘浮在地上。倒映在水坑里的灰色天空，一架飞机的小圆点，随移动的脚步在颤动，而不比一只燕子的影子大。那一瞬间，世界看起来仿佛一桩骗人的、廉价的买卖，是由一个富有而不称职的创造者支付给一群贼人的一笔赎金。人行道坎坷不平。地球是圆的。人终有一死。自由是可疑的。

在一些城市，建筑师在规划图书馆时，已经考虑到从书库的阴影走进没有生气的现实生活时，这其中固有的危险。他们建议，台阶应该建在图书馆入口的外面，这样，你就可以在台阶坐上那么一刻，重新适应普通的日光，并原谅世界在制造上的缺陷。

罗伯特·舒曼，小提琴和钢琴奏鸣曲，第一乐章，激情的表达：奏鸣曲的形式很难包含它混乱无序的能量，它充满激情和期待。这就是浪漫主义最纯粹的形式。即使你偏爱古典主义的冷静智慧，也无法抵御这种音乐——这不是舒曼单独一个人的情况。

第二乐章，快板，短得多，并且无法从第一部分的狂热里降落下来，突袭聆听着温和、有序的心灵。让人震惊的是，第一乐章就可以让一切终止。它的推进力，可以抵制任何结局和限制。

"充满能量和激情"——舒曼的第一钢琴三重奏第一乐章，就是以此为题。正如小提琴奏鸣曲开头的乐章，音乐的力量公然反抗任何的同化。

德国表现主义者马克斯·佩希斯坦①的作品举办过一次展览，在柏林博物馆，连同桥社画家的许多收藏品——一种未知的红色，愤怒和表现的红、愤怒和狂喜的红。表现主义的色彩，一九九四年，我在巴黎的一个展览上感受过德国表现主义的冲击：他们的红、紫、黄，夜与昼混为一体。

想象力——给音乐和诗歌同样带来生命的想象力——既非完美，也不是自足的。它是多么容易出错、偏离轨道，也许，特别是在我们今天，它经常受到疯狂意识形态的暗示。它需要与诚实、常识、理性相互联系——只要它们不反客为主！

＊＊＊＊＊＊＊

如果你试图理解而放弃表达，那么你什么也不会理解。如果你试图表达而不寻求理解，那么你什么也没有表达。

有人问一个到过几个大陆的旅行者，什么是最不寻常的？他回答说：无处不在的麻雀。

我看着那些旧汽车，可爱，但也有些滑稽。那些将技术妖魔化的思想家，难道没有一点夸大其词吗？你只需看一看，一部有六十年的小汽车、一部有三十年的电视机，没有什么比旧机器更有趣的了。

---

① 赫尔曼·马克斯·佩希斯坦（1881—1955），德国表现主义画家，其画与后期印象派及野兽派有相似之处，但奇怪的程度比他们更高，与立体派、未来派相似。桥社存在于1905年至1913年，著名的画家还有卡尔·施密特-罗特卢夫、弗里茨·布莱依尔、艾里希·黑克尔、恩斯特·路德维希·基什内尔。

观察巴黎的一个方法：我坐在牙科医生的候诊室（库尔瑟莱街36号），感觉自己一不小心就身在奥斯曼男爵建造的巴黎中心。我从窗口只看到奥斯曼年代的巴黎，也就是，各种狮身人面像、狮子、女像柱装饰的巨大公寓，包括建在奥斯曼大道拐角处的建筑和库尔瑟莱街。这是最无魅力的巴黎，诚实的资产阶级的巴黎，单调、深黄色，拿破仑三世笨拙的梦想、给有钱人建造的鸡舍。城市各个阶层交汇的美丽巴黎的外表：中世纪的残留建筑，散落在宽阔、现代的街头，宽阔的拿破仑一世广场紧邻沿河林荫大道，塞纳河延伸在开阔、晴朗的天空下，红润的栗子花盛开，人们在漫步。有些巴黎的街道堪称文明的杰作。存在主义哲学家可能使圣日耳曼大道闻名遐迩，但它的魅力，跟存在性焦虑没有什么关系。恰恰相反——这是一条既不知道恐惧，也不懂得任何致死疾病的街道。它是这样一条街道，只知道它本身便是一个人类的奇迹，安全而令人信赖，沉迷于交谈或宁静的沉思，专注地漫步，在书店的窗户前驻足。孤独的漫游者凝视成对的情侣和成群的行人。白云就在前方，塞纳河在附近流淌，温顺地流过无数石桥的梳子。

这些年来，我读到列夫·托尔斯泰书信里的一些话，给我很深的印象。在一封致亚历山德娜·托尔斯泰的信里，我们可以读到："当我想起自己曾经怎样思考问题时，每次都忍不住大笑——很显然，你现在仍然在像那样思考问题——认为可以建造一个快乐、诚实的小世界，过一种平和、宁静、完美的生活，无可指责，一心一意只做正确的事情。真是废话啊！那是不可能的，陈词滥调而已！一个人，要保持健康，所需远多于锻炼、远多于保持静止。要过诚实的生活，你必须奋斗、迷茫、战斗、犯错、重新开始，放弃、战斗、再从头开始，无止境地奋斗和失败。和平只是精神的退化。"

我们远离斯多葛派的这一梦想有多远，远离佛教的这一启示有多远！但这一切，似乎非常接近我们今天所处的精神现实。

托尔斯泰绝妙的观察,并不削弱智慧的理想。他的话只是表明,实现和维护这一理想,是非常、非常困难的——因为生活的推进,并不允许我们停留在已经抵达的任何状态而无须奋斗、牺牲和失败。

不过,必须补充的是,托尔斯泰将"和平"定义为"精神的退化"是一个难以成立的说法,属于年轻时修辞上的浮夸。和平是我们偶尔到达的港口,有时也可以长时间逗留,但是,我们迟早会被迫离开,仿佛我们的远洋客轮航行在一面可疑的旗帜下,难逃海关人员怀疑的眼睛。

我的一个老朋友,卡罗尔·塔诺夫斯基[1]在巴黎逗留了好几天。我第一次听到他演奏;他是一个哲学家,也是一个钢琴家。他举行了两场音乐会,其中第二场,给我的感受尤其深刻。那是在一个大厅的第四或第五楼,波兰退伍军人之家,位于勒让德街十七号。一群观众聚集在一个落满灰尘的大厅,头顶的镶板因为悲伤已经变黑。伯爵和伯爵夫人,艺术家或近或远的亲戚,占据前几排。在他们身后,坐着我们的一些朋友,都是已经出席过卡罗尔第一场演奏,决定回来参加第二场的人。漫长而晴朗的六月黄昏在窗外渐渐转暗。卡罗尔演奏了巴赫、舒曼、肖邦,非常美妙,虽然钢琴有点走调(波兰老兵显然不太在意钢琴)。但钢琴家与难以驾驭的乐器之间的斗争并未破坏演奏,虽然有几个和弦不太完美。恰恰相反,这倒更凸显出卓越的钢琴家本身的勇气,使这个晚上更令人难以忘怀。伯爵夫人们全神贯注(一如在肖邦的年代),后来我们才知道,其中有珀托茨卡夫人;沃伊泰克·普绍尼亚克身穿一件长亚麻上衣待在阳台上;不快且不适的钢琴,与俯身于旧键盘上的钢琴家:在普雷耶音乐厅[2],怎样的独奏

---

[1] 卡罗尔·塔诺夫斯基(1937—),波兰哲学家,主要研究现象学。
[2] 巴黎著名的弦乐和交响乐演出的地方,也译作"百乐叶音乐厅"。

会才能与此场景媲美呢？

* * * * * * *

一个橘子躺在桌子上。孩子们的尖叫和笑声，从下面院子里传上来。这是下午四点。

语言最不可思议的特点之一就是它的表意能力——如果只是通过暗示、只有近似性——世界就会建立在一个深渊上。既不安全也不牢固；缺乏一个地面的基础。如果，比如说，建筑师承担的任务，是表达世界令人眩晕的不稳定性，那会怎么样？他们就得建立起畸形的建筑……不，有甚于此，原则上，他们必须在精确设计的时间点上搭起种种建筑结构，挖掘深入大地的隧道，而这些隧道毫无用处，除了向公众证明虚空的空间的性质。如果负责安排列车时间表的人，决定公开我们存在的形而上的裂缝，将会怎么样？他们就必须安排定期的火车事故，桥梁就需要定期被炸毁。画家将不得不在他们的画布上穿孔，而补鞋匠将不得不考虑可能施加于鞋子的可预测的小炸弹。在其他的活动领域，这些实验可能构成不近人情的野蛮破坏。医生会损害病人（并非那么罕见）。甚至于音乐严格、坚固的结构，也无法承受一个警钟发出的预示深渊的振铃信号。只有语言当得起这样的破坏，本身不会变成破坏的一方。恰恰相反——它帮助我们驯服那拒绝被驯服的力量。

有两种科学，一种在火的标志下，另一种在空气的标志下。第一种涉及启示、神性；它的教师是成卷泛黄的诗集，空空的乡村教堂，某些音乐作品，长长的散步途中孤独的时刻。这是一门不切实际的科学，我们不知道如何处理它的规定，如何将它们融入生活。因为它本身就是生活，我们又如何能将这门科学融入生活呢？当热情化为灰烬、单调、日常,我们又如何能做到?这门科学,有时被激情有时被嫉妒所耗尽;它显然不能容忍另外的科学,或者,它只是忽视它们。

第二种——在空气的标志下——是非常冷静而清醒的科学。它主要致力于财富分配的思想。这种分配,应该符合理想的公平,它是最基本的、值得称道的(这一科学,任何社会都不可或缺的)。不幸的是,关于财富的性质,这种冷静的科学全然不知——或者几乎全然不知——它仅热衷于把它们分发。这是第一种科学(在火的标志下那一种)的任务,它是那样沉浸于这些财富,以致无法忍受分享它们,不是出于小气,而是来自激情的原因。第二种科学想要分享,但完全不知道分享什么!很有趣,不是吗?

卡罗尔·塔诺夫斯基的到来,他和我们的交谈,让我想起了多年前,在我还是一个学生时我们的一次会面,后来证明那次会面对我非常重要。我第一次知道他,是通过他的妻子玛丽西亚,她碰巧是我的表姨。那时候,卡罗尔——通过他的家人和朋友——属于一个天主教的圈子,他们集中在《普世周刊》和《标志》周围,这两个一流刊物被当局勉强容忍存在。《普世周刊》和《标志》都站在明智、自由、非民族主义的天主教立场,秉持一种狂热的信仰,坚持不被理性主义的妥协所冲淡。他们都是一些特殊的人,属于典型的欧洲人,有教养,有勇气。耶日·图罗维奇[①],一个绝对诚实的人,也是《普世周刊》多年的主编。他们那样一个圈子,在当时能够存在并出版书籍和期刊,已经近乎奇迹。当局骚扰他们,限制他们的文章和发行,而且也尽量限制他们设法通过了审查的一些书——但当局允许了它们存在。事实上,《普世周刊》和《标志》各有一个真正的办公室。那

---

① 耶日·图罗维奇(1912—1999),波兰著名独立思想家和作家、20世纪下半叶最重要的人物之一。从1946年直至逝世,长期担任天主教《普世周刊》的主编。米沃什、卡罗·沃伊蒂瓦(即教皇约翰·保罗二世)都是他的合作者。

两个尚存的房间里，你可以进入，可以脱去你的外套，选择一个真实的座位，喝一口真实的茶，与自由的人们交流对话——这两个房间的存在，让生活更易于忍受了一些。这不是我的人生里的宗教阶段。我童年的狂喜仅剩下些许灰烬和痕迹。但我并不认为，我已沦为国家反对教会的阴险运动的牺牲品。毋宁说，我向自己屈服了，屈服于不可分离的青春。在十六年的生命里出现的精神危机，一个新人，开始摆脱旧的一切出现了（我们真正看到的、唯一真正的"新人"；二十世纪的学说一直在许诺"新人"的诞生，但是他还一直没有亮相，也许不会亮相）。如果于我真的有过什么外部的影响，肯定不是官方宣传，而是我们这个世纪黑暗的文学，现在这个世纪业已接近尾声。我大量阅读了卡夫卡和贝克特；甚至在就读高中时，就提交过关于荒谬戏剧的简短阅读报告。我搜遍了《音乐》和《对话》这两种期刊，追踪黑色视觉艺术的每一个进展。政府监视并骚扰教会；但是不管怎样，教会还是成功地出现在几乎每个家庭的私人生活里。教会在那个时期取得的成功，给人的印象比这还要深刻得多，因为在每个星期天的教堂里显示出来的天主教教义，看起来不过是资产阶级的理想、随波逐流者的典范，对于许多同我一样的学生，虽然经常犯错，却怀着年轻艺术家永恒的本能冲动，总是想不惜一切代价寻找不同的东西（因此，甘愿冒险成为最平庸的不守习俗者）。很久以后，作为一个成年人，我才重新找到早年对于宗教的热情。

我不在那些学生中间，他们参加了大学神职人员举行的半合法会议。我是毕业之后，通过卡罗尔·塔诺夫斯基才认识与《普世周刊》有联系的一些人。我第一个结识的人是雅塞克·沃什尼亚科夫斯基，卡罗尔同母异父的哥哥，一个非常有魅力、极聪明而有学识的人。几年之后，《标志》帮助我渡过了一个困难时期——我是异见人士，丢了工作，那时我发现，我所认识的人都是《普世周刊》周围的人。当局的代表轻蔑地称他们为"教会的技工"。这个说法暗含轻蔑，更包含嫉妒，因为他们肯定认为，我们这些人是自由的，不像他们。如果有人要被关进笼子，正是这些当局的跟班，因为他们靠一些可怜的小道传闻，幸存于巨大的权力绞肉机下（卢卡西维奇①出现在公众前还不到一个月；有一个贵族去了莫斯科，"你认为它意味着什么"，等等）。

那时，宗教热情不是我的主要特点，但是，这些人的品性给我留下了深刻的印象。（他们中间有些人，只有一个缺点；他们高估了他们获得的、可以在整个欧洲和世界自由旅行的权利。因此，在七十年代末期，他们开始回避持不同政见者；他们担心，与持不同政见者太近会失去他们已有的特权。）我钦佩他们平静的勇气、幽默感、奇异的个性。

在七十年代中期，有组织的反对派开始出现，他们制订了一个关于公民教育的计划，根据成绩和年级来安排。很自然，它利用了第二种科学的资源，分配的科学。

然而，你不应过度赞美语言，因为，即使语言，也要由存在于语言之外的东西来完成。就像我们一样，语言利用存在于它之外的东西。它像一个寻找生计的无家可归的人。正是这种生计带来生机，而不是语言本身。

K先生是一位老人，衣着考究，一缕鬈发固执地出现在高耸的额头前，他是我们的经济学讲师；他每周都要嘲笑一次资本主义理论。资本主义注定要被消灭，请记住，被——消——灭。资本的积累必然

---

① 杨·卢卡西维奇（1878—1956），波兰逻辑学家、哲学家。

导致无穷的灾难。他喜欢讲离题话：想象一下，他说，英伽登[①]教授要埋头写作《关于世界存在的讨论》，就像我们正在建设诺瓦胡塔。难道你们不明白？英伽登教授不知道，就在此刻，就在我们忙于挖地基、建造公寓，铲子发亮、十字镐敲打岩石时，这个世界是否真的存在？但这个世界的确存在，它在清晨的阳光下，像一颗钻石一样闪闪发光。

K先生值得在此说一下吗？他的外表和其他忙于完成订单的成千上万的小人物几乎没有区别。他只有一个显著的特征：他有一点想象力，喜欢前卫派的绘画，甚或也买一些克拉科夫画派的作品。他还经常出现在画家们的场合，出现在各种开幕式上。他是一个代表国家公务员的绝好例子，他被驯化，因克拉科夫这个城市和它被污染的势利而感到灰心丧气。

资本主义占据了重要的政治经济学教材四分之三的篇幅，它是K先生的《圣经》，对于他的学生，却是毒药。在另一方面，社会主义只能以祈使语气和将来时态来探讨：计划经济将茁壮成长……超越……消费品的生产水平将提高到……但课本从来没有提及实际上是怎么回事，因为那时的经济状况只勉强过得去，你难得有一件多余的衣服。只能尽可能地节约、尽可能地少开销。毛衣和夹克的肘部预先打好补丁。我的一个叔叔曾经严肃地宣布以下富于哲学意味的启示：我们曾经穷得买不起便宜货；现在我们穷得不买便宜货。

连季节仿佛也想加快这不景气的经济。从四月到七月，这段时间急切而忙碌地延伸，这个创造性的季节被学者讽刺地称为再生产周期。鸟儿歌唱，树芽卖弄风情地窥视，公猫在庭院里号叫。然后，一

[①] 罗曼·英伽登（1893—1970），波兰现象学哲学家和美学家，第一个系统深入地建立现象学美学的文艺理论家。早年受教育于利沃夫、哥廷根和弗赖堡等大学，曾师从现象学运动创始人胡塞尔，是胡塞尔最优秀的学生之一。1918年取得博士学位回国，然后在大学教授哲学。

切突然静止下来,七月的下半月只有沉默的迹象。黑鸟忙着修整巢穴;春天繁茂的浪漫主义让位于古典主义的秋天。绿色的田野屈服于收割后黄色的残茬。问题不在于剩余价值,而在生存机会。

世界取之不尽的二元性,即诗歌和散文。"一切都是诗",爱德华·斯塔舒拉①喜欢这样说;但他错了。诗歌总是住在散文的隔壁,正如神圣的存在,只在它与世俗并置时才能体现出来。一天开始于诗的时刻,仿佛第一缕阳光开始照耀,但随之而来的,是一个漫长而艰难的上午。闹钟响起,困倦的母亲给尚不懂事的子女煮好咖啡。海伦娜乘上第一班有轨电车赶往鼠控中心。巴黎市郊的通勤列车满载成千上万赶去办公室的白领工人。乌云飘移在克拉科夫和巴黎(此刻休斯敦仍是漆黑一片)。只有十点钟的样子,工厂和办公室职员喝过第一杯咖啡或茶水后,诗歌才小心谨慎地爬回来,看一看沿海地区是否晴朗。

诗歌永远不能征服散文的领域。但这并不一定意味着散文将会控制诗歌的领域。我们的头脑还有许多地方——非常之多——借给诗歌,它需要反讽的,甚至嘲弄性的散文。这就是为什么我有时颇能理解齐奥朗②的这番评论:"有过一个时期,我对神秘主义和诗歌充耳不闻。抒情诗,无论是以什么形式,对我只有催吐剂的效果。只有心怀恶意的、冒犯气质的散文才能给我愉悦。"

建立一个政府,需要两样东西,力量和嗜好。写一本好书,也需

---

① 爱德华·斯塔舒拉(1937—1979),波兰诗人。出生于法国,11岁时随全家返回波兰,定居在一个边境小城。他的诗直面事实和普通经验背后的真相,力图突破他所认为的"横亘在文学和现实之间的鸿沟"。1979年自杀。
② 埃米尔·米歇尔·齐奥朗(1911—1995),罗马尼亚文学家和哲学家。20世纪怀疑论、虚无主义重要思想家。有罗马尼亚语及法语创作格言、断章体哲学著述传世,以文辞精雅新奇、思想深邃激烈见称。

要力量和嗜好。

日内瓦的《日志》作者阿米尔①炮制过无数饶舌的话语,其中偶尔也能读到如此可爱的句子:对某人说出过的一个词语是不灭的,就像能量,不灭,它只是改变了形式。

但是,有很多很多的词——有一些在五分钟内就消失了,而另一些一直活着。任何语言理论都不能解释它们之间的区别,词与词之间的区别——值得注意的是,这句反讽性的话,出现在世界文学中最恒久的一部作品里——也不能解释那些仍然活着的词,无论静态还是处于不断的运动中,它们是抵抗时间、嘲笑反讽的证明(虽然不反对无视!)。显然,语言理论处理的是语言,而不是词。

有一次,我们在巴黎和一对老夫妇聊天,他们是一个廉价珠宝店的老板。原来他们是波兰人,战后也曾住在格利维策。但他们只是到了巴黎才找到幸福;他们告诉我们,他们非常快乐,两个人合唱似的、快乐地一起说话,婚后的伴侣是不习惯那样说话的,过去那些年,他们在波兰只能勉强过活。一分钱也剩不下。但是,在巴黎,他们增加资本,不止一次。

听到他们齐声所讲的故事,我忠实地点点头,但我真的想笑。他们居然想增加资本,在从前那样一个贫困、被意识形态折腾得精疲力尽的国家!太缺乏敏感了!可是,我马上意识到,他们毕竟只是普通人,不是晚上研读布莱克或者马克思的知识分子,他们只是实实在在的月球国家(相对于太阳国家)的公民。在格利维策增加资本!在波兰!在一个经济那么不景气的地方!

---

① 亨利·费雷德利克·阿米尔(1921—1981),瑞士哲学家、诗人和批评家。生前在日内瓦大学担任美学和伦理学教授。他最有名的作品就是死后出版的《日志》。

羊毛的现实和成衣的现实；一个人可能这样看待历史的关系，一方面是我们从各种事迹、行动、教科书里所知道的那些，一方面是历史作为潜能的可能性。我们不可能超越历史，即使我们尝试超越，即使我们经常会遇到那样的时刻，音乐、诗歌以及绘画，有时给我们提供似乎可以摆脱历史轨道的时刻，使我们回旋于一个更平静、更适意的空间。这样的时刻完全是正当有效的，但我们不可能永远留在那里。我们不能像犹太人逃离埃及那样逃避历史性。我们不能一劳永逸地摆脱它。不仅如此，历史性自有其魅力。让我们暂且放下这个世纪的恐怖时刻吧；艺术，借助历史性进入各种变化、发现、变革、探索、研究，然后返回，重新踏上探寻传统之旅。你只需想象一下，音乐从未超越格利高里圣咏。我们来想象一下格利高里圣咏，我们发现，它们高于几个世纪的音乐和舞蹈，它们是永恒的音乐，属于非历史的、恬静的、至福的、甜蜜的永恒。

我喜欢听格列高利圣咏，但我不能忍受这样的思想：无须风格演进、发展、变化，无须巴赫和蒙特威尔第、莫扎特和贝多芬、肖邦、马勒、斯特拉文斯基、卢托斯瓦夫斯基[①]以及更多同样杰出的作曲家。这是难以忍受的事。只要格利高里圣咏，没完没了地重复，只有沉着、和平、重复的圣咏！不，我们宁可要有历史性，以及随之而来的无穷进步、变化、革命和回归。

不过，另一方面，我们不应成为历史性的奴隶。我们不应认为，离开它，我们在政治史、艺术史、音乐史、文学史里就绝不会有什么成果。我们必须记住，羊毛是我们做成服装的主要原料。粗糙的羊毛材料，不能对抗时间的毁坏，须要谨慎地存入仓库。我的看法是，库房里给未来的世纪预留的羊毛并不多。还有一些遥远时代存储下来的未被使用的羊毛，"历史事件"的羊毛，那些没有应验的事、没有建成的国家、还没有建立的城市、那些从未出生的人、那些过早去世的

---

① 维托尔德·卢托斯瓦夫斯基（1913—1994），20世纪波兰最杰出的作曲家。

人、那些还活着的人、未写成的史诗和交响乐、未创作的画作、未出现在脑海里的想法、另一个有着不同命运的世界的羊毛。略微不同的人性的羊毛,更少嫉妒、更少琐碎——能给我们力量的羊毛。我们没有看到,我们没有碰到,但是它在闪烁,给我们能量和欢乐。我们不知道它是如何发生的,不知道它秘密的光线和信号如何越过那些坚固的仓库,但它就是如此存在的。阿尔戈英雄①的羊毛。金羊毛。

世界的二元性?诗歌和散文的区分?这样难道不是有点太容易?试着将现实统一不是更好吗?那样就没有人会借故说:"抱歉,我帮不了,那一天我碰巧不在散文的管辖下,我处在诗歌的领域。"难道我们不应该不惜一切代价,寻求结合,而不是寻求一个使其分开的力量吗?难道我们不应该将低的一切提升,而不是简单地顺从、退却,继续为这分裂的缺陷辩护吗?区分昼与夜还不够吗?在可以弥合时,为什么要分开?

有一种严厉的智慧,采取了评估他人的行为、赞扬或谴责的形式(他背叛了……一个没用的人……那么慷慨的……)。这样的判决不仅仅是单纯的道德评价,它传达了某种不可逆转的东西,某种完全真诚的东西。这样的智慧在哲学里没有家。无论康德、笛卡尔,还是胡塞尔也不能建立这样一个家。这样的判断,可能出自一个老妇人(某个我们永远不会再看到的人),或者出自一个非常年轻的人,甚至——正如我们知道的——出自一个哲学家。真理是无家可归的。

但是,你也应该记住,这样的判断起初可能会给我们深刻的印象,然后被证明完全是不公正的,出于误会、派性、即兴。真理是双重的无家可归。

---

① 希腊传说中同伊阿宋一道乘快船阿尔戈号去取金羊毛的 50 位英雄。

西蒙娜·薇依最迷人的特征——我不得不尴尬地指出这一点——是她传达的那种感觉，在二十世纪，只有她独自一人，真正在为严厉的人类真理，努力建立这样一个哲学的住所。但是，她自己也经常出错……真理总是无家可归的。

除了西蒙娜·薇依，迪特里希·朋霍费尔①，属于为数不多者中间的一个，他们说话的方式，仿佛他们拥有那样的天赋，给真理一个家。然而，他们自身在完成建筑之前就被毁灭了。

我的同胞的蒙昧：如果利沃夫的莱恰科夫斯基公墓现在受到一丝一毫的损坏，他们就会大喊大叫，但是，他们却夷平了几乎所有战后在西部领土新增的德国人的公墓；他们拆除德国人的墓碑，抹去德国人的碑铭，玷辱德国人的坟墓，把他们自己的死者葬于另外某人的地里，并且消灭那些一直居住在这片墓区的人的记忆。

* * * * * * *

贡布罗维奇从未触及他反对诗歌这一问题的核心（在他的《反对诗人》里）。如果他将问题集中在诗的职业性危害上，他就对了：一种永恒的诗的陶醉，有时被夸大了，因为缺乏清醒、批评的思想，它经常折磨着诗人，而诗人更易效仿孩子。或者，他们混淆了诗歌和体育项目。

但是，为诗歌辩护，并不意味着为一个职业、书店、藏书家、易于感动的读者、二十岁青年的读物而进行辩护。甚至不是为诗人辩

---

① 迪特里希·朋霍费尔（1906—1945），德国神学家。曾经参加反对纳粹主义的抵抗运动。1943年被捕入狱，在狱中完成《反抗与投降》。1945年4月9日被秘密处以绞刑。他的信札、祷文、诗歌及杂感被集结成《狱中书简》。

护，因为他们离诗歌很远，正如律师离法律很远，或者，如登山者离云彩一样远。为诗歌辩护，意味着捍卫人性的基本天赋，即我们体验世界奇迹的能力，发现宇宙、另一个人、蜥蜴、栗树叶子所保存的神性的能力，体验惊讶和面对惊讶而许久说不出话来的那种能力。这种能力不萎缩，人类就不会消亡——但是，这种能力在变弱，更糟的是，几千年以来，每种文明都曾把诗歌（无论它以什么形式出现）置于人类一切努力的核心，而现在，却不是这样了。

我不知道自己是否是唯一被恐惧、被不确定性震惊的人，每年十二月像旧年一样接近尾声，一年最后的夜晚在等着我们，寂静的夜，冬日夜晚原始的宁静，我们寻求平息爆竹、喧闹的音乐，香槟喷发的瓶子。焦虑占据了我，我突然担心一切都会改变，我自己也会以不可预见的方式发生改变，所有对我亲切的人也会改变，世界本身也不会保持不变。但是，一月开始了，潮湿的雪落下，结果什么都没有改变，至少现在是这样。这是一个奇迹，恒定的奇迹，我们抗衡时间的武器之一。这是一个颇具欺骗性的武器；我们都知道，时间最后会赢（或者，时间会赢吗？），时间，像一个不偏不倚的中国哲学家，像一个具有无限耐心的棋手，一个在宽敞的冰柜里储存了数百万、数十亿岁月的克里萨斯王①。

然而，你遇到一个十年未见的人，全然未变。那么真实，只是腰弯了一点，头发灰白了一点，瘦了一点，但确实没有变。例如，在纳博科夫的小说《普宁》里，同样的场景一次又一次出现：所以主人公在许多年后，遇到了他心爱的人。这样的场景犹如在人生的实验里进行的实验，吸收一切的时间与恒定的原则之间的对决。在纳博科夫的小说里，辨认某个人的时刻，证明了这样一个令人鼓舞的信念：她

---

① 克里萨斯王，小亚细亚中西部一古国吕底亚国（约公元前1300—前546）最后一位国王。

的确未变——时间什么也没有改变。

二十岁的学生,坐在克拉科夫或巴黎一个阁楼的廉价咖啡厅里,通宵谈论诗歌和哲学,直到黎明:谁的热情能与他们相比?谁能以更大的激情,捍卫或者指控那些活着和死去的作家?没有谁能比那些在烟雾弥漫的小餐馆一坐几个小时的学生、沉浸于交谈的学生,更崇敬人类精神的作品。

有一天,我听到了钟声。它们每天都敲响,但我总是没有听到。那是晚祷的钟声。它们的声音过于洪亮,淹没了所有的思想和幻想,行人的身体仿佛成了移动的音箱。克拉科夫拥有数量庞大的钟,它们以齐格蒙特大钟为统领。而齐格蒙特大钟很少响起,它要等待重大、特殊的场合;在普通日子里,就像一个退休老人,在教堂的塔楼里打盹。而其他的小钟,欢快地敲响,像双杠上的体操运动员。空气疯狂地颤抖,我们的身体也随之颤抖。中世纪仿佛突然返回了,在一个中世纪的午后;而恐惧、欢乐、每个分子每个细胞,都在振动:去教堂吧,这是上教堂的时间,或者,这是历史学家阅读这钟声的时间。但是,响亮的钟声并不是实用主义的,也不应被降格为单纯的指令或请求。钟声仅仅使空气里潜在的、内在的颤抖无所不在、可以听见。它暴露了空气隐藏的本性。一些过路者把手掌凑向耳边,护住耳朵;钟声太响了。另外有人抱怨,钟声在黎明让他们醒来,或者,钟声不让他们看电视、不让他们睡觉。有一次我在法国电台听到,有人抱怨钟声太无耻了。但是,我没有盖住耳朵,洪水般泛滥的钟声让我感到快乐。钟声给予我一个幸福的时刻:因为它们,我再一次明白,"伟大"依然存在,尽管由于我的怠惰,尽管很长时间里我已将它彻底忘记。在我沉迷于其他项目、专注于其他关切和渴望时,它却连续几个星期滑进我的大脑。钟声唤醒我,去过一种更高的生活。

从与死者的对话:"你不知道,你无法想象吃一个普通的苹果时,那巨大的、天堂般的快乐。是的,一个普通的苹果。不,没有苹果是普通的。"

我们的老师身上最致命的缺陷,不是他们坚持与当局保持一致;他们是文明人,他们是"欧洲的"马克思主义者,不是天然的斯大林主义者(因此,他们反复强调他们思想的系谱不在苏联,而在西欧——总是葛兰西、吕西安·戈德曼①、阿尔都塞②、托尼③,这就表现出一种滑稽的势利)。不,他们是反弥达斯④,他们使触及的一切贬值。

她全神贯注看着窗外,仿佛期待一个回答或手势。她以右手的手指抓住窗框,只是为了确认。白日的光,既模糊又激烈。她不能辨别任何细节。不仅如此,一切都出奇地安静,仿佛城市的街道上铺上了一层厚厚的雪。

最后她明白了:我只是维米尔画中的一个人物。

---

① 吕西安·戈德曼(1917—1970),罗马尼亚裔哲学家、社会学家、马克思主义理论家。出生于布加勒斯特,后长期在巴黎任大学教授。代表作有《马克思主义和人文科学》《隐蔽的上帝》等。

② 路易·皮埃尔·阿尔都塞(1918—1990),马克思主义哲学家。出生于阿尔及利亚,自巴黎高等师范学院毕业后留校从教,并加入了法国共产党。1980年患精神病,退休疗养。主要著作有《孟德斯鸠、卢梭、马克思:政治和历史》《保卫马克思》《阅读〈资本论〉》《列宁与哲学》《自我批评》等。

③ R. H. 托尼(1880—1962),英国经济学家、历史学家、社会批评家、教育家。曾先后任教于格拉斯哥大学、牛津大学,并担任伦敦大学经济史教授。代表作有《16世纪的土地问题》《贪婪的社会》《宗教与资本主义的兴起》《中国的土地和劳工》等。

④ 据希腊神话,弥达斯是位于小亚细亚的佛律基亚的国王,以巨富著称,且具有点石成金的能力。

经过一段时间后，我意识到，我出生在这样一个世纪：由于某些未知的原因，这世纪对于它的讽刺家非常慷慨，而很少善意地对待它的道德家，在大多数情况下，最好也只是赋予他们中等的能力，而且事实上，几乎没有形式感。

有时我走进克拉科夫的教堂，听到一些布道词。可怜的神父通常没有什么才华，缺乏演讲的天赋和任何形式的概念。各种慈善机构的神父和讲演者，都只会说些充满良好意图的话，却缺乏灵感，他们的谈话无意之中沾染了伪善之言和虚假的狂喜。他们不是伪君子——即便有时候似乎是这样——但是，他们缺乏那种特殊的语言天赋，能使我们免于虚伪，或者更确切地说，免于谎言的出现。他们缺乏形式。大体而言，只有怀疑论者和嘲弄者被赋予一种形式感，仿佛世界突然间收缩（与宇宙膨胀的理论不一致！），并在其忧郁、简洁的缩影里看见了它自己。心地善良的人，往往依赖于老生常谈；他们的吸引力是含糊的、夸大的。克拉科夫的神父是专业的道德家，对语言不感兴趣；他们没有在隐喻、转喻和句法上花费足够的时间，他们对我们这个反讽时代的艺术倾向丧失了感觉。他们不可避免地败给了那些把握住时代精神的讽刺艺术家。

可怜的神父，可怜的道德家——他们的眼睛抬向天空，背诵他们的布道词，就像他们在神学院学到的那样，低沉而单调，一个教士标准的声音，没有幽默感、没有挫折感。

虽然我们每个人与一颗星星一起出生，它的光芒，强烈而恒定——但是，我们只能保持对那颗星星的信念。而且你还需要天赋，这天赋并不存在于那颗星星里；它在阳光里，在空气里，在水里，在鸟鸣里，在草的低语里。

我们的一个讲师，专门研究巴甫洛夫①。狗和反射、条件反射和无条件反射，这就是他的领域，他从里到外都知道。关于巴甫洛夫学说，他真是无所不知。另一个讲师，是一个逻辑学家，他在黑板上画出各种符号，对应各种级数，它们好像小鱼，轮流吞噬彼此。我们还了解到，总有一个更大和更小的量词：这很有趣。还有一个教授讲授统计学，并且每周演示一次如何计量和计算一切不能计数的东西。他喜欢高斯曲线，我们知道，它形成一个钟形；也许它能唤起一些过去的宗教情感。

崇高和低俗，都在我面前。就像在任何城市一样。这两个要素是邻居，友好或敌对。艺术画廊、文艺复兴时期的教堂，它们散布于整个老城，但是，与之毗邻的，是火车站，肥胖的老妓女统治着那些吵吵嚷嚷、醉醺醺的招嫖者。我记得，他们一直在声称，卖淫的瘟疫已经被消灭，但是，那些绚丽的女像柱从不读报，也不知道她们已经绝迹。

在十一月初，当死者刚收到他们朴素的礼物（总是同样的菊花），从华沙到克拉科夫，摇摆乐②正一路大受欢迎。大胡子的爵士音乐家出现在我们安静的小城，穿厚羊皮服，携带包装箱（闪亮的金属乐器在其中休息）。外科手术设备，无疑与这种金属特别相似。

相同的人群总是出现在他们的音乐会上，同样大胡子的听众，穿着同样厚的羊皮服，既能保暖，还能使他们避开平庸、凡俗的生活。没有什么比平凡生活更糟。日常的生活，慢吞吞、懒洋洋，那是大胡子号手和鼓手的父母和兄弟姐妹、他们忠实的听众所拥抱的生活，肯

---

① 巴甫洛夫·伊凡·彼德罗维奇（1849—1936），俄国生理学家、心理学家、高级神经活动学说的创始人。

② 摇摆乐是爵士乐的早期风格，具有舞曲节奏又融合了流行音乐元素，在20世纪30年代大行其道，开创了爵士乐的大乐队时代。

定让他们觉得奇怪、野蛮而无人性。爵士乐似乎可以供他们躲避这样的灾难。早上起床，上班，下班回家，每天在同一时间吃饭，做大致相同的梦——这是失败的同义词（而且，这往往是不快乐的，但是，正如一位哲人所言，"聊胜于无"）。

爵士乐又是另一回事。爵士乐是金属的音乐。克里夫德·布朗①或查特·贝克②的小号，查理·帕克③或保罗·戴斯蒙德④的萨克斯。金属不是感伤的。（当然，也有一些萨克斯手，满足于表达他们作为十六岁情人的强烈情感，但这不在我所说的范围。）音乐家的包装箱里，那些乐器都是金属做的：外科手术工具奏出了富于节奏、扭曲的爵士乐旋律。在迪兹·吉莱斯皮⑤与查理·帕克的对话里，有种冷酷的东西；各种金属在说话，金属第一次在地球上方相遇了；多年前，当它们仍然分散在矿石、躺在各种沉淀物、压在大山的断层里时，它们就参与彼此之间的谈话了（人和金属在相反的方向上旅行——金属从地下浮现，而我们逐渐步入地下）。当小号手演奏巴赫时，你不时听到一个类似的声音。这是因为金属本性是沉默和冷漠的，远离艺术——小提琴或大提琴的弦，从出身上讲，明显是有机的——我们发现金属的声音实在太嘈杂了。

爵士乐不能与浩瀚、丰富的古典音乐相比。爵士乐只有一个制造声音的方式。然而，也有那样的时刻，爵士乐单独成为自由的隐喻。爵士乐阶段召唤出更大胆的冒险。"别担心！谁在乎邻居呢！"爵士小号说，小号的金属也说。在这声音里，有一种居高临下、威风凛凛的东西。

爵士乐的乐句从节奏乐器组合飞出，就像密集的梧桐树里的鸟

---

① 克里夫德·布朗（1930—1956），美国杰出的小号演奏家。
② 查特·贝克（1929—1988），美国小号演奏家、歌手。
③ 查理·帕克（1920—1955），美国中音萨克斯演奏家。
④ 保罗·戴斯蒙德（1924—1977），美国爵士萨克斯演奏家。
⑤ 迪兹·吉莱斯皮（1917—1993），美国小号手。

儿。有时它们是短暂的，像在小镇的酒店吵醒我们的零碎谈话。金属急于告诉我们它们的生活，尤其是在它们与其他乐器对话的时候。

铜管乐器在管弦乐队中从未获得这种自由。即使是马勒，非常懂得金属的敏感性，懂得有机和哀伤的弦乐器长期的统治，也未能完全从管弦乐器的支配中解脱。你应该听听爵士乐，为了听到金属的说话，为了体验镀铬的钢强烈的声音、黄铜的嘶声、镍的情绪起伏。

金属滑过内在的生命。但不表达它自己，比如大提琴，就可能表达自己。有时我觉得，自己需要金属的声音；在爵士乐里，你可以听到小刀在歌唱。刀子把心灵的织物撕成碎片，而且在这个过程里不断加强它。（原谅我，大提琴！）

长胡子的爵士音乐家来了。几个瑞典人。英国人。有时是一个真正的美国人。还有我们自己的音乐家，他们各自都起了外号，比如乔，或斯坦利，因为他们多音节的斯拉夫语名字（博古米尔……瓦拉迪斯拉夫……斯坦尼斯瓦夫）不适合爵士乐的重物质。《所有这些人的日子》可能很晚才开始演出，通常在哥特式的地下室演出，因为这个城市从来不缺少地下室。他们有意很晚开始——这是计划——最重要的是，他们应该推迟演出；半人半神的英雄总是让人久等。最后，他们出现了，裹着厚厚的毛皮或羊皮，因为十一月通常已经很冷，即使不是那样，毛皮大衣也是时髦的款式。如无特殊情况，就是皮草和羊皮。海狸，毛茸茸的皮草，柔软的羊皮，温暖的毛衣，似乎为了突出强调这温暖的外壳与爵士乐金属的声音之间的距离。然后，他们终于开始演奏了，低音号在冷冷地持续，鼓点标志着新生命的时间，同时，中音萨克斯宣布金属又将有令人刺激的歌唱，将会再次切割我们温暖的思想。

作为一个哲学系的学生渴望知道，当世界如此被外在生活塞满时，在哪里才会有内在生活？我外出做长长的散步：首先，我路过百货商店。到处都是熙熙攘攘——甚至不买东西的人，也成为流行风潮的牺牲品。甚至没有东西叫卖的人,似乎也随时准备大声嚷嚷。然后我朝河边走去。那里也没有宁静。驳船来来往往于河中。河流两岸的小船坞在建造小船和轮船。我改变方向,朝山那边走去。我到了郊外,到达城市的边缘,几乎不知不觉就到了农村。坚固的别墅让位于谷仓包围的小房子。

  拖拉机滚动在高速公路,像推销报纸的小贩一样饶舌。满载干草的货车吃力地驶向农场。这里没有内在生活,没有它的空间。更远处,是田野和灌木丛林,是森林幽暗的领域,我没有看到空白地带;只遇到乌鸦、野兔、狐狸、黄鼠狼、狍子。我回到城市,我看到被办公室和银行占据的巨大建筑。电脑屏在窗口闪烁。这里也没有。有一次,我在家里打开一本诗集,心想,至少在这里我不会失望。但是,即使在这里,也没有内在生活,只有隐喻和明喻,有一点美丽有一点动人;另外一些,则要么乏力、要么陈腐。我走到一个博物馆。我喜欢看描绘风景、静物或人物的油画,或者,有时只是一些带颜色的斑点。我非常喜欢其中的一些,但是,我仍然没有找到我所寻求的东西。

  即使在我内心深处,也有一个哲学系的学生,在沉思由这个世界主导的回声和映像。我喜欢城市博物馆里的绘画:充满他人的面孔和声音。如果内心生活真的并不存在,那又怎么样呢?

  审查局的灯光亮到深夜。审查官员不回家休息,他们必须等到报纸最后的版本、最后的剧目出来。后来,在我了解到在记者之家或在小餐厅一些饮食方面可疑的特权,我利用这个机会仔细观察过审查员,他也在那里用餐。有些记者不与审查员同桌子吃饭。但是,审查官员认为,他们的职业并不比做新闻更少光荣;他们认为自己是高级别的记者,是真正的文体家,纠正使用普通钢笔的普通劳动者笔下出现的错误。他们在晚餐时大量喝酒,就像人们在想要忘却什么事情时那样。有一些本分的记者会加入他们的行列。他们想忘却。

哲学系的学生在一定程度上是对的:"内在生活"不可能被看到或触摸。你也许可以勇敢地把你的生命交给追求的一切;它仍然在躲避所有的追求。但这并不是因为它根本不存在,而是因为它总在要求某个新的东西。从某种意义上说,"内心生活"这一短语就是不准确的。事实上,它在我们里面,它在与外面的一切不断地对话。它总是指向外部世界,而且,只存在于与一个小小的或伟大的超然存在进行的对话之中。

同样,冥想不是思考它自身,沉思也不是沉思它自己。

我二十三岁那年,有人建议我申请加入无神论者和自由思想家协会,可以提供我一个讲师的职位。他们的酬金非常高。一个矮小、凶恶的男人接待了我。一个犬儒主义的恶魔,毫无智力可言。他说,哦,是的,我们酬金很高。但是,我们的酬金只给普及理性主义态度的人,宣传世俗人文主义,根除僧侣主义。但我保持镇定——或者,这也许就是我的良知——我说,我对无神论问题不大在行,我没有资格讲授《上帝之死》《上帝为什么不存在》《为什么说宗教不仅多余而且有害》《天主教面对迅速变化的社会》或《无神论的社会思潮》(这些讲座主题写在一封信中,每一个"讲师"可以挑选一个合适的题目),我宁愿讲授《伦理与道德》或《诗歌在当代社会视野里的处境》。那个男人轻蔑地看着我,毫无疑问,他更喜欢好斗的激进分子,喜欢神风特攻队型的理论家远胜于胆小的折中主义倡导者。

我记得两次旅行,第一次,是到克提,克拉科夫附近的一个小镇。我记得开往克提的寒冷公共汽车的气味。我应该是去给一个工厂开讲座,我不记得是什么讲座了。我的听众,脸色苍白、疲惫。我不知道他们是否有一小时的假,或者,他们是在轮班结束后,来听"来自克拉科夫的同志"的讲座。"同志",当然,因为当地的主办者毫不怀疑他们邀请来的嘉宾,会选择最温和的话题,虽然他不属于党且无意加入，属于一个完全不同的部落，但也只是一个年轻诗人，试图赚到足够的钱来买书籍和唱片。所以，我向这些疲惫的人（他们真是灰头土脸），女性多于男性，解释描述性语句和道德性命题之间的区别，解释关于伦理价值存在的争论，以及 G. E. 摩尔①有趣的观察。

　　我重复了一些在大学学到的、一般承认的智慧，讲了一个小时，也许五十分钟。我的听众，要么在打盹，要么固执地盯着窗外。这是秋季的一天，阴沉、难看，像工人们的脸色一样苍白。我讲完后，问他们有没有问题。没有问题。有一人，可能是区委书记，感谢我"令人激动的讲座"，而我在当天就回到了克拉科夫，想着如何花掉这笔钱，买一本哲学史或一张勃拉姆斯第三交响曲的唱片，或者莎士比亚戏剧集的新版本。我在想，我是否应该感到羞愧。

* * * * * * *

　　罗曼·英伽登是哲学家们的神。我进大学的时候，他已退休，但他仍会定期顺路来系里，就像一个上了年纪的绅士不再管理他的庄园，但还会对传给年青一代的遗产如何增值发生兴趣。他曾在大学里正常行使职责，讲授课程，不向占主导地位的教条和上层建筑妥协：这在克拉科夫曾是一件令人惊讶的事。他个子相当矮小，虽然上了年纪，却有一副绅士的英俊面孔。这位胡塞尔的学生，对艺术作品的性质有着精深研究的作者，也因其精彩的授课而闻名遐迩。他曾经的学生，试图向那些由于来得太晚而无缘亲炙其教诲的人，描述他的讲课方式，他的魅力、精确和雄辩口才。

　　"有一次，他面前有一个水罐。他开始谈论它，一只微不足道的水罐，也不透明，他却讲得很用心——这只水罐是那样简陋，大约一个小时后，你可能不会看上它第二眼，如果你进入旧货商店，也许不

---

① G. E. 摩尔（1873—1958），英国哲学家，新实在论及分析哲学的创始人之一。

会在意它，而去寻找更漂亮的水罐或二手珠子——此刻它于我们却比印度皇帝（即便没有这样一个人）所有的宫殿还要美丽。他所做的，只是用手描画一只椅子的形状，就像一个画家，于是椅子就出现在那里，立在我们眼前。当他状态良好，休息得也好，又未遭到管理部门的攻击时，似乎仅凭手势他就能够创造物体，赋予它们活力。"

"他是一个伟大的诗人，一个物体的诗人。有时他会谈论日常事物在我们生活中的作用，我们怎样对待它们，它们怎样和我们居住在一起，似乎比最友好的狗或猫还要温顺。但是我们从来没有完全看透它们，它们总有某种秘密，有我们不能看见的一面，而对它们来说，这也许就是理解它们的钥匙、它们的根、它们的心、它们的核。我们应该放弃世俗的现实感，这样妨碍我们从课堂的迟钝、日常的罗网走进英伽登教授所创造的世界的障碍就会消失。有一回，他讲了一堂最精彩的课，有关物体的生命（在他谈论物体时，的确是在谈论我们的世界），他从上衣里层的口袋里，掏出了一支自来水笔，很可能为了记下几句话，也许是他在讲课过程中的一个小发现，那是我们难以忘记的、无比慷慨的一节课。而我们抑制不住发出一声狂喜的惊叹：那支漂亮的自来水笔，黑色、闪亮，突然击中了我们，仿佛传说中的一个物体，仿佛来自另一种存在，来自另一个家庭，其中哥哥是独角兽而妹妹是卡吕普索①。"

"通过他的阐述和演示（我挑选'演示'这个词，因为在他的讲座中，仿佛有某种东西，让你想到一个一流的演员，精妙、几乎难以感知），现象学悬置（你知道，这是胡塞尔著名的思想，对于判断和信念的悬置）成为某种类似于艺术家灵感的东西。仿佛抛弃我们日常的信念，可以导致一种极乐的陌生状态，几乎就是灵魂出窍。"

"他是一个魔术家。一旦他开始谈论一个橘子、橘子的圆润，橘

---

① 希腊神话中的海之女神，巨人阿特拉斯的女儿。她曾将奥德修斯困在岛上七年。

子就会出现在我们眼前,而我们却从未看到它的另一面(你也许知道,这是一个经典的现象学启示)。我们非常清晰地看到一个诱人的、芳香的圆形橘子,充满汁液和永恒的青春,一个饱满的橘子。"

越是这样,我越要悄悄对自己补充一点,为了不致使我的同行们沮丧(他们比我年长,但仍是年轻学生),因为橘子在政府经营的商店里找不到,那种商店只会使人想起发霉的、被废弃的植物标本室,枯死的茎秆和褐色的叶子,比热带花园还多。英伽登的听众一定早已做好准备,好像参加降神会的人,必须让他们的指导者,完成他们所提出的物体的具体化。

我的怀疑主义无疑带有一种强烈的嫉妒倾向;我永远失去了聆听杰出的大师演讲的机会!这不公平——关于物体的诗也吸引过我,召唤过我。我知道它,主要是通过兹比格涅夫·赫贝特的诗,而我自己与客体的切身相遇,也将我引向了它。我询问每一个亲聆过英伽登的同学,我想找出所有的细节,每一个发生在那个温馨小教室的奇迹,那教室一定还由一个瓷炉,而不是由一个无形之手所控制的中央系统在供暖。

不幸的是,由英伽登的学生转述的故事,根本不能与大师的演讲相比——怎么可能呢?——所以,我永远不会确切地知道,到底是什么赋予了他的讲授以无限魔力。他们认真的转述,缺少一个关键要素:老哲学家的天才,因为他不仅仅是一个学者,还是一个魔术师。而且,经过一段时间之后,高年级的同学也开始疲于讲述更多的细节,疲于满足我无止境的恳求。他们讲述的故事令我失望;故事所包含的敬畏远多于具体性,而这种敬畏的根据,是我无法直接进入的记忆。不能提供证据或证明、不能连贯地叙述,他们的狂喜对于我有什么用?也许他们认为那些证据或证明不能激动人,也不能感染他人。他们搜遍自己年轻的记忆,就像集邮者查遍珍稀邮册。他们的愿望是好的——但是,他们毕竟不能让我进入他们大脑的记忆,探寻那储存着两三年前的回忆的壁龛。

所以，我不得不依靠自己、自己的想象。而事情到了这一步，我随时准备发誓，像一个小孩子，英伽登通过语言，的确将物体带到了敬佩不已的听众眼前，而后某个跛足的看门人低声嘀咕着，说那疯狂的哲学家给他带来的麻烦，好像他们应该给他付费，因为他在课后超时清理了教室里留下的大量的物体（我的想象力并不能使英伽登创造出可以持久的事物，像那些著名的日本工厂生产的产品，具有坚强、长久的保证）。但是，这些没有生命的物体，无论如何，每一个都有其光荣的时刻，当它们从遗忘之中浮现时，有那么一瞬间，就像皇冠上的珍珠。

当然，我知道，现象学并不能创造闪光的新物体，而只能给已经存在的事物带来一道新的光芒。（胡塞尔无穷无尽、夸大的论文，唤醒了诗人、作家们对客体的强烈渴望，好像他已经意识到了，人们被过度的语言、观念所困扰。但是，他本人就对事物玩了一个骗局，将它们隐藏于一层强辩的德国理论的厚毯下。）在这方面，学识广博的英伽登正好将自己区别开来了，他的学生也是这样，作为大师成就的见证者，他们使我确信了这一点。他恢复事物的本然，而使它们显得陌生、再次新鲜。但是，他的听众，至少，我交谈过的那些人、我的同学，却没有保住英伽登移植的东西；很不幸，他的天才未能扎根。

我参加过一两次他在哲学学会做的讲座。但是，也许因为到场的听众都上了年纪，有点耳背，或有几分目盲，他没有达到他的学生们描述过的那种奇迹般的效果。（一个满眼年轻学生的听众席，也许更易于产生启示。而且，给学生讲课是在早晨，魔术大师有更多可以支配的能量；在晚上，当学会的讲座举行时，年老的大脑则不可避免开始昏昏然，为上床睡觉在做准备。）大厅可能被挤爆，只有疯子才敢于攻击一个广受尊崇的人物。英伽登的意识形态对手，大多忽视了他的讲座；他们甚至懒得出现，只有一个例外，一个较其他人多了那么一点想象力的当局人士，穿一件皮夹克，这使他与那些小官僚标准的灰制服区别开来。但是，英伽登的追随者大批出现。他们坐在前排位置，好像门徒一样，记录教授所有的话，这些话可能很快就会传遍克拉科夫和偏远的小城。每次讲座讨论胡塞尔的一个术语。它只是一个次要的论点，而非现象学的关键概念，所以，英伽登开玩笑说："胡塞尔那天喝的咖啡可能不够浓。"我感觉，我仿佛亲眼见到了一种崭新的、非正式的解释学批评方法的诞生："他的咖啡一定不够浓烈！"在这般讨论的重量下，多少可疑的理论大厦可能在顷刻倒塌！

有一次，我在老市场的一家书店，著名的格贝特纳书店①看到他在买一张卡罗尔·席曼诺夫斯基②第二小提琴协奏曲的唱片。有时，我也会看到他在普兰蒂公园高大、葱绿的树下散步。学生们崇拜英伽登。我们想知道关于他的所有事，实际上却所知甚少，可以说几乎不知。我们只知道，他每天午饭后，会在办公室打一会儿盹，这也适合一个老派、年老的哲学教授。我们从未见过他的办公室，再也不会见到（我们只知道，它在哪条街上，仿佛有一种奇异的光，弥漫在那条街上）。正是因为这样的无知，我们可以在脑海里随意布置它，猜想书桌（当然，伟大的书桌）放在哪儿、书架（所有语言的书）立在哪儿、扶手椅（非常舒适）摆在哪儿，以及他在椅子上行圣礼般午睡的沙发（绿色的？）又放在哪里。虽然我们并未真正见过那高贵的实物，但有什么关系呢；我们这些学生，低年级和高年级的都一样，我们相信，在这位哲学家小睡时，整个城市都安静了下来。他的午睡，让交通暂停，让运行中的、喧响的、天蓝色有轨电车停歇下来；如果不曾停止，至少也应该那样做，因为在他睡觉时，如果城市坚持在生活，那也是在冒险，在过一种无律法的、不计后果的生活，如同一只混种狗或一堆杂草。

---

① 古斯塔夫·格贝特纳（1831—1901），出生在波兰的德国人。他与罗伯特·沃尔夫（1832—1910）合作出版音乐作品，并因在华沙、克拉科夫等地经营书店而闻名东欧。

② 卡罗尔·马切伊·席曼诺夫斯基（1882—1937），青年波兰现代主义运动的代表人物，著名作曲家。

我必须承认,我写过一本有关克拉科夫的书。一本小说,不是很长,题为《温暖,寒冷》。主人公名叫奥雷穆斯,他与我本人的经历和体验有些相似,不是完全相似。例如,小说中主人公的父亲自杀了,留下遗孀在悲伤和绝望中度日。这纯粹是小说,属于文学技巧。有一次,一个华沙的朋友读了这部小说,担心我的妈妈怎么支撑得住,却没有过多提及我的父亲——这是许多年前的事了,七十年代某个时期。当我说明真相时,他大吃一惊:你究竟在说什么?你父亲不是自杀了吗?哎,这不是真的。这只是一个文学虚构。其他与父亲之死有关的连锁事件,也只是发生在我的想象里:小说里的奥莱切克先生,也是一个纯虚构的人物,他的任务是来安慰那个寡妇,让她尽快走出悲伤的阴影。

我的主人公高中毕业后去克拉科夫读大学——这与我的生活很接近。他漫步克拉科夫,在外面,几乎总是从外面,观察阳台环绕的公寓。他沉迷于那些建筑,从中看到某些神秘的特质,想象它们,毫无疑问,有时误以为,他们躲在其间的知识生活,丰富而隐秘。有时他在街上,从窗口看见,某人公寓内一些情形(不像在荷兰,公寓里一切都被照亮,呈现出来,每个过路人都可以看到里面到底怎么样):书架,或某个人头部的轮廓,一盏昏黄的灯,墙上的一幅画,一些花。我的主人公似乎无家可归,就像我在学习期间,因为这个原因,过高估计了灯和温暖,那昏黄、舒适的光线,事实上并不那么迷人。

他想深入城市的心脏地带;像任何一个读过太多巴尔扎克的年轻人一样,他想一下子完全征服这个小城。但是他不能,一切都太早或太迟。找一个有钱小姐结婚也不奏效,再说,在这样一个可悲的国家,去哪里找这样一个年轻的女士呢?更糟的是,他还被赋予了某种不计后果的天赋,一点内心生活,一些才华。

这是一部教育小说,正如一个学者所说;我的主人公,天真或不天真地寻求真理。有一个场景发生在大学里:一些愤世嫉俗的教授或讲师，否定任何关于真理的概念。我的主人公却为真理挺身而出。在退无可退时，他回击说，凭着他大脑里温暖的感觉，他相信真理！

但是，这最终也不能挽救他。他毁灭了，至少从精神上，毁灭于无聊的官僚主义的深渊。他开始服务体制，虽然只是间接地服务，却失去了他的灵魂。我的一个朋友愤怒了：你在美化体制，你的书有助于体制摧毁人！但是，那不是我所追求的；小说结尾意在讽刺，它是否定性的，而且，我希望我的读者都能理解这一点。这部小说的主人公，他的命运似乎也很可能落到我的头上；因为，人一旦被良知的天使抛弃，就会跟谁都一样。

* * * * * * *

卢浮宫到处是不同流派大师的绘画作品——意大利的、荷兰的、西班牙的。成群的意大利人、西班牙人和荷兰人拥塞在卢浮宫的大厅里，他们的脸，反映着那些画里的脸。

一天，一面纳粹旗，出现在瓦维尔城堡的墙上。他们在拍电影。

沃伊泰克·普绍尼亚克比我大三岁。所以，我们还是孩子的时候，实际上就分属于不同的两代人。他住在阿孔斯卡街上一个公寓的第二层，我住在第三层。他的家人也是从利沃夫迁来格利维策的，从那个神圣的城市，来到了这个不幸的、工业化的城市。据说，有一回他对我妹妹说过一些下流的话。我妈妈断定他不会有出息，不让我们和他一起玩。他是一个活泼、结实的小孩，一头红发。我不跟他玩，但我一直模仿他的行为。在阿孔斯卡街上，他有着最引人注目的个性。当然，那条街也不是很像一条街，但每座建筑里都有各自的孩子，每个孩子都有各自的个性，尽管差别细小，如罂粟的种子。

沃伊泰克可以成为一个教学实验的题目：他早早就辍学了。我记得,有一次远远看到他走在一个阅兵仪式的前头,敲打着一面鼓。我是从公寓阳台上看到这一切的(那时我们已搬到同一条街上一个不同的建筑里)。看,我的妈妈说,他永远不会干成什么的,他只会是一个军鼓手。后来,他驾驶过滑翔机。他一开始就像是属于完全不同的一代人,一代令人不安的作家和斗士、巴塞尔①的哲学家的门徒,他无法忍受从事严苛的研究工作,而追求冒险、战争、革命、反抗。在格利维策,他和塔杜施·鲁热维奇②成了好友。

他也在格利维策的学生戏剧中成了一名演员——仿佛蕴藏在他体内的爆炸性力量,终于在舞台上找到了一个出口。其实,我看到他出现在舞台上时,已经是在克拉科夫,先是出现在斯维纳斯基③导演的《仲夏夜之梦》里,然后他担任了其他各种角色,包括出演改编自陀思妥耶夫斯基、由安杰伊·瓦伊达④导演的《群魔》。他在《仲夏夜之梦》里扮演小精灵迫克⑤,他的表演精彩极了,充满神奇的力量,很多年了我还能回忆起来。虽然它采用了新的形式,他在台上四处跑动,玩跷跷板,嘲笑自己、嘲笑剧院、嘲笑他的红头发。他在《群魔》里扮演年轻的维尔霍文斯基⑥,在舞台上高视阔步,样子就像某著名人物行走在苏黎世的窄街道(或更确切地说,正如某著名人物自我期望的那样,高视阔步,因为在现实中,他很可能更像一个会计员那样走路)。

他的表演令人惊心动魄;他设法捕捉革命的恐怖、毁灭的单纯渴

---

① 瑞士的第三大城市(仅次于苏黎世和日内瓦),巴塞尔大学的神学院、法学院、医学院、人文学院都非常著名,许多大哲学家都曾在此著书和执教。
② 塔杜施·鲁热维奇(1921—2015),波兰著名诗人,剧作家。
③ 康拉德·斯维纳斯基(1929—1975),波兰著名演员、戏剧家和电影导演。
④ 安杰伊·瓦伊达(1926—),波兰著名电影导演。生于苏瓦乌基,曾就读于克拉科夫造型艺术学院、罗兹高等戏剧、电影和电视学校。主要作品有《一代人》《下水道》《灰烬与钻石》《乐土》《丹东之死》《卡廷惨案》等。
⑤ 迫克是莎士比亚喜剧《仲夏夜之梦》里的小精灵。
⑥ 彼得·维尔霍文斯基是陀思妥耶夫斯基小说《群魔》里的人物。

望。他揭露出一种能量里隐含的危险,如同嘶嘶冒泡的香槟酒,他揭露出一种指向陌生、血腥未来的能量,一种不能被实际存在的一切,或不再存在的一切平息的能量。年轻的维尔霍文斯基的性格,正如我们所知,以涅恰耶夫①为原型,他是一个异常残忍、狡诈的革命者,对他来说,谋杀一个同谋者就像是一件极其平常而合乎常理的事:它使小团体更巩固。我还应该补充说,普绍尼亚克扮演的维尔霍文斯基,也是一个十分普通的年轻人,鼻子上同样容易——为什么不能?——起丘疹。这种平庸,与他爱搞恐怖和阴谋活动的特点很好地叠加在了一起。

这就是我在格利维策的院子里认识的一个人,依照阿孔斯卡街上女士们的看法,一个注定会成为鼓手的人("他永远不会干成什么事"),她们像一个希腊合唱队,从利沃夫迁来西里西亚,习惯看不起别人。他的转变使我吃惊:他投身艺术。好像因为别的什么东西,他完全成熟了。但他差不多还是我在格利维策遇到的那个男孩,虽然他已接近三十岁。从外表上看,几乎没有改变,改变是内在的。他身上有一种敏锐和力量;使人不能理解的是,他显然是一个天生的演员,任何一个过路人都可能当场劝他赶紧去上戏剧学校。然而,他不得不申请了两次。

第一次他根本不被接受;他们说,他的身体条件不适合。从某种意义上说,他们是对的:他演不了恍惚的情人,也演不了挥舞宝剑的运动员。他不是情人,他是维尔霍文斯基、迫克、罗伯斯庇尔,某个灵魂不安、心存怨恨的人:他是陀思妥耶夫斯基故事里"永远的丈

---

① 谢尔盖·格那季耶奇·涅恰耶夫(1847—1882),俄国民粹主义者和无政府主义者。被认为是现代政治恐怖主义的"鼻祖",他的著名小册子《革命者教义问答》被称为"恐怖主义圣经"。

夫"。(很久以后,他在瓦依达的电影里扮演了善良的科恰克①博士,非常出色。)在华沙,他在斯坦尼斯瓦夫·普西比切夫斯卡②的《丹东之死》里扮演了罗伯斯庇尔;他的窄脸,看上去就像断头台的刀片。他还在瓦依达导演的《乐土》里主演过一个犹太实业家。因为我们在阿孔斯卡不知晓的某个东西,某个看不见的东西,他成熟了。就像我们所有人——所有人吗?——都必须因为某个外在于我们,却有可能成为我们的某个东西而成熟。我们都不能找到我们适当的成熟的形式,沃伊泰克却非常成功:他能以闪电般的速度嗅出正确的事情。他的角色扩展了他;他通过扮演的角色而成长;他通过莎士比亚、陀思妥耶夫斯基、斯坦尼斯瓦夫·普西比切夫斯卡、莱蒙特③而成长。反过来,他也替这些遥远的作家,完成了一件伟大的事:他给他们提供了沸腾的青春。他帮助了死者。死去的作家,需要年轻演员身上爆发性的能量,否则,他们也只能成为坟墓的沉寂的牺牲品。从前,为了满足神,每一年最美的少男少女会成为供奉的牺牲;现在,死去的作家也需要。

他给了他们盈余的生命;他使他们从沉睡中醒来,从沉寂的不朽中醒来,他进入了另一种美,并因此训导自己难以控制的欲望。他是命运的宠儿,命运对他微笑了。

我在剧院幽暗的大厅里看着他,在几百人的观众里,作为一个年轻诗人,还不太确定自己的身份。我还没有成熟,没有因那神秘、特殊的东西而成熟。(那会是什么?风格?沉着?躁动?)我羡慕沃伊

---

① 《科恰克》是波兰、德国、法国、英国在1990年合拍的电影,瓦依达任导演,沃伊泰克在其中主演男一号亚努什·科恰克博士,他在广播电台主持专题儿童节目,讲述儿童们感兴趣的问题。

② 斯坦尼斯瓦夫·普西比切夫斯卡(1901—1935),波兰剧作家。他写于1929年的剧本《丹东之死》1983年由瓦依达拍摄成同名电影。

③ 弗拉迪斯拉夫·莱蒙特(1868—1925),波兰作家。主要作品有长篇小说《福地》《农民》等。1924年获得诺贝尔文学奖。

泰克转化的速度，从一个人物转换到另一个人物，仿佛蜡像。如同骏马挣脱缰绳，年轻的维尔霍文斯基震惊了俄罗斯、欧洲。而这个人是我童年的伙伴，擅长我所渴望的变形术。他成了迫克，起步于莎士比亚的想象，然后，一路前进，令陀思妥耶夫斯基从死寂的坟墓里复活。

雨后的街道冒着蒸汽。雨伞也是。夏天。有些老人发表反对政府的演说，但是无人在意，即使秘密警察，通常也很快懂得捍卫他们模糊的权利。狗的主人开始出现在黄昏的广场和公园。狗的主人可以组成一个多神教的教派，因为每个人只崇拜一个小神——自己的宠物。这也是一种真正的崇拜，有它自己的仪式。主人在日落时分出来遛宠物，这被认为是不言而喻的事。他们尤喜民众广阔的领地，那里，有为这个城市中心（也就是老城市场）从宇宙带来的新鲜空气。一个三角形的草地。巴黎的布洛涅森林①侵入到巴黎的主体，但巴黎是一个情色之城，因此布洛涅森林像一个女人腹部下的一缕毛发。克拉科夫则不同，它是一个充满伪善或克制（或耐心）的城市。没有多少属于民众的共同领地，根本没有草地存在的实际位置。每到晚上，狗在空地上追着，忙着来回兜圈子，就像在民众的三角形草地里画环形，仿佛是它们最紧迫的事情。

完成是什么？一个超越的小模型，赋予某个缺少这一天赋的人。然而，成为你自己还不够。仅仅成为一个人的自己是多么无趣。

不能写作的日子，我一直保持沉默。在这样的日子里，我既不能为诗歌，也不能为散文辩护。我最多能保持心脏平稳地跳动。

---

① 法国巴黎一公园名，坐落在巴黎城西，位于塞纳河畔讷伊和布洛涅—比扬古之间。自 18 世纪起就向公众开放。

歌德在离别玛丽亚·希玛诺夫斯卡①时,写下这样的文字:

"我拒绝像你们其他人通常所做的那样过于看重纪念品的意义,把那作为一种非常笨拙的表达形式。对我们来说,当有某个非凡、严肃而美丽的事发生时,就没有必要在事后于记忆里继续追寻它;而这个事件一定从一开始,就与我们的内心最深处的存在联系在一起,彼此融合,将我们塑造成一个新的、更好的我,永远生活在我们里面,在未来,共同创造我们自己。

"没有什么属于往昔的事物是我们应该渴望的。只有真正存在的常新之物,从仍在生长的往昔的要素里形成。真正的渴望一定是创造性的,一定会催生更新、更好的事物。那么,玛丽亚·希玛诺夫斯卡,难道我们刚才没有在内心体验过这一切吗?难道我们没有在刚才感觉到这个迷人、高贵的东西吗?她此刻想离开我们,却内在地改变了我们,重建了我们,使我们更强、更好?不,她不会完全离弃我们,她就住在我们心中,她活在我们里面。哦,即使她想完全离弃我们,我仍将永远在心里保留她。"

上帝呀,这些德国人好丑,N看着那些唱片封面上指挥家的照片说。

"这是不可能的",一个妇女在一列开往弗罗茨瓦夫的特快列车上说,列车在旷野上停了半个小时。

---

① 玛丽亚·希玛诺夫斯卡(1789—1831),波兰作曲家,也是第一个职业钢琴演奏家。她出生于(并长住)彼得堡,曾周游欧洲,后专门为宫廷作曲,教授音乐。她是著名的沙龙女主人。她的女儿塞琳娜·希玛诺夫斯卡后成为著名诗人密茨凯维奇的妻子。

诗歌的效果很难定义；有时一首伟大的诗，在我们面前突然打开一个新的广阔空间，几乎是逐字逐句地打开，仿佛有人劈开了山的一大块儿，仿佛一座高及太阳的巨塔以闪电的速度瞬间成形。举例？比如奥西普·曼德尔施塔姆的《晚上我在院子里洗脸》：

> 晚上我在院子里洗脸，
> 粗质的星星布满天空。
> 一束星光，如盐落在斧上，
> 满溢的桶，结成了冰。
>
> 大门都上了锁，
> 地球严格如良心——
> 如何找到比画布的真理
> 更新鲜的基础？
>
> 在桶里一颗星如盐融化，
> 冻结的水在变黑，
> 死亡更干净，悲伤更咸，
> 大地更诚实更令人敬畏。

晚上我在院子里洗脸，曼德尔施塔姆说——而整个地球和他一起沐浴了，清洁了自己，站着，暴露在惊恐之中。

在一辆公共汽车上，一个人曾经滔滔不绝——那时正是五月中旬——他坚持认为，夏天就要结束了。他论证说，现在是五月中旬，六月总是在你还没觉察时就完了，然后七月也过去了，接着是八月，然后你忽然就到了九月，天气越来越冷！

我们缺少的不是时间,而是专心致志。

我的一个姑奶奶B,一生过得真不容易;她是犹太人,而她爱上了一个不信犹太教的外族人,她的家人因此而断绝了与她的关系。她又用了很长时间,使其未婚夫——后来丈夫的家人接受她,因为她是犹太人。多年来,她生活在一个不稳定的陆地上,过着一种中产阶级的生活,却处在一道分隔两个社区的狭堤上。而她渴望的,却是完全不同的东西。

她想成为一个普通人,有一座自己的房子,和其他人一样。她只是想过一种正常的生活,邀请客人午宴,讲几个笑话。正因此,姑奶奶奋斗了一辈子,想让她的行为和谈话体面而合适,成为一个典型的、有文化的波兰家庭的一员。她在利沃夫曾经加入家庭主妇协会。不幸的是,这种协会战后便不复存在;否则,她会是该协会的中坚。

在战后波兰,她参加了选举——一个明显的闹剧——她一直坚持到老年。我那时狂热地卷入反对派运动,并试图以严格的论证说服她。但她参与这些虚假选举的目的,完全出于一种远远超出了我理解的从众心理。这是一种令人心酸的从众,出于害怕被社会拒绝的寒冷的空虚。两种不同形式的非难威胁着她:其一,她是犹太人;其二,则是来自于波兰天主教的知识分子阶层。(当然,到我认识她时,只有后一种危险仍然存在,甚至一直未完全避免。)留给她的空间很少;如果这两个矛盾的危险在实际中具体化,她就无法生存。她的从众是卑微的,一如通常情形下那样;并非出于对舒适、优越生活的例行防御。她的从众,近似一种英雄行为。那并不涉及物质的享受;那是一种绝望的防御,为了自己的存在,也是为了她珍爱的、无助的丈夫,我的叔祖父、优雅的约瑟夫,因为他至少还活着。(他们没有孩子,至今我也不知道,是他们不能生,还是因为他们共同认为他们无权延续受威胁的身份,因而扩大那永远需要严阵以待的无人之地。)

她是战争的幸存者,在占领时期,逃到塔尔努夫①外的一个村庄,躲过了劫难;她很少谈及。这是她的禁忌,许多禁忌之一。如果回忆她在那个村子里的生活——作为一个犹太人,她要躲避纳粹,还有波兰的告密者,生活真是每天都处在危险当中——她会说,那不过是一次被延长的假期,延期居留在这个国家。而且,她只会提到约瑟夫:"你知道,他会一连几天打牌,因为我们生活在乡下。"她描绘的这段乡村生活,这段逃难岁月,完全是田园诗的:假日、打牌、愉快的陪伴,乘豪华游艇穿过地中海无休止地漫游。

在叔祖父约瑟夫死后多年,也是她生命的最后一年,我终于问起关于约瑟夫的事:他是否爱说话、他的爱好是什么、他是否喜欢阅读,等等。她说起他时,用的是现在时态:"哦,他总坐着,在读报纸。是的,他喜欢阅读,但他没有太多时间。他总是在核对银行的那些纸片。"然后,我懂了,我的叔祖父约瑟夫是不朽的,他近在身旁,正在读报。

她是一个来自边缘的人——她的家庭一定是正统教派,他们女儿的背教才引发那样激烈的反应——而她凭借自己力量所做的一切,看起来全部出自一个社会的核心。她没有什么不得体的,而她却为此耗尽心血。

她从未提到她的犹太家庭。一个人不说,并不表明没有说。她说的都是一些值得一说的话题:不好的健康状况、从前去维也纳的旅行、晚餐聚会、家族,严格说是约瑟夫的家族。她自己的家族里,只有一人,依然存在于她的闲谈中:一个妹妹,她是一个医生,住在扎科帕内②,偶尔来克拉科夫。

---

① 波兰东南部城市,塔尔努夫省首府。临皮亚瓦河,下经杜纳耶茨河与维斯瓦河相通,西距克拉科夫75公里。
② 波兰著名的滑雪和登山胜地,位于波兰和斯洛伐克边境塔特拉山脉脚下,距古城克拉科夫85公里。

我不能说她的谈话是令人着迷的。她不是拥有独到信念的人,她从来没有说出任何深刻或惊人的想法,从来不读令人激动的书。不过,我常常去看她,不只是出于家庭的义务。我喜欢她,她的历史非常吸引我。我喜欢她的脸、大而黑的眼睛。她有独特的个性,她不同于无名之辈。

有几年我住在她的附近;我住在乌泽德尼察街,而她安静的小公寓就在霍希姆斯卡街上一幢建筑里(塔丢施·康多尔①住在斯波科依纳街,在我们之间)。我去看她时,还是一名学生;大学毕业后,我再去看她时,眼前已是一个获胜的人。她终于逃离她之前占据的那个不友好的窄堤,她与接纳她的社会融洽地生活在一起了。她终于被接纳。社会对她的遗忘构成的威胁,是她多年痛苦的原因,现在永久消失了,像一场噩梦。即使约瑟夫去世多年,客人还是前来参加她的命名日晚会,而她作为一个寡妇,在一个有文化、有教养的社会中,终于拥有一个安全、体面的位置。而且,她在这个社会里,完全找到了自己的身份;也许,她已真的忘记她的家族、她的第一个身份,甚至在私下里、在孤独的时候,也已经忘记。

即使在她越来越年老而虚弱、不得不穿梭于公寓和医院之间时,她仍保持着一个人的举止风度,配得上一个最好的社会:"可这些医院使用的雇工,简直是些混混,这是完全不能接受的。护士一定是些文盲!我甚至不认为她们会洗澡!这些人头脑简单,或者,只是简单。"

她突出的特征是愤怒。这使她有别于那一代里社会地位相同的妇女(也就是说,她虽然贫穷,但能意识到自己的文化和价值)。愤怒住在她的心里,从不平息的愤怒,像闷火。这种愤怒,是她的个性和骄傲的唯一标志。愤怒是她骄傲的标志,也是勇气的标志,为了生

---

① 塔丢施·康多尔(1915—1990),波兰画家、装置艺术家、独立戏剧导演。代表作为《死亡课堂》等。

存、为了被承认、为了自己的选择、婚姻、差异性，借此勇气，她发动了一场固执、持久的战争。也许，她天生如此骄傲；也许，约瑟夫爱上她，正是因为一直燃烧在她心中不可遏制的愤怒。这愤怒也是她耻辱的烙印、她的标志，与其后来的苦难紧密相连。我喜欢想象她年轻的时候，一个犹太女孩，不漂亮——我不认为她漂亮过——却因骄傲，因其非理性的骄傲，而显得突出。既不是犹太人的，也不是波兰贵族的骄傲。原始、毫无根据；她是为自己的存在，个人的存在而骄傲。

她的一生有个显著的印记。一方面，矛盾地融合了因循守旧、互相模仿、自相适应的坏习惯；另一方面，那愤怒的骄傲，激烈否定着制约她存在的制度。"这完全是废话，不要相信我，我根本不是在这里！"——她的眼睛似乎在如此宣告。

姑奶奶 B 与生命的衰退成功地战斗了多年。她很老了，而且相当虚弱，但她仍坚持认为每年夏天应该度假。她每年会离开什恰维尼察①一两个月。有一个时期，她只能在克拉科夫附近艰难地走走，仅仅离开什恰维尼察，到一个离家更近的小村庄。我不能想象她在那里怎么度假。

她活了差不多一百岁。她一如既往地得体，第一次看医生时已经九十岁。她在不止一个场合，明确表示自己一点毛病都没有。她没有明确说出来，但经常评论别人糟糕的健康，或在她看来过早的死亡——夹杂着同情和指责的口气，好像造成这样的不幸，应受到责备的是他们自己，他们错过了什么，没有掌握某个简单的真理、某个非常明显的事实。她从来不头疼，从不感冒，也不知道高血压是什么，不知道肝脏在哪里或者肾脏是什么。每当我抱怨，比如说，头又开始隐隐作痛，她总是充满自豪。她会惊讶地看着我："这么年轻，就头痛了吗？接下来会是什么？"在我妹夫去世时，她不相信地摇着头，

---

① 波兰南部一个小城。

仿佛在批评——当然是间接地——我妹妹不幸的选择。人应该选择一个健康的配偶。

当她第一次去看医生时,已经太迟;她在街上跌了一跤才去看医生,那时她已经很虚弱。她从未想到她会需要打什么急诊电话。后来,她痛苦地拖延许久才离世。因为她长期的藐视,因为她多年丰沛的活力和不求医问诊的能量,也因为她几十年中的健康和理智,"死神"最后报复了她。她死得可怕,往来于医院和她自己的公寓之间——雇来照顾她的,都是她讨厌的"流氓"——公寓,她已经不再认识。死亡捉弄了她两年,剥夺了她的感觉和记忆。

一个临时家族理事会负责照顾她,他们最后找到一种方法,使她免于往医院跑。他们请了一个年轻、英俊的医科学生,承诺在她死后可以继承她的房子。这样,他搬进公寓的厨房,在那儿睡,在那儿学习,负责老太太的起居。那么漂亮的一个小伙子,不缺少粗心和充沛的精力,他几乎没有注意到病人最后的时刻。但她会温柔地注视着他,握着他的手。他是她最后的爱。她一定是把他当成我的叔祖父约瑟夫了。我相信约瑟夫一定会原谅她。

诺尔维德①写过一首尖刻的诗,关于"只在星期天"下命令的领导人。宗教哲学家,如米尔恰·伊利亚德②,只专注于神圣的经验,神圣经验被他们看作生活的支点,是构成其余存在的力量,有点像那些星期天的领导人。神圣的压倒性的经验,无疑是任何宗教的基本要素。但是,一周不只是星期天,一周里也有神圣的、沉寂下来的日子。在这样的日子里,我们可以思考自己、亲爱的人、我们的道德选

---

① 西普里安·卡米尔·诺尔维德(1821—1883),波兰诗人、画家、雕塑家。
② 米尔恰·伊利亚德(1907—1986),著名宗教史家。出生于罗马尼亚首都布加勒斯特,二战结束后曾在巴黎生活过一段时间,最终定居美国。主要著作有《神圣的存在:比较宗教的范型》《宇宙和历史》《永恒回归的神话》等。

择,思考这个平凡、而非酒神的世界。而且,一个人必须从平凡里发现意义和方向,一个人必须找到平凡生活的平静和勇气。

我每隔一两个星期回一次西里西亚,因为我在格利维策有一个女朋友,我的父母也生活在那里。黄蓝相间的小火车定期往来于克拉科夫和格利维策之间,紧张地抖动,像刚开始戒烟的人,不知手如何放。在火车上,特别是在回克拉科夫的路上,我就准备功课,或读一些"真正"的书。这是我阅读卡夫卡、尼采、柏格森的时期。我爱上了卡夫卡黑色的格言,欣赏年轻尼采的大胆和风格,寻求避开创造进化论①的智力陷阱。我相信直觉,相信那个神秘的、第三种力量;相信法国作家柏格森提出的疯狂解决方案,它放大了他思想的吸引力。

我确信语言会说谎;我还没有考虑每天的报纸语言,没有考虑所谓新浪潮包含的令人讨厌的成分(后来,这个名称也被赋予了我这一代的诗人)。我在思考一般的语言。我很少看到我自己的生活、思想与书上黑色的符号之间有任何联系。语言是一个叛徒:它不能转达我的思想。我不知道,我所忧虑的,是语言本身形而上的缺陷,还是我个人的苦恼。我不知道怎么说。

在冬天,火车是闷热的,不透气。邻座的皮毛外套挠着我的耳朵,几百个学生返城,和我一样,仅在周末回家与身在西里西亚的父母团聚。尽管温室的气氛很难熬,偶尔也会有灵感来袭,我拿一支铅笔或钢笔,在我的包书纸上,草草记下几个不成熟的隐喻、几行诗句。这些诗很少留下来,过一两天,它们给我的印象就只是笨拙或平庸。(语言再一次背叛了我,我对自己说……)有时,我不写那样未完成的诗,而是创作几个磕磕绊绊的警句,自豪地向我的女朋友展示。我记得,她特别喜欢这一句:夸夸其谈等于吞弹自杀。那些写于

---

① 创造进化论是法国哲学家亨利·柏格森(1859—1941)的思想,包括:论生命的进化、机械论和目的论、生命进化的不同方向等等。

电动火车上的短句呵（语言也会说谎）。我的女朋友却很喜爱它们。

任何写作或试图写作的人，并且已经开始他的工作，必须解决两个基本问题：一、早上如何起床；二、（如果他对付了第一个）晚上如何睡着。

在我们的时代，被愚昧和遗忘包围，记忆就显得非常宝贵。诗歌通常被认为是一种献给记忆之神的礼物。因此，挽歌成为诗歌之王；它不仅使我们免于遗忘，更致力于使记忆不朽、保持新鲜，保存已逝之物的力量。（挽歌不是墓志铭！它更接近祝婚诗，因为它庆祝过去和现在的联姻。）

人们很少探论在诗歌中"预期"所起的作用，包括诗歌内容方面的预期，以及诗人或读者立场姿态方面的预期。在某种意义上，一首诗永远不会真正完成，它总是在我们前方。作者和读者总在梦想一首伟大的诗，梦想写出它、阅读它、生活于其中。而每一首挽歌总是隐藏着这样的希望：它庆祝奇迹，某一个人的生活，或某一件事的奇迹，将再次发生（在诗里，它终于到来！）。诗的神秘总是在我们前方。而且，作者和读者永远不会满足，他们总是将最后一首诗推迟到以后。我们等待死亡的方式与此相同：它既是最后的，也是可怕的，但是，谁知道呢，也许还是快乐的。

如果记忆完全侵占了预期的位置，我们也就是已死的。或者，我们最后就会如同那样的白痴，什么也不能理解，除了不会忘记任何东西，一个东西、一个引语、数字或事件。

"你不可以靠诗歌过活。"从字面上讲，这句话的意义是显而易见的：你不能通过写诗赚钱养活你自己。如今大家都知道这个；也许只有非常年轻的诗人仍然拒绝承认、拒绝接受这个事实。但是，"你不可以靠诗歌过活"这句话，也可以意味着完全不同的东西。从精神的意义上讲,你也不可以单靠诗歌,不可以仅仅倚仗诗歌。诗歌,尤其今天流行的抒情短诗,有一个显著的特性:它们不能持久。在最好的情况下,它们带给我们强烈体验的时刻。一本诗集,就如同这样的时刻被松散地编织在一起,它也许是相当令人激动的,但不能形成一个单独的实体。或者,通常就是这么认为。

同时,看看今天的读者,郊区通勤列车上和地铁车厢里的乘客,似乎都在指向这样的结论:今天人们优先选择的体裁是大部头的长篇小说,而非短篇小说(但愿不是这样)。倒不是说这些长篇小说在未来的世纪就会传之久远,而是因为它们的优势在于可以串起许多短暂的时刻;叙事将孤立的瞬间捆绑在一起,如一束鲜花。渴望综合的深刻的欲望,也许是完全无意识的,刺激人们选择了这种明显更费力的阅读。他们渴望综合,渴望一种神奇的拉链,可以融合和密封他们编织不佳的存在。

诗歌,一本诗集的书页上单个的飞行物,似乎不能满足这个融合的希望;在这方面,它们更像笔记、随想和格言。对于精神不太集中的读者,这种凝练的文本似乎到达不了想去的地方。

但是,有时不连贯的文本就像一段曲线;起初并未显示出连贯性或整体性。但是后来——至少有时候——它显示出这些片段是一个圆周中的一段,如果再加上一点点运气和注意力,一个人甚至可以探查出伸向中心点的半径。

也许,想象也需要适度妥协——就像我们在实际生活中一样,不做出某些让步也不行。想象力也制止本身绝对的自主权,反对那种与现实的完全脱节,某些超现实主义者倒是主张分离的(他们因此激怒了西蒙娜·薇依)。

就想象来说,似乎有两股力量在起作用,一个受离心力作用,倾向于傻里傻气,否定现实世界,而另一个更平静、更清醒——好像睁大眼睛的吉普赛人,算命的吉普赛人可是从来不会忘记计算收益。

在一篇不太为人所知的文章《为诗辩护》里，贝奈戴托·克罗齐①提醒我们这样一种让步的必要，那是他在二十世纪三十年代应牛津大学之邀所做的讲演。

看而不被看见——这是青春的礼物。

七十年代我小说里的主人公与现实达成了一个可耻的妥协：他接受的立场，是在讨论圈子里扮演一个"居民辩论能手"的角色，其任务是避免任何可能爆发的严肃争端。在这种辩论的开始，他从一种黑格尔主义的立场出发，率先提出了一个讨好的合题。

这是一个讽刺的形象，一幅精神死亡的肖像。

如果有人想更善意地看待我的主人公——从而超出了这本书的本意——可以从他在一个分裂世界的无助，理解他试图辩证地融合对立事物的机械化姿态。他所生活的世界，一些最基本的价值已经过时，如同那些旧钞票，破为两半，难以继续流通；还有谁在维护这些价值？人们就是这样互相辩认的。再如，启蒙运动的传统给他提供了一些自由，对理性的尊重，但又不那么重要，如诗歌和宗教的神性。虽然在神性与诗歌领域，他也可能遭遇权威的严峻面孔；而且，不仅在精神领域（如你所料），在社会领域也是一样。这将使他无法忍受。我的主人公显然是一个乏味的机会主义的例子——但你也可以把他看成关于我自己的一幅漫画。一个人，在一个迷惑、陈旧、价值观混乱的世界上，陷于困境。但是，这个人仍在寻找合题，即使以完全错误的方式。

如何恰当地寻找合题，"有机地"、诚实地，而不是如不肖之子

---

① 贝奈戴托·克罗齐（1866—1952），意大利文艺批评家、历史学家、哲学家。主要著作有《精神哲学》《作为表现的科学和一般语言学的美学的历史》《黑格尔哲学中的死东西和活东西》《美学原理》等。

机械地寻找?

如果知道,我就会直接地说出来了……但是,一个人总要尝试。

如果回到当时,我们是谁?二十年后,形象已模糊,远非清晰。然而,人类的个性毕竟是个神秘的东西,难以捉摸,并无明确的界限。但是,这些人仍然生活着,懂得受苦且遭受了苦难——就像游泳者,在晚上,在一个黑暗的湖里,在云层密布的天穹下。你听到了叫声:那是痛苦还是狂喜?

我的第二次旅行要长些。我乘几小时的公共汽车去克雷尼察①,在当地一个疗养院重复讲授"伦理和道德"。如果我没记错,同一天,当时的独裁者哥穆尔卡在全国代表大会上发表讲话。如果我没弄错,此讲话因其惊人的长度而闻名遐迩,它持续了七个小时,其中,"人民的领袖"涉及了人类生活的各个方面。因为他们控制一切,报告不得不就各不同领域的活动进行一番总结:建筑业、工程工业、农业、甜菜和草莓的生产,文件夹的分配,工人自助餐厅的状况,国营餐馆罗宋汤的味道,鞋匠的社会地位,裁缝的俏皮话,苹果、铅笔和橡皮擦、墨水、男人和女人的内衣质量,演员、记者、会计、矿工、民航和军事飞行员的情况。在这份世界诗歌的总目录里,有种令人窒息的东西。多么不可理解的野心啊,这是渴望管控山中小路上每一块卵石、村庄池塘的每一只癞蛤蟆、每一只蚊子的欲望!

这沉闷的独裁者渴望成为一个新的密茨凯维奇,将全部现实置于其不切实际的控制之下。不幸的是,他胜任不了这样的任务:只有伟大的诗人,诗人之中的最伟大者,以他的鹰眼才能俯瞰如此辽阔的领域。的确,波兰不是那么大,但它就像一个古老的橱柜,有许多抽屉,里面隐藏了无限的宝藏:带裂痕的剑、订婚戒指、褐色照片、银色铅笔、书和人类的智识、思想,既有本土的也有外来的,既有新鲜

---

① 波兰小波兰省南部的一小镇。

的也有陈旧的。

这是一项不同寻常的事业，需要绘制可见与不可见、整个世界的详尽目录，但是，正如我已说明的，这个任务实际上超出了我们已经谢顶的独裁者的能力。

我不知道司机为什么打开收音机。我怀疑他是哥穆尔卡的伟大拥趸：这样的人很少，简直罕见。在那一刻，他不被恐惧控制，因为无人命令他按照哥穆尔卡的报告行事。或许，他只是沉迷于收音机，喜欢收听任何可能听到的东西；或者，他的本意只是讽刺、戏仿。在我看来，后一种态度似乎最有可能。

不管什么原因，结果是奇特的。扬声器传出的声音，粗鲁、单调，列举人类存在的每个领域，而我乘坐的汽车，急剧颠簸在秋天僻远之地的黑暗里，一刻也不曾离开这个真实、物质的世界，克拉科夫地理上的边缘。从一个村庄到另一个村庄、从一个城镇到另一个城镇，在此过程中，它无心依照老暴君的意思，把谎言传遍……不是汽车司机嘲笑了我们的领导者（假如他是追随哥穆尔卡的人）；是这些脏乱的人行道、丑陋城镇狭窄的街道，傍晚的黑暗、潮湿、弥漫的汽油气味，以及乘客廉价的夹克衫的气味，嘲笑了他。

透过窗户，我看见电线杆、树木的模糊轮廓，阴霾笼罩下疯狂闪烁的霓虹灯，破烂商店的空窗户，摇晃在不稳定地面的酒鬼的影子。有时，一只小野狗久久在巴士一侧追赶，凶猛地吠叫。一个骑自行车的老人颤巍巍地登上小山（他也喝醉了）。空气潮湿，似乎要溶解那些房屋的轮廓、万物的轮廓。灯火不安地颤抖，仿佛担心当前的一切可能随时熄灭，黑暗会取胜。

有时我觉得我谦逊的姑姑和温和的叔叔，他们不写书也不画画，然而，通过某种无声而动人的方式，他们是日常生活的真正英雄。我们时代的诅咒不能拿他们怎么样：他们身上没有一点狂热的盲信；法西斯主义，更不用说希特勒主义，对他们绝无诱惑；他们对自己身处的国家意识形态保持警惕的冷漠。他们经历了纳粹占领时期、斯大林主义的统治时期而能活下来。他们对广播和报纸宣传持怀疑态度，沉着而老练；他们从不相信那些浮在最上面的东西，且能轻易看穿政治宣传的套路。他们懂得一些相对自由的生活区域，而且知道必须保护它们。

他们生活简单，但不是生活在贫困之中。他们没有去国外度假，去一次扎科帕内或海边就是一件大事，需要充分准备。他们穿干净的衣衫，虽然穿久了，可能会有开裂的扣子，会有磨损的衣领悄悄露出来。

他们陷于平凡的生活，更确切地说，他们是在维护平凡的生活，使其免受不出历史惯例的、狂热盲信的攻击。他们不是思想家或艺术家，并无任何全新的东西提供给世界。他们本质上是忍让的，只专心保护自己的家人，强烈地想要守住自己的位置。

我直到现在才理解这一点，在许多年之后。当时我去看望住在狭小公寓里的他们，更多是出于一种家族的义务，而不是真正的同情或愿望。（那时，几乎都没有电话，看望通常是没有通知的。）的确，有时我也渴望温馨的氛围，它接近一个化学公式：墙上的花毯、几幅水彩画和油画，后者描绘出另一个、已经消失的家园（家园感主要表现在对已不存在的旧居的怀念），再加上一杯茶。此外，更重要的是温暖，甚或是他们的善良。

任何喜欢保尔·瓦雷里①诗与散文的读者，都会着迷于他在热那亚度过的那个著名夜晚，在一八九二年十月第四和第五日之间（激烈的风暴横扫过城市上空，这个季节一贯如此，这次也不例外）。诗

---

① 保尔·瓦雷里（1871—1945），法国诗人，象征派大师，法兰西学院院士。他的诗富于哲理，倾向内心真实，追求形式的完美。主要作品有《旧诗稿》《年轻的命运女神》《幻美集》等。

人是去拜访他的意大利亲戚，住在萨里塔·圣弗朗西斯科附近，也就是古老的热那亚城中心。瓦雷里自己称之为"内心的政变"。欧洲文化记住了另外一些类似的夜晚，精神危机的时刻。谁能忘记帕斯卡尔火焰燃烧的夜晚！但是，热那亚的那一夜，完全不同。那一夜是火焰熄灭之夜。那是一个决定性的夜晚、批评之夜，瓦雷里摧毁了他以前所有的偶像，唯有一个例外：智力的偶像。至此，这位狂热的年轻诗人已经跨越幻想的云层，开始研究象征主义者，崇拜诗的朦胧的神性，而不只是诗。而在十月第五日黎明之前，他重生为一个冷静、智力敏锐的作家，从此，他将觉察灵魂的一切蛛丝马迹，那些为理性无法解释的一切。他将再不会仅仅顺从于灵感；他将尊崇技艺和冷静，狂喜或情感之上澄明的目光。

如果我是一个文化历史学家，我会唤起人们注意那一个夜晚。正是在那一夜，这个时代一位最伟大的作家意识到火已熄灭。通向二十世纪的道路开始展现。

阿富汗地毯。在一九八〇年代，一直按照古老传统设计的阿富汗地毯，发展出一个新样式：直升机和坦克。

我也曾是一个极简主义者。我有一阵相信马克思的某些论文，我怀疑所有可能的、更高的意义。人必须练习克制，我告诫自己，一个人不应趾高气扬（虽然我渴望重获我所知道的狂喜的时刻）。世界是清苦和冷静的，没有什么是未经许可的、过剩的。我喜欢福楼拜的后期作品，我喜爱讽刺性的《布瓦尔与佩居谢》、满怀恶意的《庸见辞典》；我喜欢拉罗什福科[①]，喜欢他枯燥、反讽的风格，愤世嫉俗的优雅。我还不知道如何把自己向世界打开；我还不知道。

[①] 弗朗索瓦·德·拉罗什福科（1613—1680），法国思想家、格言体作家。一生作品不多，仅有《回忆录》和《道德箴言录》两部作品传世，但影响极为深远。

每当我读到或听到，说在"我们的文化"中"身体"缺席、被忽视、轻视、回避时，总感到很惊讶；我尊重、崇敬的人，有时甚至是朋友都感到受压迫，为谈话和出版物中这个被虐待的"身体"辩护。正如我们说到绕场跑、气喘吁吁的运动员；体育是大众最大的激情；西方的富裕城市里，行人的皮肤比从前更新鲜，有弹性、红润、微微潮红、稍微晒黑，我们知道那不是健康的。性，终于获得来之不易的地位，任何省略性行为描写的作家，都被指责"假正经"。也许，未来某个时候会干脆禁止发布不含交媾描写的作品。另一方面，灵魂在慢慢死去，被彻底遗忘。不是"灵魂"这个词——那不算什么损失，我们已经有另外的说法——而是精神性的问题，相对于这世界的个体性的问题，不应简单归于精神分析领域的问题。

也许我的叔叔和阿姨们实际上是善良的诗人，平凡生活的诗人——但是，他们那么沉默，那么胆小！一道深渊把他们与活跃的、被承认的诗人隔开。本世纪真正的诗人，在高于他们的某个地方工作，在极地的无声地带工作——这个年代不倦的、无形的诗人，如一个讽刺家，怀疑论者，沐浴在逐渐减弱的天光里的骑手，傲慢而不快乐。

钢琴演奏的不断进步，体现在练习《平均律钢琴曲集》①中：楔形文字的稿本，那是我们可以不时看一看的。

你不能认为时代——比如说，七十年代初——一直就是悲观阴郁的。当我回头看我那些年分散的笔记时，常常发现一些奇怪的痕

---

① 巴赫在 1722 年完成的作品。在这些作品中，巴赫精心创作了前奏曲和赋格曲，它们可作为演奏家系统性的练习曲。

迹,出现在各种集会和会议上的小学生的欢乐——咯咯傻笑,前推后拥,含糊不清的笑话,任性胡为的大笑。孩子们乐于那些花样——他们的父母却已从中走出。

莱钦斯基教授指导我的哲学硕士论文;他总穿那同一件绿色外套,而且几乎总是处于同一种心情,沉默而沮丧。和舒曼先生一样,他很了解维特凯维奇,他们是亲密的朋友。有时我们的大学里似乎到处是维特凯维奇从前的朋友,好像他神奇、无序的彗星之尾,在雅盖隆大学的新主楼散落一地。

想想这些老人真悲哀,他们记着从前的好日子,被迫承担教育各种白痴一样的年轻人,还要面对无数傲慢无礼的行政长官,他们像蚂蟥一样附着在每个可能的社会组织和学术机构上。这些教授还要回答爱管闲事的书记心怀恶意的质疑,填写大量烦人的调查表。

在他内心有个东西早已死去。也许,这就是奥斯维辛之后接踵而至的恐怖(我忘了,他没在奥斯维辛集中营待过!),或者他对新政权秘密警察的恐惧。他最有可能属于那稀有的人群,他们是那么弱不禁风,根本不能适应希特勒主义或斯大林主义。他死了;在某种意义上说,死于自杀。他杀死了性格中能够生长、渴望、迸发笑声的那一部分。憔悴、驼背、衰弱,每天走在克拉科夫拉丁区的街道上。

我在他的指导下写作我的哲学硕士论文,但凭我的记忆,他几乎没有帮过我什么。我不认为我们曾开过会,讨论过我可能遇到的问题。他是冷漠的。毕竟,他已经死了。不过,我还是喜爱并尊敬他。在他身上,体现了斯多葛派的理想,他已成为一个智者,不受来自世界的巨大诱惑。不过,为此,他付出了无限的悲哀。

在我通过论文答辩后,我有个小小的失礼,出于一种自然的冲动,我说:"我非常感谢您的帮助。"而他没有帮我。他什么也没说,也许清了清嗓子。他可能认为我是在讽刺他。但这不是讽刺,只是欠考虑,甚至只是为了显示我对他的尊重,我对他象征性的存在本质的尊重，因为他的经验性的形式，并不想出现在大学的围墙内。

我的确是够笨拙的——但是，我想，我遭受的痛苦比他大。因为使他痛苦，我深受折磨；他，一个老教授，毫无防备力，早已不堪生活之重负。

在七十年代后期，反对运动已全面发动起来，其中我也起过一些作用。此外，我还参加过私下的——因此也就是阴谋的——专题讨论会，地点在帕维尔·克罗佐夫斯基①位于坡利科夫斯基②大街上的狭小公寓。在其中一次聚会上，米罗斯拉夫·德泽尔斯基说，十九世纪波兰知识分子活动的主要目标在于寻找这个问题的答案：如何揭露俄国人。高级历史学家维热钦茨基③教授听力不大好使。"什么什么？"他问道。

"揭露他们，维热钦茨基教授。"

黄昏时分坚固的建筑群和教堂开始软化、溶解。白天在公寓的入口通道打盹的暗影，从躲藏的地方浮现，俨然控制了这灰暗的小城市。城市像被打散了：从午后的阳光聚起勇气的自信的物质，让位给畏缩的阴影。有时，我似乎就在这一刻突然瞥见，在克拉科夫附近某些地方，在广场周边、在普兰蒂公园、在维斯瓦河边、在市场广场狭窄的街道：孤独、忧伤的人在他们的笔记本上忙乱地涂写着什么。这些人是"黄昏作家"（薄暮诗人！），对他们来说，从灿烂、坚硬的物质向朦胧、可疑的物质过渡，如冰在三月的池塘融化，是一件渴盼已久的大事。无休止的瓦解，比无休止的累积更吸引他们。

---

① 帕维尔·克罗佐夫斯基（1943— ），波兰哲学家、克拉科夫大学教授。
② 约瑟夫·坡利科夫斯基（1767—1828），波兰贵族，政治活动家。1795年曾在巴黎参加雅各宾党人的活动。后被捕入狱，死于狱中。
③ 亨利克·维热钦茨基（1933— ），波兰历史学家。

我们了解一些前辈诗人的诗歌,我们读过一些欧洲大诗人。但我们没有受过特别良好的教育。我们是一群受教育有限的诗人,穿黑色毛衣和夹克,上面必然撒落了头皮屑,我们还没有写过任何值得一读的作品,还不知道如何写,不乏疯狂的野心和荷尔蒙,也不是特别勇敢,还不明了我们需要多大的勇气。我们为自己选择了一条艰难的道路,一条属于寻求艺术表现的年轻人的道路。一群二十岁的人,一窍不通,那时形成了一个诗歌运动:"现在"。这名称被认为是一个宣言。但是,在我们的头脑并不完全清楚,这是一个怎样的宣言,就像我们懵懂地生活在这历史悠久的中世纪古城,像一个初患阿尔茨海默症①的病人,几乎回想不起城市辉煌的过去、哥白尼、浮士德、维斯皮安斯基②。"现在"这个名称,使人想起某个特别现代的东西;它暗示这群穿黑色毛衣的年轻诗人,获得了直接进入今天的通道。也许它涉及某种神秘的直觉知识,确信存在某个发光的、现时性的节点,某个几乎不可理解的东西,光芒四射的东西,对于它,我们只知道,它以一种最绝望、灾难性的方式,避开了其他诗人和作家。无论如何,这种确信塑造了我们的计划,也就是说,一切仍然需要我们去做——对一群年轻艺术家来说,这样的雄心,太典型不过了——那么多时间失去了,两千年白白流逝了……

这些造成了一个诗歌运动的年轻人,就像盲目的小猫。他们太年轻,只有未被唤醒的才能,缺乏耐心,渴望不惜任何代价加速他们艺术的发展,期望从同龄人那里获得帮助和同情。同情不是问题,帮助却是另外一个不同的问题:如何帮助还未入门的艺术家?在艺术上你能提供什么帮助?

---

① 阿尔茨海默症又称老年性痴呆,是一种常见的慢性进行性精神功能衰退性疾病。

② 斯坦尼斯拉夫·维斯皮安斯基(1869—1907),波兰作家、诗人和画家。

在我看来，诗歌运动的一个主要价值是它积极行动的倾向，因为我有一个把实际写作推迟的习性。我早就想成为一名"作家"而且相信"某个东西"（但与诗歌运动的哲学前提，不是同一个东西），它存在于我的存在深处，它在为一个伟大的目标在进行着准备。

诗歌运动——尤其一个以"现在"命名的运动！——使我有了强烈的紧迫感和当代意识。我一度沉浸于阅读诺维尔德，阅读卡夫卡，仿佛他们生活其中的那个真实的历史世界完全是外来的；现在它使我清醒过来。它使我告别了悠闲的阅读，告别了犹如古代的"闲暇"的无限舒适，告别了扶手椅一样的舒服、消极、幸福，那个可以打发未来几十年光阴的文学天堂。这是一次从云端的下降，一次离开梦想之地的告别，一次与残酷、丑陋现实的遭遇。这样的反差不可能更大、不可能更强烈；以前是为了快乐阅读，为了阅读的幸福时刻，其中，想象力犹如一个东方商人在赞美他的波斯地毯，展示其魅力，此刻是我们宣称的"现在"。这个"现在"是极其丑陋的：一个粗俗的时刻，在一个丑陋的、被莫斯科征服的国家，在每个实际领域都平庸不堪。

这个巨大的反差令人兴奋！放弃想象的乐趣，也有一种令人振奋的东西，代之以一个真实国家的严酷事实（也许，唯有克拉科夫这个城市本身的魅力可以缓和一点这种矛盾）。像一个人从珍惜的梦中醒来，发现自己身在一个牢房。在最初的震惊过后，他努力振作精神，赞美处境的残酷，尽力说服自己和他人，这一现实远比做梦好！尽管一直以来在灵魂深处他等待着那一刻，暂时被推迟，他可以再次入睡。

我很快就成为一个宣传者，为"现在"这一不具吸引力的运动代言的理论家。逃离想象的天堂，告别音乐与诗歌、绘画交织的天堂，我宣告，"义务"高于快乐，清醒高于幻想，社会高于孤独个我

（读者和诗人），历史高于对永恒艺术的专注，具体高于象征。令人惊讶的是，一个更接近自责的计划，在某种程度上，开始比艺术更吸引公众的注意，毫无疑问，如果我一直忠于我的悠闲、"永恒"的梦想，他们肯定会完全冷漠地对待。（多年以后，我想回到最初令人着迷的东西，最初的关注点，并试图调和早期不成熟的想象和理想，以及被"现在"的概念激发的主要观念——可是，这样的调和真的可能吗？）

我们一次次乘闷热的列车短途旅行，到各种阅读小组去，然后深夜集体返回，或者在他们的宿舍过一夜。我们去村庄，举办节目，在河边漫步直到深夜，争论，激烈地争论，然后短暂地和解；我们在烟雾缭绕的咖啡馆，久坐、交谈。

"现在"的诗人们在火蜥蜴俱乐部表演节目。他们朗读拷问一个冷漠城市的诗歌。听众里一些更成熟的人，在一边嘲讽地旁观。一些厌倦、疲惫的常客坐在酒吧里，舞蹈者专注于他们的生物性的存在，目标是延续他们的物种。黄昏降临在老城广场。一只蝙蝠振翅飞过一盏路灯，那里正是格罗兹卡街①的咽喉部位。年轻的诗人还不知道，词的意义比人们可能认为的丰富，它们可以产生意想不到的后果，随着时间推移，它们会通向艰难的决定。过路人，请告诉缪斯……

赫尔穆特·卡伊扎尔②于一九八二年去世，我想，是在四十一岁上。他死于癌症。一个有天赋的导演和剧作家。他是我的朋友。比我年长几岁，他在所有方面都超过了我，无论阅读、国外旅行，还是他的戏剧和电影知识。他是塔德乌什·鲁热维奇的朋友，他使我得以深入了解我们愤怒的诗人。在七十年代，我们见过几次，在克拉科夫查

---

① 位于布尔达河畔，临老城广场，建造于19世纪初，是克拉科夫著名的老街。
② 赫尔穆特·卡伊扎尔（1941—1982），波兰导演、戏剧家。

洛里街①"我自己的"公寓里。他刚从伦敦或慕尼黑回来,他在国外买了一些便宜衣服,他读先锋派作家的作品,主要是德国作家,他呼吸到新奇和时尚的空气。他有一张迷人的脸,和一副同样迷人的嗓音,他的身上还有一些纤弱和善良的动人成分。他来自波兰边界切申②附近一个新教家庭,那里天主教徒是少数。他住在华沙,这个城市和国家的中心,但他生来带有一些偏远之地的特征,他从未失去那点差异性,新教的、福音派信徒的特点。我非常喜欢。他的生命如此短暂——现在他已经不在了。

"绝对之物"不能以纯洁和未受污染的形式出现。它必须隐藏在世俗之中,在相对主义之中,甚至隐藏在野心或骄傲里。对祭司和诗人的攻击——其凶猛可以从不同的角度理解——是另一回事。

我不经常去另一个名为"羊宫地下室"的俱乐部。我只是从远处欣赏那里出名的精彩歌舞表演,它是克拉科夫的骄傲,有一群天才的艺术家。实际上,为了知晓他们的节目、理念、技巧、笑话段子,并不一定要到现场。咖啡馆及其讽刺风格已经渗透到克拉科夫。新笑话第二天清晨就会传遍老城广场及其周边地区。皮托·克利兹尼克③的肖像,在通往老城广场的街上随处可见;他的名声类似十九世纪某个倒霉的艺术家,凭借努力取得了成功。地下室散布幽默和诗歌,以幽默为主。幽默使那个年代的生活更容易忍受;说实话,幽默的储备太丰富了,再用一二百年也足够。我们那时预计苏联帝国可能会维持

---

① 克拉科夫以波兰第一位国王波列斯拉夫·查洛里一世命名的一条老街。
② 波兰南部城市,与捷克相邻,是著名的旅游胜地。
③ 皮托·克利兹尼克(1930—1997),波兰歌舞导演。他也是羊宫地下室的创办者。

这么久。诗歌拯救了我们，免于冷漠、石头般的坚硬，免于二十世纪过度的幽默。

因此，羊宫地下室在反对运动中发挥了作用。但当局一般还能容忍它；有传闻说，连总理希冉凯维奇①不时也出现在现场。所以，地下室是一个习俗，一种氛围，一个掩饰。也许，首先是掩饰。在当时，在克拉科夫生活或学习的年轻人——以及比他们年长的人——最大的梦想就是与地下室建立起联系。地下室不会使他们失望，本身也很容易进入，在那里好像可以过一种双重的生活。晚上进行演出，你可以径直走向被人群包围的后台，一个小屋子。而在白天，你可能在地下咖啡馆看到这些擅长诗歌和幽默的天才艺术家，卸下化妆和服装，看起来更为普通。

那些有时微醺的艺术家在街上散步，后面跟随一帮随从（女人跟在绅士后面，绅士跟在女士后面）。有一次，我在格勒比亚街一个咖啡馆，发现那里早已被维斯瓦夫·迪米尼②的一些随从占据了（大约十年后，我跟迪米尼已很熟悉，在一个关押闹事者的军营）。我和一个同学在喝咖啡，同学决定把我这个"年轻诗人"介绍给著名艺术家。迪米尼打断了他，挥着手说："对不起，别打扰，我记不住。"

在巴黎一次可能的漫步：我们在斯特拉斯堡—圣德尼地铁站下车。我们从圣德尼街出发，然后迅速在德雪利街向左转，那里分出两条道，博勒加德街从这里分开去。在两个街道分叉的地方，是一个薄如刀片的建筑，就像一个楔子插在分开的两个街道之间。我们阅读建

---

① 约瑟夫·希冉凯维奇（1911—1989），波兰政治家。他曾两度出任波兰人民共和国总理。

② 维斯瓦夫·迪米尼（1942—1978），波兰诗人、艺术家。

筑物墙面悬挂的牌匾:诗人安德烈·舍尼埃①,三十二岁被送上断头台,一七九三年曾住在这里。我们从博勒加德街继续走,再向左转,就到了绝食人街。再左转,就到了森德。这里我们看到一块牌匾,告诉我们莫扎特曾经住在这里;在居留巴黎期间,他的母亲去世了,他创作了最伟大的钢琴奏鸣曲,在克歇尔目录②里编号为310。我们穿过列奥弥尔街,就进入了马伊街,在右边看到一块牌匾,说明李斯特经常来此拜访一个著名的钢琴制造商埃拉尔。

在此短暂的漫步途中,我们见到了两个苦难的地方、一个无关紧要的地方。

一天的时间阅读亚历山大·瓦特③的诗歌和笔记——在相隔很长一段时间之后,我重读这位作家。这个诗人炫目的力量令我印象深刻,在他生命的最后几年,他遭受了可怕的痛苦,虽然如此,他还是创造了自己综合的语言,融合了波兰语、文学行话、结构复杂的碎语,并结合了法语和俄语的外来词。在他生命的最后时刻,旅途的终点,经过许多牢房和现代世界的沙龙后——监狱和沙龙之间的边界有时的确模糊不清——亚历山大·瓦特不断提醒自己,他是一个迷失的灵魂,一个失败的诗人,虽然一直在大量地写作。他吸收了他所有的经验;他综合了他所有的系谱,《旧约全书》和《新约全书》、希伯来语读物、波兰浪漫主义、德国形而上学、沉思的痛苦和狂喜、睡眠

---

① 安德烈·舍尼埃(1762—1794),法国诗人、浪漫派的先驱。1787年他出任法国驻英大使馆秘书,法国大革命使他全部心思投入祖国。1791年回国,但他主张君主立宪制。1792年革命彻底推翻了君主制,同情国王的舍尼埃前往诺曼底,1794年被捕,因于圣拉萨尔监狱,后被送上断头台。被囚期间写下了最著名诗篇《青年女囚》。

② 路德维奇·冯·克歇尔(1800—1877),奥地利植物学家,矿物学家。但他更为人知的成就是编撰了莫扎特的作品列表《编年主题目录》,他为每一部作品编制了"克歇尔编号"。

③ 亚历山大·瓦特(1900—1967),波兰诗人、作家、艺术理论家。他是波兰未来主义的先驱,主要作品是他的回忆录《我的世纪》。

和艰苦的劳作。而他试图说自己的语言——这是一个多么了不起的成就。

比较一下法国和德国的弦乐四重奏,他说。马上你就会明白,谁的军队更强大。

* * * * * * *

我们的邻居钉在墙上的一则启事:"遗失:一只雌性塞特种狗①,深红色。叫它乌托邦知道回应。"

在哲学上问题往往是显而易见的;可以说,它们停于表面。哲学就是生产这些东西。但是,诗歌和富于雄心的散文并不缺乏对人性和世界本质的基本追问。只是那些问题往往是被深深隐藏的。唉!那些认为美的价值高于真理的作家。

"蚊子不像过去那样哼哼了,它们变得如此安静。"(有一次,M的母亲说。)

"不,他们全弄错了。"一个不大有名的年轻诗人在听过各种关于诗歌的理论和定义后,固执地说。
于是,他们问他是否愿意说说自己的观点。他支支吾吾犹豫了很长时间,最终被一个迷人的女士说服,讲了一句或者两句,关于语言组合的巧妙、关于生命的精神和神经的激动(颤抖)。然后,他犹豫了一下,说:"不对,我弄错了。"

---

① 塞特犬,爱尔兰产的一种猎犬。

一九九二年，我在休斯敦主持一个研讨班，主题是"想象及其敌人"。现在我不记得是否提到想象本身可能跻身于自己的敌人中间——它不能失去自己的尺度，不能失去那个不能溶解于艺术的坚固世界。但是，讨论自我限制的想象，比讨论自我限制的革命还难。

青春，青春。我们都赞美青年。贡布罗维奇使其成为他的哲学体系的基础。青春是自发性、自由、创造力的同义词。年轻的时候，我也常常赞美青春。我似乎写过宣言，宣布一种"年轻的文学"完全的胜利，赞美"年轻的眼光"（不管那是什么！）。虽然最后我也年龄渐增，很快就五十岁了，但有的是充满深情的回忆；而且我开始与六十岁协商，与那个无情的裁缝协商，他不停地为我们缝制，直到看见我们穿上最后的、夜色一样的黑衣服，他才放心。

那么，为什么我起初崇拜青春，然后，在青春变得遥不可及的乏味时刻，陷入沉默？为什么我要终止——并非独创的——写作里的一章？它是否表明，不过是一个变老的文学人士为地位而战的机会主义？我希望不是。另一种可能进入了思想里。年轻人，尤其是年轻作家，赞美青春，因为那就是他们主要的东西，他们所知道的全部。但是，其他的东西也出现了，我们开始知道痛苦、性、婚姻（它全部的美妙和艰难）、厌倦、贫穷或富裕、我们母亲的死。我们彻底改变了。头发越来越稀少，我们失去了诗人和画家都珍视的、那著名的青春丽影。我们学习其他语言，到过其他地方。我们经历快乐和痛苦，甚至所有悲伤和失望。一切都变了，慢慢地，日复一日，年复一年。我们成了不同的人，完全不同。然而在这缓慢、平静、无情的灾难中，有一样东西依然使我们惊奇：青春并没有完全离开我们。

当然，也不一样了：它更谦卑，比以前少了一些华丽，它更零碎了，不再是一块巨大、闪闪发光的金子。但是，它并未消失。这是什么意思？我明白，只有一个解释：我们所称的"青春"，并不真是青春，只是生命。我们崇敬的生命。我们都允许犯错——哥伦布认为他发现了印度。只要我们还活着，只要我们还在思考、创造、怀着好奇等待即将到来的一天，青春就流连在我们身边。

我偏爱像莱钦斯基教授这样的人，被遗忘，淡出人们的视线，不被看好。（与此同时，我却向另一方可疑地示好，例如，我去外地开讲座。）这就是为什么我选择在吉鲁兰卡夫人指导下写作我的第一篇硕士论文（是的，出于某种原因，我写了两篇）；吉鲁兰卡夫人是一个快乐的人，已经不再年轻，以前是英伽登的学生。

她的地位非常典型地代表了那些来自不同流派的人，代表不站在新制度一边、但还没有被看作严重敌人的人文主义者。她的边缘性存在被大学容忍，一直受到温和的对待（她不曾被囚禁，也未曾失去工作），但是，当然，在大学的事务方面，她不能发出声音，自然也不会成为一名教授。她举办心理学研讨会，最重要的是，她教学生如何诚实地阅读哲学文本。这不是一个十多年后流行的解释学的问题；她只关心学生能否正确、严谨地理解文本。

她属于老式学者的类型，这样的人还有达姆博斯卡、克赖纳教授，他们给一年级学生讲授心理学的神经学说方面的课程。这些"老式学者"受过良好教育，诚实，不会撒谎，干净的双手指甲精心修剪过。我不想将他们理想化；毫无疑问，他们也有野心和竞争对手。但是，新一代学者是以入党开始其职业生涯的，他们追逐金钱和荣誉，像蛇以颤动的叉形舌头捕食田鼠。而另外一些人，那些旧学校的代表，衣着整洁而安静，你感觉不到他们如新学者那样对于成功不安的渴望。

我和她一起写了一篇具有颠覆性的硕士论文。就好像吉鲁兰卡夫人和我，仅凭两个人，就想阻止现代心理学的发展。我的论文主题是："内省作为心理学的一个方法"。我捍卫内省！在那时，"内省"更被视为一种类似十八世纪的水手使用的黄铜望远镜似的遗物，早已让位于我们时代的无线电和卫星。"内省"就像一个特别笨重的老式铬铁,你得不断添炭,或者像二十年代的晶体收音机。生物学或精神分析学的新方法,已经主宰了心理学。那些方法,要么看不起"内省",要么早已弃之如敝屣。

我想,最初是吉鲁兰卡夫人向我提出了这个反动的题目;我们一起策划反对沉闷、背信弃义的现代性,它就像马佐夫斯日平原一样单调乏味。这样,我表达了对心理学的反对、对学科的幻灭感,因为它拒绝承认灵魂、将人性无情削弱。我毕竟是一个"年轻诗人",没有学术野心。因此,心理学在我看来,似乎特别没有灵魂,这门科学认为灵感乃是病理学的症状,而不是一种新现实的启示。

生活使莱钦斯基教授疲惫不堪。吉鲁兰卡夫人却恰恰相反;她总是充满活力,愉快地跟我在一起谋划。我们大胆的事业使她显得再次年轻,也许令她想起了自己学生时代激动人心的旅行。

一个被长期边缘化的学者和一个更关心文学的年轻学生,在吉鲁兰卡夫人安静的研究室,我们协力合作。也许,她认为我是大学独立知识分子潜在的继承人,我会为舒曼教授和其他非党学者一雪前耻。

她让我大量阅读材料:我埋头钻研那些积满灰尘的十九世纪心理学著作,那些被完全遗忘的作者,也许只有最详细的百科全书的编者才会想起的作者。我也阅读胡塞尔和英伽登的作品,他们也是我的同谋吉鲁兰卡夫人的守护神;她曾是英伽登的学生,一度也从头研究过胡塞尔。我读了一些德国著作(虽然我的德语当时还很欠缺),吃力地阅读没完没了的、枯燥乏味的书籍,对付大量繁复的复合名词,偶尔被句子结尾才会冒出的几个生动的动词照亮。

吉鲁兰卡夫人不知道,她的同谋如此不堪信任。她知道我写诗,不过她肯定认为这只是一个阶段,青春的激情很快会燃尽,让位给其他不那么无聊的追求。早些时候谁没写过一些十四行诗?众所周知,黑格尔也曾在诗歌方面一试身手。甚至埃德蒙德·胡塞尔和英伽登,在年轻时也曾屈服于这一嗜好。其他哲学家,无论著名的还是被遗忘的,也曾如此。(当然包括海德格尔,即使他没有写诗,正统现象学家也不把他当一回事!)他们都过来了,就像克服了百日咳,或者如度过变声期。

两个人雄心勃勃的共谋达成了,在吉鲁兰卡夫人舒适的办公室里,那里堆满花色封面的书籍,挂着一幅胡塞尔的肖像,一部落满尘土的幻灯机被忽略在书架上。人文学科的未来在此一举了,而不只是心理学的未来。我们要恢复"自省"从前的高度,提醒我们未来的读者存在的危险。我们期望,我们强大得足以说服世界,说服每个人,从擦鞋的儿童、货船的船长到国家总统,告诉他们没有内省就是不行,要经常地最深刻地内省才能拯救他们的灵魂,避免成为一块木头、一块沉默的石头!如果我们做成这一步,那么我们就可以继续,在一个现代科学技术肆虐、普遍不快乐的时代,恢复灵魂,恢复精神生活。

我们的谋划,在本质上不是政治性的;它高于政治。我们的目标崇高得多,规模更宏伟。有吉鲁兰卡夫人的支持和煽动,我穿上潜水服,深入旧时代幽暗的水底(我的探险领导则待在岸上)。我潜入十九世纪,潜入它资产阶级的平静,并发现了它的大学城、学者安静的工作室。我潜泳于时间的急流之下,研究昔日心理学家们的著作,威廉·冯特[①]以及其他德国学者枯燥的理论,在这些学者看来,内省的优越性高于其他方法,这绝对是不言而喻的。内省是起支配作用的方法;它是根本的、不可或缺的。

我们提前庆祝了胜利。我们确信,主张内省的观点无可辩驳、不可抗拒。说到底,如果你不知道你在吸气或感觉,你就不可能吸气或体验一种感觉。如果没有感到生活,你就不能生活。你不会羡慕或嫉妒,如果你没有意识到它。如果我们在思考什么,我们就知道我们在

---

① 威廉·冯特(1832—1920),德国生理学家、心理学家、哲学家,被认为是实验心理学之父。他于1879年在莱比锡大学创立第一个心理学实验室,这是心理学成为一门独立学科的标志。

思考它；心理行为在本质上是反射性的，它们是隐藏在遗忘之中模糊不清的黑色事物，它们有自我意识，能自我感知。我们要做的，就是向科研机构清楚说明这一点……然后世界文化……继续，亚当！我们愈发激昂起来。

我们骄傲地忽视了弗洛伊德的观察。我认为——不，实际上不是我认为——我的指导教师认为，弗洛伊德是一个江湖骗子，他的工作不符合科学完整性的最基本标准。亚当，这些事情都是无法证实的。你根本不需要波普尔①和他颠倒黑白的标准。弗洛伊德是一个骗子！当然，他是一个勇敢的人，他以极大的勇气揭示了他的病。不幸的是，作为科学家，他是一个彻底失败的例子。而我们是谨慎的、诚实的、谦逊的、冷静的。而且，我们捍卫灵魂。

你要尽可能地写得清楚明白，不用明喻或隐喻，上帝保佑：那会削弱我们的工作。语言必须完全透明、简洁、有效。我们不能像那些官方学者，我们不能让人摸不着头脑。现在请你忘掉自己是一个诗人。以后有的是时间。现在我们有更重要的事情要做。

贡布罗维奇热爱哲学、理论，他甚至举办过关于知识史的讲座。现在他的理论一无所存。他一生都是在写自己，而我们，虽然一直在研究他所有的作品和文字，却不清楚他是谁。

他是一个伟大的作家。

* * * * * * *

我进行了硕士论文答辩。一个无趣的评委会参评并赞赏地通过了

---

① 卡尔·波普尔（1902—1994），奥地利哲学家。1946 年迁居英国，1976 年当选皇家科学院院士。波普尔是批判理性主义的创始人。主要著作有《历史决定论的贫困》《开放社会及其敌人》《科学发现的逻辑》《猜想与反驳》等。

我的答辩。而世界并无改变,我们期待的革命没有到来。

一九六八年三月,我还是一个学生——而我积极地加入到了示威学生的行列。我不能说我在战火下经受了洗礼,但的确第一次遭遇了催泪瓦斯。

一周的巷战后,到了星期天,我们都放下了武器。一个典型、和煦的三月,星期天——春天弥漫在空气中。我坐在 M 家位于乌泽德尼察街的公寓我的房间,在我的一部东德打字机上打印准备分发给克拉科夫和诺瓦胡塔工人们的传单。之后,星期一和星期二,我频频出入廉价酒吧和餐馆,我想,工人阶级也许要在那里打发夜晚,正好投下堆积如山的传单。

法官阁下,我并没有参加阴谋,我以一己之力行动。最多,联系一个同学;他和我经常就哲学基本的原则问题发生争论,因为他是一个美学上的相对主义者,而我强烈捍卫绝对主义者的观点。我们决定打印一份宣传单,号召工人们加入揭露独裁专制政府的、反抗的学生队伍。

那是一个星期天,一个温和的日子,怯生生的早春天气。什么事也没有发生。星期天乌泽德尼察街头,还是往常那种倦怠的气氛和慢吞吞的节奏。懒洋洋、无精打采的大街。我的房间在三楼,窗户下,我看见星期天从容不迫的散步者,他们的步伐与工作日明显不同,一种悠闲的节奏。周围很安静,什么也没有发生,如果不包括女士高跟鞋敲击的声音。那些女士穿着自己最好的衣服走在路上,或者从教堂返回。

周围那么安静,我的打字机敲击的声音大概在几公里外都能听见。两种敲击的声音——高跟鞋和我的打字机——不时混在一起。没有其他声音,黑鸟还没有开始唱歌。木匠们没有锯木头,拥挤、嘈杂的钢铁厂没有开工。我觉得整个城市可能都在听我敲击打字机。大量炮制传单,我期待工人阶级的支持。

这时候，我认为内省是一种纯粹的无聊——也就是说，如果你只是把内省看作自我专注，而不参与他人的声音，生者与死者的声音。

我所知道的图书馆，最糟糕的，恐怕是巴黎波堡的蓬皮杜中心巨大的图书馆。实际上，它有很好的藏书，订阅方式也极似美国式原则，迅速存取，这意味着你可以在其中自由漫步。不过，另一方面，它让人想起城市中心火车站宽阔的候车室。被大量的学生和流浪者包围，不能提供太多的和平与宁静。此外，与火车站差不多，它也装备了扬声器，每十五分钟左右，就非常有礼貌地发布一次公告："请留心扒手。看好您的个人物品。"

公告打断了读者注意力，把他们从幻想之中唤醒，从沉浸其中的奇异空间里清醒过来。读者不自觉地看一看，不知道发生了什么。但是，这只是在提醒扒手。

但我还是很喜欢这里独特的阅览室。也许，它是对未来的一个测试案例。庞大的大厅和广播通告。在经过工作人员和主管者不断地干扰下，让人集中起注意力。比如：坐在四号桌的那个夫人，她会放下读得出神的波德莱尔，拿起某个更愉快、更轻松易读的东西吗？

当内省成为祈祷时，就不是无聊的。它是向外的，朝向力量。它成为连接虚弱和力量的一个弧线。

想象的骗局：它喜欢调情，像一个美丽女人，承诺你可以接近某些前所未闻的宝藏。你会发现火，令人惊奇的东西，来吧，触摸神秘，深入那不可言喻的领域。

然后，你打开书，有史以来最了不起的书，却只找到现实中所有的一切。阿伽门农与阿喀琉斯为布里塞伊丝①争吵。头脑空虚的资产阶级太太维尔杜夫人②在客厅里喋喋不休,巴尔扎克雄心勃勃的主人公追逐金钱和名声。即使在但丁的《地狱》里,你遇到的也不是魔鬼,而是意大利的恶棍。

失败的化身。这是对诗歌最严重的羞辱,如鲁道夫·卡斯勒③对他的朋友里尔克所说。如果与揭示经验和背叛(自我背叛)的伟大小说相比,如亨利·詹姆斯④的小说,那么有相当大一部分(最好的一部分!)伟大的诗歌,似乎都只是年轻灵魂的作品,他们还没有体验过化身,他们只是在生活的入口处歌唱,在黎明歌唱,现实并未被以一个严峻的、从出生前的黑暗取得的标准来衡量。济慈、兰波、霍夫曼斯塔尔都是以年轻的嗓音歌唱。但是,这真的很丢脸吗?也许它真是赞美……

在七十年代后期,我接受了第二次教育,在反对运动里接受教育。一个新的时代已经开始,比之前到来的一切更加迷人。热情无处不在。地下讨论会和讲座活跃于私人住宅,或者教堂、修道院。比如,人群聚集在萨尔瓦托小山上的诺伯丁修道院,在维斯瓦河边。我记得安杰伊·基约夫斯基⑤和亚当·米奇尼克⑥的演讲、维克托·沃

---

① 布里塞伊丝,希腊神话里的特洛伊美女,由于她的美貌引起了希腊将帅不和。
② 维尔杜夫人,马塞尔·普鲁斯特小说《追忆似水年华》里的人物。
③ 鲁道夫·卡斯勒(1873—1959),奥地利作家、翻译家、文化哲学家。
④ 亨利·詹姆斯(1843—1916),美国小说家、文学批评家、剧作家和散文家。心理分析小说开创者之一。代表作有长篇小说《一位女士的画像》《使节》《金碗》等。
⑤ 安杰伊·基约夫斯基(1928—1985),波兰批评家、随笔散文作家、剧作家。
⑥ 亚当·米奇尼克(1946—),波兰作家、著名知识分子。曾任团结工会顾问,在瓦文萨执政期间一度出任国会议员;从1992年起主编《选举日报》至今。

罗兹斯基和斯坦尼斯瓦夫·巴朗恰克①的朗诵。我不知道为什么,但我更容易记起冬天的演讲和朗诵(这也许只是我个人的特性)。刺人的寒霜,有轨电车的线路,然后是温暖的砖墙,墙内热气腾腾的皮毛衣服的气味,几乎像在家里一样,在熟悉的面孔中间,你感到安全、舒适:无论如何,其中形成的反差减少了记忆的辛苦。冬天,一月或者十二月街道的漆黑空旷,疯狂的特拉贝特②汽车引擎发动时刺耳的噪音,最后一班有轨电车打破四邻寂静的电火花——然后,在砖墙另一侧,是一个温暖的大厅,是反对派的演说者平静的勇气。

修道院外面,总有一两部秘密警察的小车,通常是菲亚特125S。司机总是让引擎开动着,无论冬天还是夏季。当然,小汽车并不隐秘;恰恰相反,它们的存在是公开的警示,旨在提醒市民不要轻举妄动。汽车排出的废气,毒化着空气,向人提示着一个不知疲倦的监视者——政府的存在。

无数的讨论会和演讲!那真是一场真正的知识分子的文艺复兴,一次兴奋的复苏。飞行大学——一座狂热的大学——与传统的、更高级的教育机构毫无相似之处,后者不过拥有一些沉闷的、新哥特式的建筑而已。

同样,尽管它有一个雅致的名称,这所大学的灵感并非来自传统的诗歌。

当我回想起我在反对运动中所受的教育时,我发现,它是反对想象的(虽然它从未承认过!)。这是可以理解的:它首先要补救的,是我们在实际的政治经济、近代历史、政治科学、法律等领域的落后状况。

---

① 斯坦尼斯瓦夫·巴朗恰克(1946—),波兰诗人、诗歌批评家、翻译家,哈佛大学文学教授。

② 东欧一款汽车品牌。

杰出的、独立的思想家担任这种教育；而他们又得到"自我教育"的学生们的帮助。我们不可能有比这更好的教育。它是完全无私的，仅受好奇心的驱使，而非追求一个实际的学位。也许正因此，它暴露出我们主要的缺陷（我说"我们"，是指尽可能广泛意义上的"我们"；我想到一般现代人文知识教育的限制）。

它暴露了我们知识的缺乏。没有统一的知识体系。我们也有智者，想象里的专家；但他们很少关注这个世界和它血淋淋的戏剧。另一方面，从不缺少似乎对这个世界无所不知的学者——但是，当他们偶然遭遇"想象力的领域"时，就像草地上的鼹鼠一样笨拙。所以，这情形仍将继续……为世界和想象说话的智者从来没有来过我们的城市。

* * * * * * *

年轻人——尤其是年轻艺术家——有能力体验天真的极乐激动人心的时刻，第一次的发现，狂热的时刻，仿佛世界的屋顶轻轻升起，露出一片神秘。天真的快乐！大门敞开，天地在瞬间大放光芒。而我们还那么年轻，只要有那样的快乐就足够了；我们不管它有什么意义、不管它在人类社会里有什么位置。我们像大赢一笔的赌徒，也不考虑拿它做什么。

以后，我们会变得坐立不安，我们的问题也变得与日俱增地紧迫：什么是狂喜？它来自何处？我们如何理解它的意义？狂喜本身就是礼物，但我们必须发现或理解它的意义。绝望则是另一回事。它似乎——自觉自愿地——每年给我们提供一些新解释。

签署面向统治者的公开信和宣言，然后在西方报纸上发表（统治者非常不喜欢这一做法）：这是一个相当矛盾的事情，有些喜剧和戏剧的成分。这些事情戏剧性的一面是显而易见的：公开信和宣言有某种政治意义和作用，一个公民社会缓慢但坚定地建立起来。它们把我们从长时间的睡眠中叫醒。它们给签署者招来一定的麻烦，但没有人因为签署了异见公开信而被送到西伯利亚。你可能会失去工作，可能会失去出国旅行或出版一本书的机会。喜剧的一面则是它会带来某种天真的虚荣满足。你签字了吗？当然！

过了一段时间后——至少有时候，由于形势需要——我成为联系"总部"的信使。我把一封信或宣言传阅一圈，说服克拉科夫谨慎的居民承担一个极小的风险。

其中有一个居民是一个教授，我确信，一个矿业学院的教授、华沙一个知名女演员的表兄；他住在本城最优雅的一栋建筑里。当我去敲门时，他赶我走，他让我明白，他认为我是一个煽动破坏分子。这不过是一个借口，他害怕。无论如何，我是被赶了出来。

一个关于当代的形式的问题：在嘲笑、贬低、拒绝里，发现"形式"的确是最容易的。赞美世界所需要的形式，一般认为太复杂、太困难、太"修辞"。一个无内容的神，一个无定形的神——什么形式，可以捕捉到他？

柔软的城市，在黎明时分，瞭望塔和囚犯在睡觉。柔软的城市，不确定它的名字。太阳庄严地升起。安静，最初的影子，小心地展现在寒冷的沥青路上。

诗歌表达怎样的意义？——比如说，如果我们拿它和哲学、历史比较。其间的区别也许可以如此界定：诗歌处理新的意义、新鲜的意义。它让人想起树上落下的、失去外壳的栗子；新嫩无比，像创伤一样红润。

* * * * * * *

巴黎五月最后的日子：谢特兰群岛上空高气压前锋已持续了一个星期。温度不会高于华氏七十度，但太阳从早到晚照射。巴黎在这时太过明亮。它是一个北方城市，却伪称地中海城市，假装可以继续生活而不需厚墙和火炉。到处是西装外面套一件羊绒围巾过冬的人；他们从未想过穿一件羊毛外套，现在他们终于重新沐浴在那绝对的主宰——太阳强烈的光线里。没有一片云，天空深蓝，像德克萨斯州有时出现的天气。我每天下午外出散步——浪费这样的天气和阳光太可惜。我走出九月四日大道地铁站，穿过舒瓦瑟乐廊街通道，此地的拱廊仍保留十九世纪的外貌；它还没有为游客而美化、打扮一新。很容易想象，拱廊点燃煤气灯时，无数小火焰颤抖的情形，还有瓦斯难以忍受的香甜气味（塞利纳①的童年！）。而今天的阳光尤其灿烂，光线穿透了画廊的玻璃屋顶。

接下来，我转向通往巴黎皇宫的大道。我穿过了一个巨大庭院。沿着一排盛开的菩提树行走，我像往常一样，心醉神迷。小蜜蜂——在巴黎中心——在菩提树花丛中，勤勉地飞舞。五岁的男孩和女孩在沙堆边玩耍，疲惫的母亲仔细查看着他们满是灰尘的屁股，似乎在想是否值得如此麻烦生养孩子，是否值得开始这样一部没完没了的史诗，当它太迟成为传说时，我们也不会看到；是否值得肩负这一世界性的任务，其意义太难理解了，尤其在五月这样一个阳光明媚的日子，它让你感觉像在旅游，而不是坐在一个沙箱旁边。狗一如既往在兜着圈子；一身灰色西装的男子，在闷热的办公室度过八小时后，一副精疲力竭的样子，一边在读最新一期《世界报》，一边在核实欧洲隧道公司的股票价格，美元的兑价（今天很高，约5.8法郎）。

---

① 路易·费迪南·塞利纳（1894—1961），法国小说家。小说代表作为《长夜漫漫的旅程》。

我离开皇宫,看了一眼纪念品商店:这世界廉价的虚荣。如果心情不错,你可以选择一个华丽的、巴洛克式的西班牙装饰品,更不用说一枚与黑色夹克衫非常相配的骑士军团勋章。当然,不会有一位总统或其他什么人交到你手里;在这里,实行严格的自助服务,各种主要信用卡都能通行(资本主义以如此克制,甚至温情的方式,报复了封建主义)。我快步穿过里弗利的一段街道,到达卢浮宫;一座金字塔在眼前升起,但我很快左转,快速经过卡赫广场,走向巴黎艺术桥。

在卢浮宫的一个正式大门上,我发现有两个雨燕的新巢;一群雨燕围绕大门疯狂地翻飞,雏燕隐蔽于巢。这一定是个大家庭,为它们的命运担忧。我不清楚卢浮宫的管理部门是否优待这雨燕之家;是否能够留下它们,或者,他们是否收紧外来者在法国的居留规定,他们的规定是否适用于这些快乐的候鸟,毕竟它们食用昆虫,原则上那是本地"鸟民"的口粮。

我到达塞纳河上的艺术桥,一座厚木板桥,更准确说,一座人行天桥,因为只可走行人。从这里,你可以将巴黎中心尽收眼底,塞纳河无拘无束从此流过。巴黎圣母院矗立于斯德岛。三六〇年,罗马士兵在此发起反叛,拥立年轻的学者尤里安为皇帝;他在高卢显示了意想不到的军事天赋。(他未能改变未来的进程;在后来的历史书中将背负"背教者尤里安"的恶名)。君士坦丁二世(即君士坦丁大帝的儿子)当时仍然在世。尤里安从这个地方开始领军,反对君士坦丁二世,但君士坦丁二世不久就去世了,因此夺取王位之路没有了障碍。于是,开启了一段短暂而奇异的、背教者的统治,一个充满激情的异教徒。

燕子低飞于河面。在我的童年,我们认为燕子低空飞行就要下雨,但我怀疑谢特兰的上空今天的强高气压不会允许下雨。一只看不见的黑鸟,藏在河岸的杨树里纯粹为快乐而歌唱。我坐在艺术桥上的长椅上;我听到燕子尖利的鸣啭,黑鸟受到神灵启示发出的颤音,时起时落。黑鸟唱到六月底才会沉默下来，那时将由燕子登场，主宰欧洲的空气。黑鸟也不离开，只是钻入阴影，谨慎而沉默，筑巢、养育后代，过一种资产阶级的普通日子，直到来年春天降临，虽然有时，甚至在隆冬仍可听到它们的歌声。

我刚从休斯敦返回，那里既无黑鸟也无燕子，所以此刻我更感动于它们的友好共处。我惊奇于那些轻快、忙碌的燕子，它们快乐、刺耳的鸣啭，它们对捕猎的专注和闪电般的飞行，它们的魅力不乏反讽的意味。另一方面，庄重的黑鸟可以连续几小时一动不动，坐在电视天线、烟囱、水曲柳或杨树枝上，俨然狂喜的化身。

黑鸟的歌声赞美世界，燕子却有一点愤世嫉俗，它一边捕猎一边吹口哨，它模仿黑鸟或夜莺的崇高抱负。它斜刺里俯冲而下，炫耀其精准的眼光，潜入石桥底下，擦着河流或池塘水面掠过，然后迅速升上天空。就像每一个讽刺家，燕子也需要讽刺提供的刺激，刺激和牺牲品；它喜欢集体生活，成群结队，与妻子或情人一起，轻快地飞过夜空。而黑鸟寻求孤独，唱自己的歌。就像卡斯帕·大卫·弗里德里希①油画作品里浪漫的流浪者需要孤独的前哨、建筑物的屋顶，乃至工厂的烟囱。

最近它们对电视天线发生了兴趣（黑鸟已存在了几百万年，而天线出现不过四十年），黑鸟已完全接受。常常，一只黑鸟在演出美妙、爵士乐似的歌曲，而在四层楼下面的居民不知会发生什么，看一些沉闷的表演、相同的晚间新闻、笨拙的娱乐节目。而他的天线，对于长着一副黄色鸟喙的黑鸟的艺术，却意义重大。

"狂喜"和"反讽"在艺术的世界很少相遇。如果相遇，它们目的通常是互相拆台；它们总是努力削弱彼此的力量。"狂喜"想一劳永逸地解决它的敌人，将它埋葬于庄严的大理石下，"反讽"却嘲笑"狂喜"盲目的虔诚。在两个月里，黑鸟和燕子在整个欧洲经常相

---

① 卡斯帕·大卫·弗里德里希（1774—1840），德国浪漫主义画家。

见，它们互不理睬，却又和平共处，互不伤害，燕子的鸣啭与黑鸟的歌唱互相交织。

也会有这样的时刻：你听到的不是一只孤独的黑鸟，而是它们整体的合唱。不止一次，我在黎明醒来，听见它们异常狂热的合唱，升起在熟睡的城市上空。黑鸟的情歌，好像在宣告它们共享的情感，上升到了一个前所未有的表现高度；而在屋顶下，在毛毯、被子、棉质床单之下，躺着无知无觉的城市，他们吃了太多安眠药和镇静剂，沉迷于弗洛伊德式的忧虑，分析着他们的记忆，计算着得失，抵御着各种预言。有时一阵歌唱升上屋顶。空气随之激动地颤抖。只有树木和墙在听。黑鸟的歌声比不上艺术，比不上巴赫的咏叹调，它的意义完全不为我们理解；如果我们听得太久，可能会感觉单调。虽然如此，它表达了我们，它也表达了人类。它唱的是情歌，所以那也是我们的歌，是那些沉睡和爱着或者很久之前爱过的人的歌。多么遗憾，在它们歌唱时，我们却在睡觉，我们没有听，我们的耳朵埋在温暖的枕头里。

想想这狂热的音乐会，这充满激情的非凡音乐会，它激起怜悯和嫉妒，却从三月到六月每个黎明都在发生，在欧洲每一个城市，伦敦、慕尼黑、克拉科夫、阿雷佐、斯德哥尔摩。未予耳闻的音乐会直上云霄，无人评论、无人参加、无人奖励、无人报偿，只有无私的艺术家。

可怜的黑鸟唱着最优美的歌，却无人倾听，除了警察、送奶工（假设还有送奶工）、急匆匆赶往政府部门和办公室的门卫、失眠症患者。谁知道呢，如果这城市的居民听得到，也许会有些不同，他们也许会更慷慨一些，无论如何会有一些改变。这音乐会面向人类的心灵，虽然原则上它只为鸣禽的心灵。

音乐会一如往常在日出时结束，日光让这些夜晚的闯入者消失无踪，沉默来临了，片刻的安静，然后迅速被麻雀的快活、喋喋不休的声音占领。

* * * * * * *

在塞纳河另一边，就在卢浮宫的对面，矗立着一座圆顶建筑，那里就是法兰西学术院的所在地。

卡兹米拉·伊拉柯维支①的《女巫》是我最喜欢的诗之一，如下：

> 我有一只会说话的鸟，我有喋喋不休的大片的水，
> 我有一个老巫师，你可以抓住他的胡子，
> 我有一条蛇，它用尾巴站立在花丛中，
> 我有两只博学的大黄蜂，它们在我袖子里打瞌睡。
>
> 我有一只华丽的燕八哥，刺猬、金龟子和青蛙，
> 我有一只聪明的寒鸦，蓬松的羽毛：
> 在你最不经意时，我的鸟会跟你说话，
> 地上悲伤的龙，会用泪水洗你的脚。
>
> 你最初的梦，在此找到它的家园，
> 你被放逐的欢乐，来此和我同住，
> 如果有愚蠢的武装岗哨，你也要来看我，
> 我会给你展示，小盒子里你沉睡的心。

---

① 卡兹米拉·伊拉柯维支（1892—1985），波兰女诗人、儿童文学作家。少有诗才，11岁即出版诗集，诗作在20世纪三四十年代极负盛名。

美妙的意大利，美妙的托斯卡纳小城，包围在群山中间：幸运的旅行者，无人不晓、无人不爱那些小城！每座建筑每一处，每个门把手，每个大理石台阶，都引向自己的生活。意大利是整洁的、闪光的。但是，对于北方的、东北方的丑陋城市，你了解多少呢？我在那里度过了童年和少年时代，一部分的成年。堆满生锈的废物，铁轨像玩具蛇一样弯曲，难看的巨型混凝土建筑，与时间一起变得黯淡无光。你了解多少？那些悲惨的村庄，那里的居民对付不了这世界的放纵，动物不断越过人畜之间的居住界限？你了解多少？

你如何看待那些房建工程？看似崭新，实际上十年后就成为比金字塔更过时的东西，只不过是一些巨大的空间，成千上万的人拥挤在里面。你如何爱一个无人之地？疲惫的家园，陷入遗忘，你如何能从记忆中抹去房屋的痕迹，荒废的栅栏，如今只有蔓生的荨麻最为醒目。

你是否应该支持那些宁静和天真的画家，锡耶纳文艺复兴初期的艺术家？对于他们，地狱也有某种柔和的魅力，撒旦也只是虚构？或者，你应追随那些北方的艺术家，他们完全明白，他们从人们被仇恨扭曲的脸、从文明与自然残缺的结合就已领悟了什么是丑。

无须争论：你前往意大利，只为惊叹于这多才多艺的国家创造的奇迹。不过，返回时，你一定要提醒自己，欧洲既包含拉丁语系的南部，也包括野蛮的北方，这样的划分远早于《雅尔塔协定》以及其他类似危险的条约，而北方也是分裂的，我也是分裂的。

R 说：不幸的是，他只参观了漂亮的教堂。

****

那短暂的自由时刻：你希望把它立即提供给某个位置比你更高的人。

那些讲话者中的一个。他们在教堂义卖市场、在乡村集市发表演讲。那个滔滔不绝的人，不可信任，油腻的头发梳向背后，油光发亮的大鼻子，厚嘴唇。而我还是走上前去；我接近听众周围，但我没有靠得那么近，不会被当成他的听众之一。我近得足够听得到，又无须费力去听。他的声音是低沉的；这让人印象很深，因为像他这样的人，通常会把音量提到最高。他是这样说的：我爱生活。生活需要继续……让我们赞扬生命，而不是死亡。

另一个讲话者站在三十英尺开外，一个修长、好看的人，尊贵、有教养；他引起人们的信任。这个人称赞死亡。

我费了一点时间做出选择。最后，我无悔地加入了第一组。我相信，和一个不起眼的人一起赞美生活，也比跟一个引人注目的人赞美死亡要好。势利也有其限度。

发生于一九七六年六月的一次奇异之旅：我在六月收到来自军方的通知，要求去服务五个半星期。原来我不是唯一接到这一邀请的人。据说维斯瓦夫·迪米尼、马切伊·科什洛夫斯基①、斯坦尼斯拉夫·斯塔布罗②也从克拉科夫被召集来了。我们被命令去茹别绍夫③营地报到。我们很快就意识到了，这不是一般意义上的军事操练，而是一个先发制人的打击；营地就是用来隔离可疑分子的。同营者大约百分之九十是罪犯，而另外百分之十是知识分子。这样的预防措施是必要的，因为统治者正在秘密酝酿提价计划，他们估计会发生骚乱。

我乘坐的是晚上的火车。一等车厢里还有一对年轻夫妇，带着一

---

① 马切伊·科什洛夫斯基（1957—2010），波兰著名演员。2010年因患肝炎离世。
② 斯坦尼斯拉夫·斯塔布罗（1955—   ），波兰作家、批评家。
③ 波兰东南部小城市，现属卢布林大区。

个小孩；一个老人，一个秃顶的摄影师，滔滔不绝地谈论着相机镜头如何神秘、应该如何小心擦拭相机外表表面；最有趣的是一对父子，平静而有点忧郁的父亲，大约四十岁，和他十五岁的儿子。

火车向东行驶，向着莫斯科，但也是朝着《一千零一夜》的迷人东方。父子之间出现了紧张；也许他们相互认识的时间还不长。也许男孩的父母离婚了，父子是在分离很久之后重逢。

那是一个月光照耀的夜晚：一轮硕大的红月亮俯瞰着爬行在它下面的火车（这应该是一列特快列车，但从克拉科夫向东行驶时，显然还有其他限制）。因为夜晚的月亮，又是在夜间旅行，那个兴奋的男孩向他父亲描述汽车的最新趋势。他谈论得很棒！非常专业、入迷、激动。很显然，他仔细钻研过汽车杂志；他知道意大利汽车最新式的模型，能够在阅读基础上做出预测，下一年法拉利汽车会采用哪一种底盘、英国制造商将会如何反应、法国会不会有什么评论。男孩的声音透露出他是多么渴望拥有这些享有盛名、神奇的车辆；不然，他更可能去描述独角兽。他时不时转向忧郁的父亲，后者惊异于儿子的狂热，儿子问："如果你有了钱，你会买这个车吗？哎，你会吗？"

"当然，当然。"他的父亲回答，带着一丝不屑，显然在试图安抚焦躁不安的儿子。他一次次指着车窗外模糊的影像，试图转移儿子对于赛车的注意力，却一次次徒劳无功。瞧，高大的森林。松树，多么美，骄傲的松树，像船的桅杆。瞧，月亮，我还没有见过那么大的月亮呢。瞧，我们正在接近一个大城市。

但是，这对兴奋的男孩毫无作用。在一段戏剧般的低语中——他不能大声说话，因为其他乘客都在睡觉（而我醒着）——他一直在问疲惫的父亲：你会买这个吗？这个型号？法拉利还是捷豹？什么颜色，红色还是白色？如果你有了钱，你会买这个吗？当然，肯定，我会买它，但是，瞧啊，星星在闪烁，看那森林、世界。

在我阅读那些尖刻、讽刺的现代作家时，我常常问自己：我们为什么要不断回到尼采?毫无疑问,他们都是尼采的子孙;他们被那伟大的文体家、杰出的破坏者迷住了。而且我问自己:除了焦虑,除了讽刺、动人的悲伤,他们从他的另一面学到过什么吗?因为,即使一个孩子也懂得,一方面我们有了深刻、机智、讽刺的天才,另一方面是无情的日常、平庸、凡俗,是一身灰色西装的无趣诗人、乏味的正统人士、刻板的学院画家和神职人员,是他们职业性的高调的声音,是他们的教堂、办公室、银行,是资助那些顺从教授的国际企业,他们会唱关于美德、家庭和收支平衡的赞歌。不,情况要复杂得多。在另一方面,你会看到绝望,在寻求火、清晰、肯定时的绝望,在寻求表达时的绝望;如果能够找到的话,也要付出巨大的代价。但是,就此打住吧,这毕竟不是一场演讲和辩论比赛!

* * * * * * *

"新浪潮"是一个杂交的品种,一个历史—艺术的合金,一种融合了集体情感与个人想象、梦想、才能的金属。我对这一杂交生物有一种强烈复杂的反应。一方面,"新浪潮"与我无关。它遥远得就像我第一次领圣餐时穿的套服(可能仍存在于世界的某个地方),遥远得像我手心自豪地垂直紧握的白色蜡烛(我曾摄影留念,一个脸蛋胖乎乎的男孩,以悬挂在科默尔夫人的花园里的床单为背景)。我不是出于愤怒这样说,我不是由于愤恨或遗憾,我没有怨恨,没有算老账,没有嫉妒和绝望(至少我希望如此)。事实上,对于一个耗尽的形式、一个早已硬化的东西,我只有漠然之感:冷漠和厌倦。写下一个人自己的文学冒险的历史——还有比这更做作的事吗?

但是,"新浪潮"是我生活的一部分,就像一度闻名的波兰和苏联在霍茹夫①体育场进行的足球比赛，就像一九六八年三月，就像在卡巴莱餐馆看表演度过的那些美好时刻，就像一九七六年等待共和国下议院投票（反对派会有优良表现吗？），就像卡罗尔·沃伊蒂瓦当选教皇那一天，就像热切等待格但斯克造船厂的新闻，或稍晚在戒严期间圣玛丽教堂举行的弥撒，克拉科夫市民裹着温暖的毛皮外套，心里想着的不是神，而是勃列日涅夫、坦克和国家。

这些都是了不起的、难忘的情感，有时近乎狂喜。那时我以为，我要成为一个比自己更强大的人；自我存在的边界都已打开；整个社会都已成为我的亲戚，并进入"我"的深处；所以，我已变得更为强大、更不可战胜（即使失败或政治悲剧，也难改普遍的情绪高涨）。

伟大、难忘的情感——但并不完全属于我。当它们最终消退、平息后，我感到一丝羞愧。我要重返自己的个人生活，琐碎而贫困，在一个或长或短的时间里，它总在影响我，就像一个房间，出现在电视里的聚光灯照亮了它，聚光灯熄灭后看起来就更加破旧。我并不反对这种经验。毫无疑问，这样的时刻丰富了我的生活，也丰富了其他人的生活。不过它让我尴尬，我并没有做什么而赢得了它们。我的确见证了一个宏大的景象。但是，一个人能够以这样的情感创作诗歌、创作艺术吗？

我不是站在唯美主义者一边，坚持认为历史、政治、社会对艺术是不适当的主题。我仍然相信，一切东西，包括我们集体性的存在（尤其当它至关重要而有意义时），都可以甚至必须成为艺术家研究的内容。但是，那种伟大情感消退时我所感到的一丝羞愧，使我不断思考艺术灵感的来源；我越来越相信，一首诗、一篇随笔或小说必须从属于我自己的而不是从我的国家的感情、观察、喜悦、悲伤之中生

---

① 波兰南部城市，为上西里西亚最大工业中心之一，以采煤、炼焦和钢铁工业为主。

发出来。

它们应该从我的内心生发出来，而不是从人群中，即使我置身其中，并且热爱他们（天呀，热爱人群！）。

"新浪潮"——它的力量和弱点都在于——利用集体性的情感，而这种情感有时完全是假定的（社会不是每天都会垂顾船厂或教堂的）。一个好的、政治性的卡巴莱歌舞节目可能主要依靠一个聪明的普通人在一个特定的星期或一个月里的思想和感受。同样，"新浪潮"想要与假定的"批评的公民"即公民社会的先驱，进行一场不间断的、危险的艺术对话，而那时候，公民社会才开始缓慢而痛苦地诞生。

政治运动的功绩并不是无意义的，尽管其诗歌只会印八百册左右。（从今天的角度看，即使它左翼的幻想也起了一些作用。在波兰，犯左的错误可能比右的错误更好；在任何情况下，它可能都更新鲜。）这是波兰诗歌中一段有益和必要的插曲；因此，如果一个人理解"新浪潮"对那种异常现象的反应，就很难为其诗歌和宣言所宣示的光明而感到欢欣鼓舞了。

不过，"新浪潮"具有少许诱人的特性。它对说教的激情、对自身体现出的正气凛然的正义——这些都是不可避免的。从政治观点看，正义实际上肯定是在年轻诗人一边。然而，不幸的是，一个人必须区分公正和自以为是。只有艺术上的呆子，才可以放心地沉湎于展示自己的一贯正确。

"新浪潮"本质上是一个过渡和不完美的艺术现象。它是一次妥协，在渴望效力于集体的真理与渴望效忠于更微妙、更脆弱的个人的真理之间的妥协。它也是现代审美意识与我们遭受的政治压迫所引起的敏锐而陈旧的痛苦之间奇怪的妥协。

此外，它还是抗议的意志与波兰战后形成的谨慎的文学范式之间的妥协。等等，等等。各种妥协和这种不妥协的阵式，也许会永久持续下去。

"新浪潮"有多少诗歌将会留下来？（更不用说与运动有关的画家的作品。）我不知道。作者们都恶意地拒绝置评。但是，无论如何，这不是我的情况。

我也是在"新浪潮"中第一次见到那些年轻的诗人和画家，他们已成为我的朋友。年轻的克利尼茨基、巴朗恰克、克罗胡德、科恩豪塞尔、索博茨基、格雷兹瓦什、沃尔托斯、尼切克①：在克沃兹科②的"诗人之春"狂热的演讲、攻击、激情、玩笑，以及相信总有一天我们会达到成熟的信念。在弗罗茨瓦夫的时候，乌苏拉·科兹沃尔③曾经问我，我们这些愤怒的年轻诗人是否真的达成了一项秘密协议，将一举消灭所有老资格的诗人。没有，我老实地说，没有这样一个协议。

死亡学校：一天，一个很矮的人来到小城。他衣着优雅，虽然款式落后于时尚至少二十年。

据说他在喀尔巴阡山山麓附近的一个小城开办了舞蹈课程。他显然已经破产，因此决定试着建立一所死亡学校。

许多人报名参加他的课程，总的来说，眼睛明亮的年轻人居多。

他们的长辈宽容地笑笑，掂量再三，大多会拒绝。

---

① 雷沙德·克利尼茨基（1943— ），波兰诗人，新浪潮诗歌的代表诗人。其后期的诗歌创作转为格言式的简洁、精辟。斯坦尼斯瓦夫·巴朗恰克（1946— ），波兰诗人、诗歌批评家、翻译家，哈佛大学文学教授。耶日·克罗胡德（1945— ），波兰诗人。朱利安·科恩豪塞尔（1946— ），波兰诗人。莱泽克·索博茨基、兹比鲁特·格雷兹瓦什、雅塞克·沃尔托斯三人均为波兰当代画家。格雷兹瓦什已于2004年去世。他们曾组成一个激进的团体，批评当局。塔德乌什·尼切克（1946— ），波兰文学批评家。

② 波兰西南部城市，属瓦乌布日赫省。位于尼斯·克沃兹卡河上游的山间盆地中。三面为苏台德山环绕，历史上为波兰同波希米亚间交通要地，现仍为波、捷间交通孔道。

③ 乌苏拉·科兹沃尔（1931— ），波兰女诗人。"解冻"时期走上诗坛的重要诗人，作品常常曲折反映内心的苦闷、绝望和反抗的心声。

什么？他们说，有什么用？完全可以理解。

经过两个月强化练习，学校已引起大量的谣传，校长却在期末考试前几天突然消失了。

他的一个门徒自杀了。

然后假期到来了。那个夏天特别炎热和干燥。

现在，就在这本书的写作接近尾声时，我被齐奥朗的《笔记本》吸引住了，它是罗马尼亚的悲观主义者死后出版的日记；这著名的怀疑论者从一九五七年到一九七二年不间断地写日记。此前我读过他几本书，沉迷于他强烈的表达。有时，他的写作显得过度：他的绝望有时给人过分追求风格之感，他的一些观点也重复过多。它缺少"绝望的灵魂"通常倾泻而出时应有的幽默感，绝望者通常不喜欢停留在一个地方，他们穿行于各种复杂、矛盾的情感之中。不过，对此你又能说什么呢？一个反复写作、修改的"绝望的灵魂"……对于自己的怀疑却从不投去一丝怀疑，而且从不大声地笑一笑。

他的《笔记本》大为不同。它们包含丰富的感觉，从最深刻的悲伤到自发的狂喜，从聆听巴赫到热门歌曲《那些日子》的狂喜。在他徘徊于南北两极时，齐奥朗完全敞开了自己；他从绝望走入信仰，虽然转瞬即逝。我感到突然遇到了一个距离我很近的人，一个我能理解的人……就像不乏恶毒、忧郁的菲利普·拉金①，齐奥朗只在他感到沮丧时才能写作，正如他在《笔记本》里已经承认的；因此他删掉了精神最为昂扬的那一部分。我不一样，我只有在感到快乐与平静时才能写作。

那么，其间的哲学差异是否可以归结为这一点：有的人只能在感到悲哀时写作，而另一些人只在感到快乐时才能从容自如。

---

① 菲利普·拉金（1922—1985），英国诗人。

方济各会的教堂，克拉科夫的无数教堂之一，矗立于大学附近。它不是特别有魅力：不幸被火灾摧毁多次，在十九世纪中期得以重建。然而，在它新哥特式的外表下，它仍是克拉科夫最古老的避难所之一。我在什么地方读到过，其创始人是"胆小者"博莱斯瓦夫①王子。就是这个王子，在我还是一个孩子时引起了我的好奇！不是说我研究过历史学家的分析；只是他的昵称"胆小者"引导我想象各种可能的解释。我喜欢琢磨他，将他和我知道的人比较，如我的同学和教授、我父母害羞的朋友（比如索伯亭先生，他在告辞的时候，常常拖着脚退到门边）。

我把他与其他有独特绰号的王子放在一起：我们的"虔诚者"亨利（我以为，他令人钦佩，却略显无趣）；"天使"约翰·拉克兰②（这个我喜欢！我也失去了我的土地！）；英国"狮心王"理查德；"勇敢的小个子"阿姆斯潘；"公正者"卡齐米日二世；"黑人"莱谢克和"白人"莱谢克（他们如此不同，就像被扎科帕内下面的杜纳耶茨河③分开）；"勇敢者"博莱斯瓦夫（勇敢不是、也不应是一个王子的显著特征）。我喜欢想象害羞的王子，稍感刺激，脸就红得像甜菜。"胆小者"与王子的号称大相矛盾，也许他说话结巴，逃避公开行动和重大的政治决策（哦，马基雅维里④不会高兴）。无论怎样，他留给我们一座教堂，它的墙砖也多次在火灾中被烧红。

但是，方济各会的教堂也有维斯皮安斯基的彩绘玻璃窗。很长一个时期里，在我看来，彩绘玻璃窗是最无趣的部分。也许，这与格利维策的新哥特式教堂给我的印象有关，作为一名不太引人注目的祭台

---

① "胆小者"博莱斯瓦夫，波兰大公，即博莱斯瓦夫五世（1226—1279）。
② 拉克兰在原文里有"缺少土地"之意。
③ 波兰南部河流。源出伐克边境的塔特拉山脉，向东北注入维斯杜拉河。1975年捷克和波兰沿该河调整了两国边界，使波兰得以在乔尔什滕地区修建灌溉水坝。
④ 尼可罗·马基雅维里（1469—1527），意大利政治思想家和历史学家。

助手，我曾在那儿做工。这不属于古老神殿被重建得平庸的情况。这是营房风格的普鲁士建筑的典型标本。甚至教会堂也有军事特点；它们的设计，意味着它们随时可服务于当地驻军、严格的中士、害相思病的中尉。我们教堂的窗户是丑陋、单调、陈旧的，像一个笨拙孩子的绘画，因为想掩盖缺乏才能，使用太多直线和三角形。（我自己就是这样一个孩子。我完全不会画画，所以不得不求助于各种把戏瞒过老师，虽然他们的要求并不过高。）

然而，在克拉科夫古老的教堂，你看到的彩绘玻璃窗都很幽暗，除了黑点你什么也辨认不出：它们全看不见了。那时我根本还没见过沙特尔大教堂的窗户炫目的蓝；关于它们我知道得太少，甚至不会想起它们，无法想象比它们更早的大教堂，或者建造于石头之上、不对称的大教堂，骄傲地屹立于一个小镇上，就像《伊利亚特》立于希腊。

泽伦斯基[①]家有彩色玻璃的工作室，位于"三诗人大道"的一幢公寓。一间非常优雅的房子，楼梯间有彩色玻璃小窗，就像有色彩斑斓的大蝴蝶落在光滑、普通的白色窗户上。在上次战争后，这些绚丽的圆点，仿佛关于战前美好日子的记忆闪闪发光（啊，亲爱的，牛肉味道真的就像战前一样！火腿，火腿像纯粹的诗歌）。

"天父—出来"，这个由名词和动词组成的奇怪名称，是维斯皮安斯基给方济各会的教堂西墙上大量的彩色玻璃窗所起的名字。它开阔了我对玻璃彩绘艺术的认识。那些窗户建于一九四〇年，一点不像伴我成长的、莫名其妙的发黑的邮票。那些窗户惊人地高大、生动、明亮。

从远处看，它似乎描绘了一棵花朵盛开的树，一棵五彩缤纷、疯狂盛开的非洲的树，刚到达醉人的美的顶峰。但是，强劲的风，与平

[①] 瓦迪斯瓦夫·泽伦斯基（1857—1921），波兰著名作曲家。他在1888年创立了克拉科夫音乐学院。

静的春天完全不同步,把大树吹弯;在可怕的风中,它显示了出其不意的美。

如果我们走近几码,"天父—出来"看上去就像一只充满异国情调的大鸟,有着华丽而磨损的双翼。像一只刚战胜恶蛇的大鸟:紫、橙、红色羽毛凌乱,但不失惊人、热带的光彩。

如果我们继续走近,这只大鸟就变成一个狂欢节的生物,也许是一个装扮成老人的、面孔光洁的学生,贴了一把灰色的胡子、戴了厚厚的假发;他的外衣极为斑斓,仿佛彩虹缝制。然后,我们以为化装成老人的学生正进行着热烈的演说;他的左手好似在阻止一群情绪激昂的听众,右手却在示意其余的人平息。他的手势也含有摧毁之意:他谴责罪恶和卑鄙,大概还包括激怒维斯皮安斯基的那种坏艺术。

当我们折回时,首先会震惊于天父强有力的手势(很显然,维斯皮安斯基用了他的岳父作为模特儿),仿佛彼得·斯卡伽①之类的杰出的演说家。你将注意到人物的动作(某些导游只会用将来时态),再次看到世纪末那种耀眼而纷乱的颜色。

但是,我们终究不知道天父是什么样子(与维斯皮安斯基的岳父当然没有任何相似之处);维斯皮安斯基变化不定的窗户有助于我们承认这一点,而无须不可知论告诉我们。

人物威严的手势似乎还发出另一个召唤:继续往前走,去看看其他的神,其他的父,将他们与我比较,做好长途旅行的准备。你必须从某处开始。从巴黎开始,看看那骄傲的城市,在艺术和断头台影响下形成的城市,成千上万的无名艺术家的痛苦是它的标志,他们在城里挨饿,只有少数人的作品或迟或早获得短暂的认可。在那里停留一

---

① 彼得·斯卡伽(1536—1612),波兰耶稣会传教士、圣徒传作者、辩论家,反对波兰立陶宛联盟的领军人物。由于他的演讲天赋,他也被称为"波兰的博须埃"。

些日子，带上一双好鞋，到处走走。不要忘记圣礼拜堂①，它迷失于司法机构的各种办公室。(圣礼拜堂由戒备的警察站岗，淹没在众多疾行的乞求者和律师中，像一个偏僻地方的少女，说着农民的方言、携带着货物——彩色玻璃，这是她从老家拿来出售的，一直在等待几百个客户。但他们都有更紧迫的业务处理，根本就没注意到她。)

不要忘了塞纳河上的桥。顺便参观卢浮宫和其他博物馆，熟悉新和老、无名或著名大师的画作。可以去参观"垂直的"《圣塞巴斯蒂安》(还有一个"水平的"《塞巴斯蒂安》，或者说，至少曾经有过，现在只剩下一个复制品)，即德·拉·图尔的《圣塞巴斯蒂安》②，一个名气迟到的画家；你会看到圣伊林娜在护理受伤的青年。塞巴斯蒂安年轻光滑的身体像木头雕刻而成，停留在大理石地板上，四个女人的身影在他上方升起。圣伊林娜跪在那男子面前，她的右手握着一只火炬(德·拉·图尔需要火炬之光来激发他的夜间绘画，就像一个散文作家需要叙述者、诗人需要隐喻)。另外三个女人的轮廓高于她。所以说这幅《圣塞巴斯蒂安》是"垂直的"，相对于健康的，也就是水平的、有缺陷、无力而痛苦的人类，它是"垂直的"。

当然，你应该了解那些宏伟的博物馆，但也不应忘记规模比较小的。顺便拜访一下橘园美术馆。看看苏汀的系列画作，包括穿红色服装的旅馆侍者，像蜂鸟出现在午夜的城市。在这同一个小画廊里，你会发现塞尚所画的他儿子的画像。你会注意到艺术家所画的他儿子的脸，并不像通常那样，形成与其父母遗传因子之间的对话；而只符合

---

① 巴黎市西岱岛上的一座哥特式礼拜堂。为路易九世下令兴建，于1243年至1248年间建成。存放国王1239年从威尼斯购得耶稣受难时所戴荆冠残片，而此残片更早是由君士坦丁堡带到威尼斯的。礼拜堂内部以镀金和大理石装饰，更以巧夺天工的彩色玻璃窗而闻名。在10世纪末，卡佩王朝将其顾问会议与行政管理机构设在西岱宫中，由此成为王权中心。

② 乔治·德·拉·图尔(1593—1652)，法国巴洛克画派画家。擅长创作宗教题材作品，色彩鲜明。圣塞巴斯蒂安(256—288)，天主教圣徒。古罗马禁卫军队长，在教难时期被罗马帝国皇帝戴克里先下令乱箭射死，奇迹般地未被杀死。

其父亲的绘画原则,是他的调色板的结果。画男孩的脸颊,可能简单如一个苹果,塞尚的儿子就是一幅静物画。

去雨中走走,在温暖九月的细雨里——在巴黎遇到下雨可不难!选择走小巷、林荫大道。然后,如果你足够耐心和细致,你会惊喜地发现,在这杰出的城市,即便行人拥挤、潮湿的人行道,也好像一长条状的画布,像是在毕沙罗或莫奈①的画室那样,天空、云彩、屋顶、旧公寓变幻的烟囱。它们的形状将会有轻微失衡,更富于幻想、更婀娜多姿和湿润——但你会喜欢,因为你只会画三角形和直线!

看看不高的罗马式教堂,它们征服了法兰西岛②多石的小村庄。教堂通常不开门,但是没关系,从外面看看就足够了,你会感动于它们低矮结实的轮廓。偶尔会发现某个哥特式的元素:一个哥特式的鼻子旁设置一只罗马式的眼。不要吝惜火车票,从巴黎旅行去沙特尔。当你进入大教堂庞大的中殿,你会感到颤抖,它来自信仰和渴望,甚至欲望,仿佛这非凡的大殿要唤醒我们进入生活,完整的生活,而不只是一般的虔诚、从书本理解的艺术。在沙特尔,好好看看古代彩色玻璃,著名的蔚蓝色、幽暗和不透明,很像神话里的动物皮毛。你可漫步一会儿,穿过地面的石板;你很快将明白,古往今来,为何有那么多外国游客要来沙特尔住下(有一些人,可怜的人,靠做大教堂向导谋生,以超脱尘俗的狂喜换来一些小费)。如果不靠这些动人的大教堂,他们会无法生存;他们继续生活在这僻远的小城,它从中世纪起就辉煌无比,直到神学在此盛行,然而,它早已经被划归一个几乎被遗忘的、次要的行政区。

---

① 卡米耶·毕沙罗(1830—1903),法国画家,印象派大师。克劳德·莫奈(1840—1926),法国画家,印象派代表人物和创始人之一。

② 法国的一个行政区域,位于巴黎盆地中部。该区域以巴黎为中心,因此俗称为大巴黎地区。

去布尔日①，参观那里的大教堂，拱点处神奇的窗户（在阴天这些彩色玻璃好像深海潜艇的窗户，缓慢漂流，经过水下先知和圣徒的珊瑚礁）。你要去勃艮第②的韦兹莱③，但这次不是去看窗户；去看蔷薇色的石头，它们精致、粉红的光，一路通向祭坛柱子、舞者似的节奏。走进勒芒④的大教堂，就会发现哥特式和罗马式多么不同，但几个世纪里却一直和平共存于同一建筑。旅行去法国的西南部，那里曾是加泰罗尼亚的中世纪王国的一部分，去看看那里的罗马修道院、回廊和花园，它们偶显笨拙，甚至有些前罗马式雕塑，人物面孔像蟾蜍——但即使是这些石质的人物，也不乏某种圆润的诗意。顺便去看看比利牛斯山中的圣米歇尔·德库萨修道院，看看那些早期雕塑；在这些作品中，你甚至会发现印度神像顺从地装饰着天主教的修道院。你还会看到，伊斯兰教也能与基督教达成和解，至少在石头中间，在罗马式教堂借来的阿拉伯形式里。

还要去塔恩和加伦地区的穆瓦萨克⑤，这是一个小镇，你会看到圣彼得修道院（它曾属于本笃会⑥）。你会得知，在十九世纪为了建一条铁路他们曾计划将它铲平！在描绘先知耶利米的十二世纪的雕像前驻足停下。你会感到惊讶；你看到那悲哀、亲切的年轻先知的脸。你期待看见一个严厉长者因为愤怒而扭曲的脸，却意外地看到一个最好的先知，悲哀而敏感，在愤怒的谴责后休息，也许被自己的激情震

---

① 法国中部城市，中央大区谢尔省的省会，中央大区第三大城市。历史上曾是法国重要的宗教文化中心，现已成为法国旅游城市。
② 法国中东部地区，下辖科多尔省、涅夫勒省、索恩－卢瓦尔省、约讷省。西北部有巴黎盆地延入，南部为中央高原，首府第戎。
③ 在勃艮第地区，属约讷省。历史上这里曾是著名的宗教圣地，虔诚的基督教徒以来此朝圣为荣。
④ 勒芒市位于法国西北，卢瓦尔河大区萨尔特省的省会。圣母大教堂坐落于勒芒市区中心。
⑤ 穆瓦萨克是圣伯多禄修道院教堂，位于比利牛斯山南部。
⑥ 意大利修道士圣本尼狄克创建的天主教，法国本笃会始创于16世纪。

惊了。

在法国南部,你一定要参观复修的塞南克修道院①。这座建筑,其厚墙是为了专门维护辛勤、早起的僧侣(西多会的修士)而建。在修道院的墙壁前面,薰衣草盛开,满是成群的蝴蝶和蜜蜂——你停留一会儿,突然会想到同样融合了紫色和威严的维斯皮安斯基高峻的窗户。

如果你不能进行这样一个长期的远征,如果你太穷、太老、太体弱、太懒散、生病、脆弱、疲惫,别担心,这不是实际的旅行,尘土飞扬的火车或拥挤的公路。想象那些高贵的地区就足够了,想象一下那些绘画和雕塑高贵的面孔,只在大脑里旅行一番,你就会体验到一点它们的美(因为无论你在哪里,你都会看见丑陋、粗俗和邪恶,即使没有我的建议)。你会看到那么完善、完美的艺术作品,它们提供的远多于短暂的快乐。它们给你某种可以保持的东西,某种可以塑造你的精神的东西——形式、重塑现实本身的魅力。维斯皮安斯基生动的"天父"会告诉我们,要做勇敢者博莱斯瓦夫,不要那么胆怯。

我不知道恩斯特·荣格尔是不是一个伟大的作家,但我知道他邀请我们进入一个伟大的现实。

请想象一个人,他相信无形的事物,相信不朽的灵魂、人类的价值,认为人是一个更高的存在,注定要有崇高的作为、高贵和忠诚,而且他想在写作里表达这一切,他该有多么绝望。他生活在一个愤世嫉俗的时代,唯有低俗的一切能获得掌声,崇高的事物被当作纯粹修辞的建构,当作教师全然脱离现实的废话。它们只会受到蔑视和嘲笑,或者更经常地,被冷漠地对待。这样许多年后,这个人便得出结

---

① 普罗旺斯三座著名的西妥教团修道院之一,建于 1148 年,隐藏于绿林环绕的幽静山谷之中。

论，他是完全没有天赋的——天赋正是公认的更高的事物之一——于是他开始沉默。他沉默了，但并不永远沉默。经过一段孤绝的人生后，他开始——起初胆怯地，接着便开始大胆地、大声地赞美低俗的一切，嘲笑崇高的事物。（而且他这样做时，比其他人做得还好，因为他不像那些笨拙的对手，他对这些事物起码还有一些认识。）他努力获得成功，变得富有而有名。最后，在他弥留之际，他恳求原谅——不知道谁的原谅。而他获得一个低声回答：别担心，没什么，事情就得如此。不得不如此；我们利用了你，别生气。

如此照看这个世界：读一点书，听一点音乐。

只有精神的东西真正具有吸引力。但是，几乎不可能说出它们，它们像平纹细布一样透明。一个人只能谈论人和事——谈论他们，以使他们投下一个阴影。

一九九五年，竞选法国总统失败后，爱德华·巴拉迪尔①显然效法了爱比克泰德和塞内卡②（他的合作者如果效法他的榜样，可能会做得更好）：这就是斯多葛学派的目的。

想象一个人想写一篇诗辩。他认真准备，用几年时间读书。在他差不多快要完成时，他开始无意识地攻击诗歌；他不再喜欢它了，他只看到它的虚假和自负，它的书本气，它无法回答最基本的难题。但

---

① 爱德华·巴拉迪尔（1929— ），法国政治家、第163任总理（1993—1995）。
② 爱比克泰德（约55—约135），古罗马斯多葛学派哲学家。幼时被卖到罗马为奴，后师从斯多葛哲学家鲁佛斯并获自由。他对斯多葛派学说有极大发展，是继苏格拉底后对西方伦理道德学说做出重要贡献的哲学家。塞内卡（约公元前4—公元65），古罗马政治家、哲学家、悲剧作家、雄辩家、新斯多葛主义的代表。他曾任尼禄的老师。写过多部悲剧、讽刺剧。晚年因参加元老院贵族反对尼禄暴政而被赐死。

是，临近结束时，他又一次原谅了诗歌明显的缺陷，并认为这才是要点：不管怎么说，诗歌可以不必回答最困难的问题而继续存在。

在他的孤独里、在秋天悲苦的落叶里寻找他。

上帝是隐避的。贫困是显而易见的。

有个讽刺作者引用路德的话（反对自己！）："圣灵并不持不可知论。"

有一次，在冬天，雅塞克·沃什尼亚科夫斯基和我，开着他那辆有点驼背的大众汽车前往华沙，参加在那里举行的飞行大学一个非常重要的会议。路上有很多雪；公路上的雪已被清除，但旁边的街道淹没在雪里。雅塞克把车停在一条街上，一条真正的小路。我们吃完早餐后，准备继续赶路，结果我们的车被困在雪地里。我们的努力全然白费，无计可施；发动机打得着火，轮子也在转，但汽车就是原地不动。我们几乎绝望；时间在飞快过去，我们就要迟到了，而我们是被飞行大学克拉科夫分部派去的，我们任务在肩！幸运的是，过了一会儿，一个运动员模样的农民出现在小路上。我们请他帮忙。他卷起袖子，抬起汽车，使其从雪地里挣脱出来。我们对他千恩万谢，并非没有一点羞耻之感。需要一个当地运动员才能解放两个克拉科夫的反对派，而两个反对派的目标却是解放他们！

我妹夫安杰伊得了癌症。他曾到克拉科夫来看病，找一个名叫哈里斯的英国信仰治疗师。安杰伊已经很瘦，走路都很困难，也很少开口说话——过去，他在晚会上可是异常活跃的！我带他去瓦维尔城堡城墙下的西多会教堂。遇到一群高兴、年轻的学生，他们似乎组成了一个不同的世界，因为他们是那么健康。他们急于看到一切是如何有效（这不是一件容易事，因为哈里斯吸引了大量观众）。他们都只能看到苍白、疲惫的病人，此刻他正靠在圣坛的围栏上（圣坛现在被治疗师占领，而不是神父），这些精力充沛的学生，坦率而友好的年轻天主教徒，与可怜而虚弱、几乎不能行走的病人形成鲜明对比。

安杰伊努力够到哈里斯的手，但这对他没有什么用，不久之后他就死了。

＊＊＊＊＊＊＊

十一月的一个日子，我们身在荷兰的哈勒姆①；晚上我们出去散步。天完全黑了，已是万家灯火。一个没挂窗帘的舒适公寓，室内满是旧家具，生动地闪耀。在这样一个室内，一个小女孩正在练习双簧管，而她年长的音乐老师认真地看着。站在玻璃窗的另一边，我们只是影子，只是游客。十一月的一次双簧管练习课：没有风，但夜晚很冷。这个女孩和她的老师根本没有注意到我们，这些窗外的干扰者。那一刻，她们存在，沉浸于音乐。

一个厌世者说："我不想看到人，书是我所需要的全部"，他还没有达到修密法的最高水平。毕竟，书也是人写的！

我记得，那一刻我是多么尴尬——我想，应该是在一九六九年吧——我们成立的诗歌团体"现在"首次公开亮相。那是一个星期天下午，在学生俱乐部"火蜥蜴"，我们发布诗歌宣言。令人惊讶的是，大厅几乎爆满，有一些非常聪明的人。然后，是我们计划之中的一番胡扯！（没有一句在政治意义上属于妥协的话，不过是一些普通

---

① 距离阿姆斯特丹15公里的一个小城，荷兰最古老的小城之一，以生产郁金香而闻名。

的废话……)

有一次，七十年代末期，我去看几个在海滨小镇度假的朋友。他们住在一个神父的疗养院里。停在大楼前面的大部分汽车都是"俄罗斯人"牌。我问为什么有那么多车。你不知道神父们这些日子都喜欢"俄罗斯人"汽车吗？不是菲亚特，不是沃伯格，只喜欢"俄罗斯人"汽车。

普里莫·莱维①和他的噩梦：波兰语单词 Wstawac（"起床"），黎明时分奥斯维辛集中营到处在这样叫喊。我从短期服务过的童子军营地，知道了这个无人情味的单词（在童子军营，他们更倾向于以童子军的方式叫喊"太阳出来了，快起来吧"）。

在格利维策，有一个附属奥斯维辛集中营的地方，占据城市公园旁边的一个地点，在那里可以俯瞰一条暗黑的河流；简朴的深棕色砖墙建筑，战后仍然留在那里。低矮、空荡的建筑，凸出于浓密的桤木和其他树木之上，避开冬天的细雨。在夏天，它们闲置在云彩和鸟类无休止的活动中。在公园里，慵懒的河上，孩子们在尖叫、玩耍。Wstawac 这个词，只在我的语言里，被某个简单的卫兵使用。

如果哲学家能从诗人那里学习一样东西——如何不发表意见——那就好了。

我曾反复思忖一个没有答案的问题：过去年代的那些天真的艺

---

① 普里莫·莱维（1919—1987），意大利诗人、小说家。1944 年因参与反法西斯运动被捕，被遣送至奥斯维辛集中营。战争结束后回到故乡都灵生活。1987 年自杀身亡。主要作品有《活在奥斯维辛》《再度觉醒》《第六日》《元素周期表》《如果不是现在，是何时？》等。

家,乔托①或凡·艾克、普鲁斯特或阿波利奈尔,如果某个恶毒魔鬼把他们遣送到我们这个残缺而庸俗、被扭曲的世界上来,他们会怎么做?如果他们落入这个充满愚蠢谎言的世界,秘密警察、猥琐而粗暴的官僚无处不在,这些官僚与意大利文艺复兴时期的恶棍(并不是说他们不会毁灭人们的生活)相比,全无想象力,艺术家们会怎么做?"现实"在过去年代伟大艺术家的手中被扩大,如鹰的羽翅,变得迷人而神秘。这些伟大艺术家强烈地感受过平凡生存的缺陷,他们已经学会回避每个时代都会有的巨大残缺。他们将会如何应对我们目中无人的政府巨大的阴影?他们会陷入沉默吗?如果他们被送到一个富裕、自由却又冷漠的国家——他们又会说什么?

一九七三年我在华沙第一次见到亚当·米奇尼克。那时我已认识许多反对派知识分子。他们几乎都压低声音说话,不是小声,而是精心压低声调。他们的谨慎,事出有因而且合乎情理;我们都生活在秘密警察控制的巨大屋顶之下,我们的良知被国家监视,窃听器可能隐藏在灯罩下,隐藏在看似无辜的花盆下、墙壁上。我们都听说过这样的故事,窃听装置隐藏在吊灯、桌子和沙发里。我认识那些把手掩住嘴巴说话的人,他们在家里甚至也如此,还有人只在纸片上传播重要信息,然后销毁。知识分子分为两个阵营,随大流者和抵制者,但是,即使这些抵制者也是谨慎地抵制。亚当·米奇尼克不属于这一类。他无法根据任何心理学或社会学的标准来归类。他并不压低声音,他大声讲话,而且机智,他的语言极具勇气和生趣。他不是诗人,他不写诗。但他背诵很多诗歌:他记得许多米沃什、赫贝特、斯隆尼斯基②的诗。而这不是最主要的,记住它们只需记忆力很好。另

---

① 乔托·迪·邦多纳(1267—1337),意大利文艺复兴早期杰出的雕刻家、画家和建筑师,被认为是意大利文艺复兴时期的开创者之一,被誉为"欧洲绘画之父"。
② 安东尼·斯隆尼斯基(1895—1976),波兰诗人、散文家、剧作家。

外的东西更为重要。我认为，米奇尼克是当时在波兰（也许是在所有东欧国家里）少数幸福的人。我不是指那种私人的幸福，如找一个贤惠、漂亮的妻子或者有一份有趣、高薪的工作，因健康、体面、有用而感到幸福。我想说的是一种更罕见的幸福，因为找到真正的职业的定位，不在纯私人、家庭的领域，而是在一个更大的、国家范围，为个人才能找到完美的出口而感到幸福。

米奇尼克人生神秘的志业，也有其矛盾的性质。亚当充分利用了自己的无政府主义的需要和梦想。无论何时，面对秘密警察、肠肥脑满的腐败检察官、愚蠢的部长时，他都表现得那么勇敢，派头十足，而且快乐无比！他是一个快乐的无政府主义者，向庞大的权力机器下达挑战书。而他也不是典型的无政府主义者；他站在美好、光荣的事物一边，他代表权利和公正（寻求它们应该如何，而不是它们曾经怎样）。

如果一个人正好像亚当·米奇尼克一样，碰巧生活在铁幕的另一边，生活在一个有序的资产阶级社会，毫无疑问，他会转向黑暗和邪恶的神祇。他会阅读和认可萨德①，以及其他恶毒、颓废、刻薄地反对世界的大师。他也许会赞美可疑的权力，与撒旦签订协定。在我们这个世界里，米奇尼克却意识到，他被赋予了一个非比寻常的机会。他可能同时既成为善良者，也可能成为狂怒者，既成为消极者，也可能成为正派者，既是批评者，也可能是诚实者，既是狂乱者，也可能是公正者。可能成为一个无政府主义者，也可能成为一个颠覆性的革命者，与此同时，也可能成为一个捍卫人类基本正义与秩序的保守者；守护我们平凡、不完美的世界被打碎了的秩序。

后来我也认识了一些别的持不同政见者，但只有极少数具有米奇尼克的特点，作为一个正直的无政府主义者，身上那种疯狂的快乐；

---

① 萨德侯爵（1740—1814），全名当拿迪安·阿尔风斯·法兰高斯·迪·萨德，法国贵族，系列色情和哲学书籍的作者。

他是一个理性的革命者，调和了火与水、毁灭与建设的激情。在这个世界上，找到一种既矛盾又真诚、既不可能又切实的志业，如最好的裁缝裁出的西装适合一个人的一生，这是多么幸运！

一个星期天，我还是一个学生，在格利维策短暂停留之后，重返克拉科夫。那是一个五月的夜晚，天光慢慢转暗，黑夜仿佛永久丢失了什么，没完没了，所有人似乎都拒绝离开他们狭小的公寓。我把东西扔到德卢伽街上的住处，又外出散步。也许因为才下火车，有一会儿想不起我是在哪个城市。最后的夕光，闪耀在人行道上，仿佛古代拜占庭染血的反光。黑鸟鸣啭；它们的歌曲与其他鸟类的碎语交织在一起，如在宽阔、透明的天空画出一条条长线。我不认识任何人，也不知道自己身在城市何处。我感到宁静和快乐；没有兴奋，只是平静。一座座房子安详而凝重，接纳阳光，但不再反射，它们单调、深棕色的旧砖墙，在一整天的尽职尽责后，正在秋日温暖的空气里休息。我感到它们的重量，感到它们挤压着大地。装饰一座新艺术派建筑的石雕，少女的辫子被一劳永逸地编织；她已丢失自己的石梳子。大街几乎空无一人，好像一部永远不会被拍摄的电影的布景。一群欢笑的少男少女在人行道上漫步，他们的笑声犹如生活本身一样，没有止境，又稍纵即逝。我嫉妒地望着他们。我渴望成为他们中的一个，又替自己并非如此感到高兴，因为我可以这样看着他们。我是自由的，和他们一样，我是独立的，所以我可以自由呼吸，吸入傍晚蜜黄色的空气。在一个公寓里，有人弹奏钢琴；一首巴赫的变奏曲，柔和而有力，乐曲以平稳的步子穿过暮光，像一个可爱的女人。

夜晚！这样一个词大有毛病。进入夜晚还要漫长的准备；没有太阳，天空只有明亮的蓝，孤立无依，但也并不愁苦。似乎什么也没有发生，什么也没有改变，夜晚不会来临，只是光线在缓慢地、按部就班地消逝。城市越来越暗。房子转瞬就暗了下来，好像一盏灯被熄灭，似乎因为这样的变化，它们变得更加真实。另一方面，在寒星出来之前,天空还会微微闪烁很长一段时间,毛茸茸的蝙蝠,那无处不在的军队,在城市中心自娱自乐地飞翔,仿佛调皮的孩子,在上床睡觉前嬉闹、玩耍。

颠倒的堂·吉诃德:我一度认为,我和密友的生活看上去就像《堂·吉诃德》的一个颠倒性版本。如我们所知,塞万提斯的叙述者常常讲述他的历史,仿佛它是一个豪侠之士的故事;这是这部西班牙史诗主要的建构原则。《堂·吉诃德》不仅大量吸收那些过时的故事;作为一个好心肠的男人,他还拥抱他们的风俗。他冒险进入世界,期待骑士的冒险,希望遇到其他勇敢的豪侠之士,杀死恶龙,拯救公主。他期待一个崇高的世界,却发现了一个卑鄙的世界,庸俗、残忍、复仇心切。

我是一个忠实的蛀书虫,就如拉曼查①的骑士。我的时间在图书馆度过,不过我所浸淫其中的东西,全然不同于西班牙骑士的冒险故事。我反复研究了过去几百年里所有悲观主义者和怀疑论者的著作,欣赏他们的聪明才智。因此我已做好最坏的打算,我的准备是那么彻底,有时甚至想,永远不离开图书馆半步(许多现代作家有过类似的尝试)。我渴望思想家和诗人安全的陪伴,在那里,一个问题就足以吸引我,诗歌和哲学之间的冲突。或者说,语言的问题(那些选择待在图书馆的人,热爱语言胜过一切,远胜于爱人类)。

然而,我不能说,当我终于踏上我的道路,遇到的只是苍白、高贵的骑士和美丽的少女,而不是预想的魔鬼、傻瓜、刽子手。但是,我所目睹和经历的善良,远多过在阅读那些悲观的大师后我所预期的。我已经准备好了,总的来说,我以为我会身处一个黑暗的世界,价值匮乏,人们不仅不信神,而且抛弃一切高尚、崇高的事物。或者更糟,他们只假装相信,进而贬低作为我们共同遗产的"人类"这

---

① 西班牙中南部高原地区。

一概念。然而,我开始知道很多人,令我惊奇,他们身上努力结合了深刻而朴素的信仰,强大的幽默感,以及对善良无怨无悔的爱。在那些古老的教堂里,我并不是独自一人;我也不属于那样一些淡漠的游客,用相机代替大脑。我发现,我能够找到可以一起讨论神秘的人,讨论那些不能谈论的东西。我也遇到许多平凡的类型,他们顺从地完成各种力量的要求(如果那种难以名状的愚蠢的力量只是代表大众文化就好了)。然而,我时常愉快地遇见一些明智而自恃的个人。我也遇到一些简单的人,他们不读什么书,却是本性上的好人。这样的人,就像生活在法国南部的、一个迷人的意大利老太太,我们以前度假经常租住她的房子。她身体有病,但她总以快乐和友善示人;她使我懂得,善良并非来自理论或原则,而是来源于某些比这个词更深刻的东西。

我没有见证犹太人的灭绝,我出生得太晚。然而,我见证了欧洲恢复记忆的渐进过程。这个过程步履缓慢,更像一条慵懒、低地的河流,而不是山间溪流,但它最终毫不含糊地谴责了大屠杀和纳粹的邪恶,以及苏联的问题(虽然在这方面,它不那么成功,好像不愿承认他们可以同时存在)。

我自己生活在一个较小的集权主义的激烈时刻,因为一九五六年的危机而有所缓和;在这里,我不仅是一个见证者和观察者,也是一个参与者,一个在思想和精神上注定要被改造的人,一个潜在的受害者。我没有逃避任何危险;在我看来,这个制度某些准则是再清楚不过的,至少最初是这样。可最后,我却能够从这严酷的考验中全身而退,或说几乎是"全身",这在很大程度上是由于那些一直帮助我的人:我的父母、老一代的权威人士、我的母语里伟大的诗人、明智的流亡作家,以及少数生活在波兰的,勇敢的同代人。

几代人一起工作,随着时间流逝,终于使得一个看似强大的制度不仅不能继续其精神侵害,甚至使其处于不利的地位;逐渐失去其存在的合法性。它的基础逐渐侵蚀,每天都变得更不稳固,直到最后完全崩溃，就像一个退休邮递员或十二岁男孩用火柴棍搭起的脆弱城堡。

历史不由刽子手书写，无论戈培尔或别的什么人；这项任务落在拥有最终发言权的、诚实的人民头上。在二十世纪四十年代或三十年代后期，当虚假的理想毒化几乎整个欧洲时，人们也许很难相信眼前发生的一切：罪行和谎言，甚至在欧洲最有知识的公民中都有支持者，现在只会是一小撮怪人和白痴支持它们。

即使起初服务斯大林文明的那些知识分子和艺术家也迅速转变，成为它最严厉的批评者。我不想谴责他们早期、年轻时的沉醉，我更倾向于惊叹人性的慷慨，它给了富有天赋的年轻人第二次机会，一个道德上反败为胜的机会。不过，最重要的，我尤其察觉到耐心和持久的善，即使在这个相当残酷的世纪，也不能被完全扑灭。善的确存在！而不是只有邪恶、愚蠢和撒旦。"恶"具有更大的能量，具有闪电的行动速度，就像闪电战，而"善"喜欢以最奇怪的方式游荡。"善""恶"之间这种非常致命的不对称性，在很多情况下导致不可挽回的损失。谁能忘记一九五六年的事件——它被傲慢地冠以给斯大林恐怖的受难者"恢复名誉"——引发的转向呢？

但是，"善"会冷静、从容不迫地出现在犯罪发生后的现场，像旧式推理小说里沉着、优雅、抽着烟斗的侦探先生。它的回归缓慢，就像没有现代交通方式，没有火车、汽车、飞机、火箭，甚至没有自行车可供使用。然而它还是返回了，像朝圣者一样慎重，像黎明的到来不可避免。不幸的是，它回来得太慢，好像它忘记了我们已等不及，我们几乎没有时间。"善"对待我们的方式，就好像我们不会死去；而它本身也不会死，而且已将同样的特性赋予我们，不顾时间和身体，我们的老化，我们的消失。"善"比我们更好。

对于愤世嫉俗者和怀疑论者来说，诗歌里崇高的范畴（必然遭遇神秘）纯粹是欺骗，至少是虚伪。你在编造，根本没有这样的东西,你不过想捞一把,想要得到某个媒体的关注……或者,你不过一个势利眼……于是,诗人不久就开始怀疑自己,有两个原因:首先,因为他听到了恶意的指控(通常是以富于机智,或至少是有趣的方式);其次,因为他本身也很少进入这一范畴,也许难得有一次。我们甚至可以想象,一个体验到崇高、要求以崇高风格来表达的诗人,正因为这是极罕见的事件所以要求耐心地等待,在日常生活里,他成为诗歌反讽的迫害者之一。之所以这样是因为,出于未知的原因,一切伟大的事物都痛苦地生长于我们这个世界。崇高的东西迅速,非常迅速就成为了可疑的东西。再次回到它的高度,比第一次更加困难。在这里,甚至万有引力定律仍然是有效的……崇高的范畴是如此容易受到损害,如此脆弱——尽管如此,它仍是我们最后的前哨,插入了最远的高处。

* * * * * * *

醒来再入睡,瞌睡后再醒来,穿过怀疑的季节,忧郁的黑暗、冷漠、厌倦;然后,充满活力的时刻,澄明的时刻,艰难而愉快地工作,满足,快乐,记起又遗忘并再次想起,那在内心永恒燃烧的火焰,一个没有名字的神,我们永难企及。

智慧工程

[美国] 苏珊·桑塔格

《另一种美》是一本睿智、闪光的书。这本书的作者,波兰作家亚当·扎加耶夫斯基汲取了多种文学体裁的长处:成长回忆录、摘录、沉思性警句、小品文,以及诗辩——亦即为"文学的伟大"这一观念进行的辩护。

可以肯定,称扎加耶夫斯基为"作家"有些用词不当:一个诗人,不能因为写过一些必要的散文,就被剥夺了他那个更好的头衔。扎加耶夫斯基的散文往往比诗作占用更多的篇幅,因为散文毕竟比较啰唆。而在文学标准的二分体系里,诗歌总是胜于散文。诗歌代表最严肃、最富于启示、最具艺术激情、最令人渴求的文学。"作者和读者总是在梦想一首伟大的诗,梦想写出它,读到它,体验它。"体验一首诗:被它提升、被它深化、在那么一刻里被它拯救。

从一个伟大的波兰作家那里，我们往往期望读到一种斯拉夫式的艺术激情。（波兰人这种独特的微妙之处，也许需要在此发挥。）文学作为精神滋养，在最近一个半世纪里，一直是斯拉夫人的专长。作为一个诗人，扎加耶夫斯基拥有那种平静而敏锐的声音，他所持有的诗歌观点，更近于雪莱而非阿什贝利①，这似乎毫不奇怪。凑巧的是，更为年轻的波兰诗人，比起那些用英语写作的诗人，更不大相信自我超越的真实性。借助诗歌，让人生活在一个"更高的层面"——扎加耶夫斯基在抒发这一变相的宗教渴望时，总是伴随着一种轻微的自嘲。他最近出版的诗集名为《神秘主义入门》，题目有种迷人的清醒。诗歌给予诗人的世界，和读者所进入的世界，是一个具有情调和内在狂喜的世界，除了短暂的体验，人性的弱点往往使我们不能栖居其间。"诗歌不能持久，"扎加耶夫斯基挖苦地说，"特别是现在流行的抒情短诗。"它们所能提供的只是"片刻的激情体验"。散文更耐用，即使仅仅因为读完它需要更多的时间。

《另一种美》是扎加耶夫斯基被译成英语的第三本散文集。前两本是由随笔或回忆录性质的文章组成，各有标题。这本新书中的内容却没有标题（也无序号），段落或短或长，短的只有一个句子，长的占据几页。本书糅合了叙事、观察、人物印象记、反思、回忆等等，它们使《另一种美》以极快的速度在情绪和苛评中转换，在不同话题上显示出断断续续的艺术激情。我们像在读一本诗集——当然是抒情诗。

那么，是怎样一种激情？（换言之，它是怎样一种散文？）它是沉思的，准确的，狂想的，悲伤的，谦恭的，容易引起惊奇的。整部书，无时无处不在强烈的对比之中跌宕起伏。（这个是这样的，那个是那样的。或者，我们希望这样，却意外地看到那样。）一切都散发

---

① 约翰·阿什贝利（1927— ），美国著名诗人。诗集《凸面镜中的自画像》获得国家图书奖和普利策奖。

着独特性、韵味、启示、隐喻。甚至包括天气：

> 巴黎的低气压有海洋性的特点；大西洋朝大陆方向迅速遣送低气压带。风一起，乌云就像赛车一样掠过城市。雨水仿佛以恶意的倾斜角度落下来。老天不时露一下脸，一小块蓝。然后天又黑了，塞纳河仿佛变成一条黑色路面。巴黎的低地因为来自海洋的能量便又沸腾了，一时雷电大作，好似开启了香槟酒瓶塞。然而，中欧地区典型的低气压——在喀尔巴阡山上的某个地方，形成中心——表现全然不一样：它是抑制和忧郁的，你甚至可以说，带有哲学气的冷静。云层几乎一动不动。它们形状各异；好像巨型的软式飞艇，悬挂在克拉科夫中心市场的上空。光线在逐渐移动。紫色的光线渐渐淡去，让位于黄色的反射光。太阳躲在柔软的云层后，照亮了天与地各个不同的角落。有的云彩就像浮上水面的深海鱼群，张大嘴在游动，仿佛对空气的味道感到震惊。这种天气，可以持续多日，造成中欧温和的气候。如果是在长久的审时度势之后，下起雷阵雨，那表现就像有点口吃。没有迅猛、果决的霹雳从天而降，天空发出一串冗长的雷声，"啪啪啪"——没有惊雷的爆炸，只有回声。打雷也有它的分期付款计划。

在扎加耶夫斯基的描写中，大自然似乎巧妙地隐藏于民族历史的陈腐气味中。巴黎明快、极好的天气炫示着法国无穷的好运气，而克拉科夫疲倦、忧郁的天气则总结了波兰无数的战败和其他不幸。诗人不能逃避历史，只能出于大胆尝试的目的，不时将历史转变成神奇的地理。

愿你出生在一个有趣的时代，中国一句古老（或至少是谚语式的）咒语如是说。在我们这个超级有趣的年代，此语也许应更新为：

愿你出生在一个有趣的地方。

切斯瓦夫·米沃什尖锐地指出,"出生于某些陌生国度是一种特权,在那里人们很难逃避历史"——请想一想波兰、爱尔兰、以色列、波斯尼亚——这一特权常常会刺激和刺痛、提升和耗尽一个受到世界文学重视的作家,如扎加耶夫斯基。历史意味着冲突;历史意味着绝境——朋友被投入监狱和被杀害。历史意味着国家的生存权利不断受到挑战。当然,波兰有过长达两个世纪之久、几乎被扼杀的历史时期——自一七七二年第一次被瓜分,到一九八九年苏式统治的崩溃,其中第一次瓜分在几年之后直接导致了波兰作为自治国家地位的终结(直到第一次世界大战之后才恢复)。

这样的国家——这样的历史——使他们的作家很难从集体性的痛苦中摆脱出来。这里是另一位伟大作家,A.B.耶霍舒亚[①]的证词,他生活在一个更年轻的国家,这个国家注定要遭受无休止的恐惧:

> 你不断受到召唤,要团结起来,这召唤来自你本身,而非外部的强制,因为你的生活,在各种新闻广播中应接不暇,这本身就是一种团结,它既是由于技术而来的,从情感反应的观点看,它又是自动的,因为这时你已经必须那样做出反应,你生活在紧张之中。对于任何有关以色列的新闻,无论意外伤亡事故还是飞机被击落,你的情感反应都是预先确定的。因此,你缺乏孤独,在精神的意义上,你不可能独自存在,不可能达成一种智力上创造性的生活。

耶霍舒亚的用词与扎加耶夫斯基完全相同,后者第一本被翻译成英文的散文集就叫《团结,孤独》,收入六篇发表于二十世纪八十年代初的文章。孤独腐蚀团结;团结使孤独变质。

---

① A.B. 耶霍舒亚(1936—),以色列小说家、随笔家、剧作家。

波兰作家的孤独，总是受到因文学本身形成的归属感的影响。米沃什有过一次杰出的"为诗一辩"，是他一九八九年在雅盖隆大学所做的演讲，题为《以波兰诗歌对抗世界》，向波兰诗歌表达了敬意：因为波兰语诗歌，使他免遭"移民生活里贫瘠的绝望"，他回忆道："在痛苦难以与他人道的孤独之中"，总还是有"对前人和后代的责任感"。对出生于一九一一年的米沃什来说，波兰作家永远不可能逃避对于他人的责任感。依据这个原则，维托尔德·贡布罗维奇构成了一个明显的反例——在他的小说里，在他极其自我中心主义、言辞尖刻的《日记》里，在他颇为强辩的《反对诗歌》一文里——他提出了证据，令人震惊的证据，涉及理想主义在波兰文学中的权威。历史是在场的，它甚至以缺席的方式在场，米沃什在后来出版的新作《米沃什词典》里说；而且，如果表现不当，就是对于利他主义的献祭式狂热和对于崇高思想的浮夸，就是贡布罗维奇式的拒绝，除了自我的无政府主义要求之外，一切责任都在被拒绝之列，然后，以卑微、幼稚、低俗者的名义，巧妙地高谈阔论。

如果方式正确，从每一个人的人生里，都可提取到可资借鉴的经验和历史的重大意义。即使贡布罗维奇，也不禁把他的一生看作某种典型，从自己出身上流社会的童年，从自己早熟的文学上的恶名，从自己命定的、无可挽回的移民生涯中，得出一些说教性的东西——这对于他的本源，无异于一种指责。而且，一个热爱文学的作家，仍然需要对旧时代的大师满怀虔敬，渴望吸取从前辉煌传统所提供的养分，他几乎不可能不把自己的生活——至少早年的生活——视为某种具有代表性的命运。

一九四五年十月，扎加耶夫斯基出生于波兰自中世纪就留下的小城利沃夫。在大迁徙（和版图的重新划定）中，扎加耶夫斯基一家被迫迁离，这是因为三巨头在雅尔塔会议上达成的协议，其中利沃夫被置于苏联的掌握；所以诗人在以前属于德国、现在属于波兰的小城市格利维策长大，此处离奥斯维辛只有三十英里。在他被译成英语的

第二本散文集《两座城市》里,扎加耶夫斯基写道:

> 我的童年,在一个丑陋的工业城市中度过;我被家人带到那里时,还不满四个月大,在那之后很多年里,我都会听他们说起我家被迫离开的、那座无比美丽的城市。

他说,从天堂被逐的家族神话也许使他觉得永远无家可归。同时,他的写作也表明,从此他成为了一个特别喜爱城市的人——尤其是美丽、迷人的克拉科夫;他离开无可救药的格利维策,到克拉科夫读大学,并一直生活到三十七岁。

在《另一种美》中,很少出现具体日期,真实的生活故事也不是按时间顺序来安排。但是,总有一个被含蓄地提到的"地方",诗人的心灵和感觉在与之进行对话。这本书给予读者鲜明印象的,不是一个旅行者,甚至也不是一个流亡者——大多数波兰诗人都已去了西方,扎加耶夫斯基也不例外——而是一个随时受到刺激的城市人。在《另一种美》中,少有起居和卧室的描述,更多是城市广场、图书馆、火车。自从他告别学生岁月,临时的复数"我们"就消失了;有的只是一个单数的"我"。有时,他会提及写作的地方:扎加耶夫斯基目前生活在巴黎,每年在休斯敦大学教一学期的课。"我漫步在巴黎街头",有一段这样开始。"此刻,我在休斯敦正在听贝多芬的第七交响曲",另一段这样写道。总是存在两座城市:利沃夫与格利维策,格利维策与克拉科夫,巴黎与休斯敦。

书里还有更多尖锐的对立:自我与他者,青年与老年。作者对于自己那些长辈,思想执拗的亲戚和有点古怪的教授们的回忆,写得尤其哀婉动人:这里显示出作者本人作为一个年轻诗人的肖像,他对于那些长者满怀的温情。书里关于学生时代作者在文学和政治上得体的热情的解释,使本书与时下出于自恋目的、内容上难掩轻率的多数自传写作相去甚远。在扎加耶夫斯基看来,写自传是一个清除虚荣心的机会，一项推进自我理解的工程——可称"智慧工程"——尽管永远不能完成，无论他的生命有多长。

描述自己年轻时的故事，就要面对一个人已经不再年轻这一事实。扎加耶夫斯基从过去的故事里抽身，干脆承认老年的衰弱正在接近，死亡就在那列火车上。并不连贯的讲述，犹如惊鸿一瞥，有几个好处：它使文章具有密度和速度。它要求只讲述那些富于洞察力或启示的故事。这种叙事方式本身也是一个很大的启迪，也有道德启示的意义：谈论自己时如何避免自鸣得意。生活，当它不是一所教人冷酷无情的学校时，它就是一种"同情教育"。所有那些故事都在提醒我们，在具有一定长度和精神严肃性的生命中，变化——有时不一定是变得更糟——总是真实的，就如死亡一样。

所有的写作都是一种回忆。如果说《另一种美》有何值得称道之处，就是这本书中的回忆是那么顺畅。想象——也就是，将过去带入精神生活——总在需要时招之即来；它从不畏畏缩缩；它在书里取得了明显成功。当然，唤醒记忆就是一种道德责任：通过精神努力而不断理解真理的责任。在美国，不像在扎加耶夫斯基那个被撕裂的角落，这一点似乎不那么明显，众多有关记忆的作品，与具有教益或治疗作用的小说的创造，几乎是一回事。

恢复记忆——保存真相——是《另一种美》一书里最高的价值标准。"我没有见证犹太人灭绝的惨剧，"扎加耶夫斯基写道：

> 我出生得太晚。然而，我见证了欧洲恢复记忆的渐进过程。这个过程步履缓慢，更像一条慵懒、低地的河流，而不是山间溪流，但它最终毫不含糊地谴责了大屠杀和纳粹的邪恶，以及苏联的问题（虽然在这方面，它不那么成功，好像不愿承认他们可以同时存在）。

记忆得以恢复——也就是，被压制的真相再次浮现——这是一个人对"公正"还能抱有一点希望的基础，也是任何发展中的共同体，能够具备起码的精神健全的基础。

然而，一旦记忆得以恢复，即使真相也可能变得自满和自我粉饰。因此，扎加耶夫斯基并没有再去提供一份谴责，直指之前的那段历史上的罪行与压迫，而是强调与邪恶斗争的种种好处，它们有益于理想主义的青春岁月；作为一个"政治诗人"、一个持不同政见的学生，在二十世纪六十年代末至七十年代，他在克拉科夫大学生圈子和文学圈子里参与的各种活动，虽然说明其职业生涯的开端并不完美，但也不是没有益处。（一九六八年，扎加耶夫斯基二十三岁。）在那些兴奋的日子里，诗歌与行动主义互相协调。两者都得到提升、加强；参与正义的事业，就像献身诗歌一样，使人更加强大。

每一代人都会害怕、误解和俯就他们的后代人——这，也就是为什么说，历史的作用也就是记忆的作用（历史不过是集体认为应该记住的东西）。每一代人都有独特的记忆，而时间流逝，遗失之物不断增加，赋予记忆一种规范性，对此，年轻人很可能并不尊重，因为他们要忙于编纂自己的记忆、自己的标准。

在扎加耶夫斯基对前辈人物的记叙中，斯蒂芬·舒曼是最动人的形象之一，他是两次大战期间波兰知识界涌现的杰出人物（他认识斯坦尼斯拉夫·维特凯维奇和布鲁诺·舒尔茨，那时已从大学退休，过着孤独、拮据的生活）。这里的要点在于，回想过去，扎加耶夫斯基感觉到，在失败、无家可归、郁郁寡欢的舒曼及其妻子眼中，他自己和他的文友们，只可能是像傻子和野蛮人一样，是"战后的教育、新学校、新报纸、新广播、新电视塑造出来的一代"。似乎存在一个规律：每一代人都觉得下一代人是野蛮人。

扎加耶夫斯基本人已不再年轻，现在是美国学生的导师，他想避免那种绝望与缺乏理解的情况，轮到他这一代时依然重复出现。他也不会看不起自己那一代的"敌人"、老一辈的波兰知识分子和艺术家——认为他们要么是真正的信仰者，要么是为懦弱和卑鄙目的出卖自己的人：他们并不都是魔鬼，正如他和他的朋友并不都是天使。

这一评价的核心是一位小说家、一个专门以"移情"为业的人的智慧，而非一个抒情诗人的智慧。（扎加耶夫斯基写过四部小说，还没有一本被译成英语。）在《两座城市》里，有一篇题为《背叛》的文章，它的戏剧独白是这样开始的：

我为什么那么做？我为什么会做某件事？我为什么会是曾经那个样子？我曾经是谁？我开始后悔同意接受你的采访了。多年以来，我都拒绝采访；你一定是在我脆弱或焦虑的那一刻要求我的……那个世界如何？你生得太晚，你不知道。它与现在这个世界是同一个。但又完全不同。

我们知道，一切都是有差异的……然而，相同的只是：诗人的智慧。实际上，就是智慧。

当然，历史永远不应被认为只是一个以大写字母开头的词。在扎加耶夫斯基具有回忆性质的作品里，起支配作用的感觉是：他清楚地意识到自己经历过几个不同的历史时期，而在这个过程里，事情终于变得更好了。适当地、有残缺地变好——而不是空想式地变好。年轻的扎加耶夫斯基和他的同伴，在当时估计那种政体可能延续一两百年，实际上，它只维持了不到二十年。事实是，在人的可以想象的漫长一生里，每个人都会超越他的旧我，通常还会超越不止一个旧我。

《另一种美》一书，部分是关于挣脱历史钳制的沉思：如何将自我从历史的狰狞鬼脸和反复无常中解放出来。但是，对于制度的清算，也许比气质的改变容易得多。扎加耶夫斯基的气质（亦即他与自己进行的对话）植根于他的时代，那时，英雄主义至少还是一个选项，道德上的严格仍然受到多种民族文学的天才人物的敬仰和尊崇。对于在过去那种糟糕年代里养成坚毅品格的中欧作家来说，在一个道德预期削弱、艺术标准粗鄙的新低地,如何进行软着陆,这是他们共同的问题。

扎加耶夫斯基记录的成长史,可以描述为个人气质的一个放松过程:找到属于自己恰当的开放性、恰当的平静、恰当的内在性。(他说,只有在感到快乐、平静时,才能写作。)"升华"的要求,现在受到怀疑目光的审视——不过,谁能否定来自"六八年一代"一员的这一判断?移情的强烈性没有了吸引力。他终结了宗教派别的信仰,但并没有终结"神圣"的概念,在已故戏剧家耶日·格洛托夫斯基①的作品里,以及在伏洛齐米厄·斯坦尼耶夫斯基②领导的加兹恩尼策戏剧中心,具有神圣性的人物仍然居于中心地位。一方面,神圣—狂喜的传统在波兰戏剧里仍然很活跃——不过,在过去,戏剧,尤其这样一种戏剧,常常具有强制的集体性;另一方面,它在当代波兰文学中,却已经没有立足之地。《另一种美》充满了精神渴求的谦逊,它排除了狂暴,而且无须任何牺牲的高大姿态。正如扎加耶夫斯基书中所写:"一个星期当中,并非每天都是星期天。"

本书中最敏锐的一些章节是关于幸福的描写,一个喜欢孤独之乐趣的人日常的幸福:散步、读书、聆听贝多芬或舒曼的音乐。《另一种美》中的"我"是细致、脆弱、诚恳的——没有丝毫自我保护性的反讽。无论扎加耶夫斯基还是笔者都不会希望看到他会是另一番风格。反讽的代价是失去太多的乐趣。"狂喜和反讽在艺术世界里几乎不会相遇,"扎加耶夫斯基说,"当它们相遇时,通常只会互相妨害;削弱彼此的力量。"而他毫无愧色地站在狂喜这一边。

这些描述,等于是赞美,赞美带来幸福的一切事物,而不是对善

---

① 耶日·格洛托夫斯基(1933—1999),波兰戏剧家。他被认为是波兰前卫派戏剧中最有创新性的代表。

② 伏洛齐米厄·斯坦尼耶夫斯基(1950—),波兰电影和戏剧导演。他组建了波兰最著名的前卫剧团"山羊之歌",曾与耶日·格洛托夫斯基一起进行剧场的创作和探索。

于接受幸福的自我的庆祝。作者也许只是描述自己的所爱，或者引用一首自己喜欢的诗：这本书就是作者内心赞赏和同情的样品。书中有一些富于洞察力的刻画，如对自己钦佩的朋友亚当·米奇尼克（他在监狱中写过一本书《波兰光荣史》，谈到诗人兹比格涅夫·赫贝特和其他问题）；书中表达了对流亡巴黎的波兰老前辈、画家、作家、曾被关押的英雄校友约瑟夫·恰普斯基虔诚的敬意。"他人即地狱。"不，正是他人拯救了我们，扎加耶夫斯基在与本书同名的一首诗中如此宣称，该诗也被用作题词置于书前。

下面就是本书英文译者克莱尔·卡瓦娜新译的《另一种美》一诗：

> 我们只能在另一种美里
> 找到慰藉，在别人的
> 音乐，别人的诗中。
> 救赎与他人同在，尽管
> 孤独品尝起来
> 像鸦片。他人不是地狱，
> 如果你在黎明时瞥见他们，
> 眉毛洁净，被梦清洗。
> 因此我才踌躇：该用哪个词
> "你"还是"他"。每个他
> 都暴露出某个你，但是
> 平静的谈话在别人的诗里
> 等候时机。

下面是同一首诗的另一译本，收入扎加耶夫斯基在一九八五年出版的第一部诗歌选集《震惊：诗选》，题为《在他人创造的美中》，英译者是芮内塔·柯钦斯基：

> 唯有在他人创造的美中
> 存在安慰，在他人的
> 音乐，他人的诗里。
> 唯有他人能拯救我们，
> 尽管孤独品尝起来像
> 鸦片。他人不是地狱，
> 如果你一早看见他们，
> 额头光洁，为梦洗净。
> 我因之犹豫该用哪个词，
> "他"还是"你"。每一个"他"
> 都暴露出某个"你"，但
> 作为回报，某个他人的诗
> 提供冷静对话的忠实性。

这是为诗所作的辩护，为善所作的辩护，或更准确地说，是为本性之善所作的辩护。

当扎加耶夫斯基缓慢说出对于宁静、同情、忍耐，对于"平凡生活中平静与勇气"充满诱惑的赞美时，没有什么可以将读者带向一个相反的方向、带向时下风行的那种自娱自恋的狂热。他宣称"我信仰真理！"，而在另一段中则宣称"善的确存在！"（请注意作者的惊叹号！）如果不是过于乐观——一个美国评论者觉察到书中高扬的乐观情绪——至少也算是不切实际的狂想。我们现在这种文化提供不了多少阳刚性的美好范例，而我们从过去的文学中获得的那些典型形象，都不免给人幼稚、孩子气、不谙世事之感：《远大前程》里的乔·葛奇里，《卡拉马佐夫兄弟》里的阿辽沙。在《另一种美》里，扎加耶夫斯基塑造的人物，就没有那种意义上的"天真"之感。而他有一种特殊的天赋,神奇地呈现出复杂的天真、天才的天真,正如他在那首令人心碎的人物诗《弗朗兹·舒伯特:新闻发布会》里所写的那样。

书名也许会误导读者。《另一种美》处处都在清楚地表明,扎加耶夫斯基虽然是一个诗歌和其他艺术之伟大性的崇拜者,但他不是一个唯美主义者。诗歌应该用一个更高的标准来评判:"作家把美的价值看得高于真,是可悲的事。"诗歌必须远离傲慢之气的诱惑,那种傲慢之气内在于它本身洋洋自得的状态里。

当然,美与真,像是从前更为天真的时代留下来的虚弱路标。在他与当下进行微妙的协商时,扎加耶夫斯基的表现是,站在面临危险的真实性一边,怀旧算是一种论证的欠缺。而且,尽管不再拥有从前那般作结论的确信和特许,他决意捍卫文学中已经达成的"卓越"和"崇高"的信念——自信(他也是这样做的)我们仍然需要这些艺术品质,虽然这些本属褒义的词语,如今似乎难以说出口了。扎加耶夫斯基最为雄辩、最有总结性的辩护是他的《粗鄙与崇高》一文,该文原本是他一九九八年在荷兰一所大学所做的演讲,其中,他提出了这个看似天真的问题:文学的伟大性,仍然是可能的吗?

相信文学的伟大性,就意味着赞赏的能力依然完好。当赞赏的能力被腐蚀,也就是说,当人变得愤世嫉俗之后,"文学是否伟大"这类问题本身就消失了。虚无主义与赞赏的能力相互对抗,彼此妨碍,争相削弱对方的力量。(正如"讽刺"与"狂喜"一样。)

虽然扎加耶夫斯基对"欧洲文学的衰落趋势"感到沮丧,但他拒绝推测到底是什么导致主观主义取得优势,并引发对"伟大性"的错误排斥。也许那些完全依赖国家掌控、平庸地成长起来的人,发现很难抱怨重商主义的价值(它们往往披上"民主的"或平民主义的价值面具)破坏了崇高的基础。与此相反,资本主义和文化具有一种真正激进的关系,直接废除了艺术的"伟大性"这一概念,它被当作一种"精英"式的假想,也被来自文化进步和文化保守派两方面、如今相当普遍的市侩主义,成功地瓦解了。

扎加耶夫斯基对传统标准的崩溃提出了异议,但是其中并无任何分析的成分。然而他一定懂得,仅仅谴责这种崩溃是徒劳无用的(也有失自尊)。这种孤立无援的虔诚,有时会表现得有一点过分:"没有诗歌,我们很难说比其他哺乳动物高级。"他在很多地方表达了类似的沮丧,尤其在他禁不住把我们这个时代看成前所未有的堕落时。他委婉地问:"如果过去那些伟大、天真的艺术家,乔托、凡·艾克、普鲁斯特或者阿波里奈尔,如果他们被某个怀恨的魔鬼打发到我们这个残缺、庸俗的世界,他们会怎么做?"我不了解乔托和凡·艾克会怎么做;但是,普鲁斯特(死于一九二二年)和阿波里奈尔(死于一九一八年),说他们"天真",我不能不想到发生过第一次世界大战的欧洲,那一场毫无意义的大屠杀,要说有什么区别的话,那可是远远坏过"残缺和庸俗"。

有一种观点认为,艺术,作为世俗时代的精神价值载体,受到了围攻;对此观点本来应该仔细审查一番。虽然如此,扎加耶夫斯基的表述,没有任何怨恨和复仇心理,他的精神的大度、对抱怨不休的粗俗的警惕、对自以为是的文化优越感的警觉,在姿态上有别于那些高唱"高雅文化之死"的专业叹亡者的小部落,比如,一度自命不凡的乔治·斯坦纳①。(有时他也会滑入不费气力的断言,认为今不如昔,但是,即便如此,他也从不夸大或自夸:可以说,有一种斯坦纳主义的味道,但仍然不失一副人的面孔。)

长期固守传统,偶尔爱出警句,扎加耶夫斯基太过精明、太过尊

---

① 乔治·斯坦纳(1929—   ),著名学者,被誉为"当今知识界最伟大的人物之一"。研究领域涉及文学理论、比较文学,并提出了重要的"翻译四步骤"理论。斯坦纳著作等身,主要作品有《托尔斯泰或陀思妥耶夫斯基》《悲剧之死》《巴别塔之后》《马丁·海德格尔》《何谓比较文学》《语言与沉默》等。

重平凡或寻常的智慧，不会看不出围绕在他周围的各种姿态，以及个人持久激情的限制。一个人可以被艺术作品提升、深化、完善。但是，扎加耶夫斯基也警示我们，"如果忽视了无法消融于艺术的实在世界"，想象力也会成为它自己的敌人。

因为这是一本带有各种个人记号、多重主题并置的书，一些对于扎加耶夫斯基互相矛盾的评价，很可能不请自来。就像他自己所承认的，他是一个矛盾的人；而扎加耶夫斯基如何矛盾，才是有价值的问题。《另一种美》里的反思和故事，给我们展示了一个敏感、重要的头脑，分裂于公共世界与艺术要求、团结与孤独、人类之城与上帝之城之间。分裂，但并没有被击倒。这里有痛苦，但平静总能不断降临。这里有忧伤，但也有那么多的欢乐，来自于别人的天才，却使我们不断壮大。这里也曾有鄙视，但博爱的钟声迟早要敲响。这里有绝望，但慰藉的到来同样势不可挡。

"蓝色东欧"译丛(部分书目)

第 一 辑

- **《石头城纪事》**(小说)
  【阿尔巴尼亚】伊斯梅尔·卡达莱 著　李玉民 译

- **《错宴》**(小说)
  【阿尔巴尼亚】伊斯梅尔·卡达莱 著　余中先 译

- **《谁带回了杜伦迪娜》**(小说)
  【阿尔巴尼亚】伊斯梅尔·卡达莱 著　邹琰 译

- **《石头世界》**(小说)
  【波兰】塔杜施·博罗夫斯基 著　杨德友 译

- **《权力之图的绘制者》**(小说)
  【罗马尼亚】加布里埃尔·基富 著　林亭、周关超 译

- **《罗马尼亚当代抒情诗选》**(诗歌)
  【罗马尼亚】卢齐安·布拉加等 著　高兴 译

第二辑

- **《我的疯狂世纪（第一部）》**（传记）
  【捷克】伊凡·克里玛 著　刘宏 译

- **《我的疯狂世纪（第二部）》**（传记）
  【捷克】伊凡·克里玛 著　袁观 译

- **《我的金饭碗》**（小说）
  【捷克】伊凡·克里玛 著　刘星灿 译

- **《一日情人》**（小说）
  【捷克】伊凡·克里玛 著　高兴、杜常婧 译

- **《终极亲密》**（小说）
  【捷克】伊凡·克里玛 著　徐伟珠 译

- **《等待黑暗，等待光明》**（小说）
  【捷克】伊凡·克里玛 著　杜常婧 译

- **《没有圣人，没有天使》**（小说）
  【捷克】伊凡·克里玛 著　朱力安 译

- **《花园里的野蛮人》**（散文）
  【波兰】兹比格涅夫·赫贝特 著　张振辉 译

- **《带马嚼子的静物画》**（散文）
  【波兰】兹比格涅夫·赫贝特 著　易丽君 译

- **《海上迷宫》**（散文）
  【波兰】兹比格涅夫·赫贝特 著　赵刚 译

- **《父辈书》**（小说）
  【匈牙利】瓦莫什·米克罗什 著　许健 译

第 三 辑

- 《乌尔罗地》（散文）
  【波兰】切斯瓦夫·米沃什 著　韩新忠、闫文驰 译

- 《路边狗》（散文）
  【波兰】切斯瓦夫·米沃什 著　赵玮婷 译

- 《第二空间——米沃什诗选》（诗歌）
  【波兰】切斯瓦夫·米沃什 著　周伟驰 译

- 《无止境——扎加耶夫斯基诗选》（诗歌）
  【波兰】亚当·扎加耶夫斯基 著　李以亮 译

- 《捍卫热情》（散文）
  【波兰】亚当·扎加耶夫斯基 著　李以亮 译

- 《索拉里斯星》（小说）
  【波兰】斯塔尼斯瓦夫·莱姆 著　赵刚 译

- 《遗忘的梦境——查特·盖佐短篇小说精选》（小说）
  【匈牙利】查特·盖佐 著　舒荪乐 译

- 《流星——卡雷尔·恰佩克哲理小说三部曲》（小说）
  【捷克】卡雷尔·恰佩克 著　舒荪乐、蒋文惠、程淑娟 译

- 《神殿的基石——布拉加箴言录》（箴言）
  【罗马尼亚】卢齐安·布拉加 著　陆象淦 译

- 《十亿个流浪汉，或者虚无——托马斯·萨拉蒙诗选》（诗歌）
  【斯洛文尼亚】托马斯·萨拉蒙 著　高兴 译

第 四 辑

- **《耻辱龛》**（小说）
  【阿尔巴尼亚】伊斯梅尔·卡达莱 著　吴天楚 译

- **《三孔桥》**（小说）
  【阿尔巴尼亚】伊斯梅尔·卡达莱 著　施雪莹 译

- **《接班人》**（小说）
  【阿尔巴尼亚】伊斯梅尔·卡达莱 著　李玉民 译

- **《绝对恐惧：致杜卞卡》**（小说）
  【捷克】博胡米尔·赫拉巴尔 著　李晖 译

- **《严密监视的列车》**（小说）
  【捷克】博胡米尔·赫拉巴尔 著　徐伟珠 译

- **《雪绒花的庆典》**（小说）
  【捷克】博胡米尔·赫拉巴尔 著　徐伟珠 译

- **《温柔的野蛮人》**（小说）
  【捷克】博胡米尔·赫拉巴尔 著　彭小航 译

- **《无常的夏天》**（小说）
  【捷克】弗拉迪斯拉夫·万楚拉 著　张陟 译

- **《赫贝特诗集（上、下）》**（诗歌）
  【波兰】兹比格涅夫·赫贝特 著　赵刚 译

- **《垃圾日》**（小说）
  【匈牙利】马利亚什·贝拉 著　余泽民 译

第 五 辑

- 《**壁画**》（小说）
  【匈牙利】萨博·玛格达 著　舒荪乐 译

- 《**鹿**》（小说）
  【匈牙利】萨博·玛格达 著　余泽民 译

- 《**两座城市：论流亡、历史和想象力**》（散文）
  【波兰】亚当·扎加耶夫斯基 著　李以亮 译

- 《**另一种美**》（散文）
  【波兰】亚当·扎加耶夫斯基 著　李以亮 译

- 《**思想的黄昏**》（随笔）
  【罗马尼亚】埃米尔·齐奥朗 著　陆象淦 译

- 《**着魔的指南**》（随笔）
  【罗马尼亚】埃米尔·齐奥朗 著　陆象淦 译

- 《**乌村幻影**》（小说）
  【罗马尼亚】欧金·乌力卡罗 著　陆象淦 译

- 《**裸浴场上的交响音乐会——罗马尼亚20世纪小说精选**》（小说）
  【罗马尼亚】诺曼·马内阿等 著　高兴等 译

- 《**我行走在你身体的荒漠——立陶宛新生代诗选**》（诗歌）
  【立陶宛】阿纳斯·艾利索思卡斯等 著　叶丽贤 译

- 《**魔鬼作坊**》（小说）
  【捷克】雅辛·托波尔 著　李晖 译

第六辑

- **《简短，但完整的故事》**（小说）
  【波兰】斯瓦沃米尔·姆罗热克 著　　茅银辉、方晨 译

- **《三个较长的故事》**（小说）
  【波兰】斯瓦沃米尔·姆罗热克 著　　茅银辉、林歆、张慧玲 译

- **《挑衅以及其他故事》**（小说）
  【阿尔巴尼亚】伊斯梅尔·卡达莱 著　　李焰明 译

- **《娃娃》**（小说）
  【阿尔巴尼亚】伊斯梅尔·卡达莱 著　　张雯琴、宋学智 译

- **《天堂超市》**（小说）
  【匈牙利】马利亚什·贝拉 著　　余泽民 译

- **《秘密生活》**（小说）
  【匈牙利】马利亚什·贝拉 著　　余泽民 译

- **《蓝色阁楼寻梦》**（小说）
  【罗马尼亚】阿德里亚娜·毕特尔 著　　陆象淦 译

- **《两天的世界（上、下）》**（小说）
  【罗马尼亚】乔治·伯勒伊泽 著　　董希骁、Mara Arion 译

- **《生活边缘的女孩》**（小说）
  【罗马尼亚】米尔恰·格尔特雷斯库 著
  张志鹏、林慧芬、陈进、李昕 译

- **《希特勒金钱》**（小说）
  【捷克】拉德卡·德内玛尔科娃 著　　姜蔚茜 译

· 部分书名为暂定，以出版时为准 ·